Marwani
Mitten ins Herz

MAREN
DAMMANN

Marwani

MITTEN
INS
HERZ

PLANET!

Für Jay, mein erstes Pferd
und Liebe meines Lebens.

Wer das Glück haben sollte, ein Pferd zu reiten, der hat einen Schlüssel zur Freiheit.

Dieses Buch ist nicht nach einer, sondern nach mehreren wahren Begebenheiten erzählt. Wundervolle Geschichten des Alltags, die mich fasziniert und aufgewühlt haben und die in dieser Erzählung zu einem Abenteuer verwoben wurden. Es gibt sie, Marwani, die wilde Stute, die nach einer Verletzung ihr Vertrauen verloren hat. Es gibt auch Mira, die trotz ihrer körperlichen Behinderung fester im Sattel sitzt als die meisten Reiter um sie herum. Mira, die Turniere reitet und gewinnt und sich von nichts und niemandem beeindrucken lässt.

Es gibt mehrere Dans, jeder von ihnen etwas ganz Besonders. Die Namen wurden geändert, die Charaktere wild und frei beschrieben und Neues dazuerfunden, damit niemand wiedererkannt wird. Aber wenn du dich fragst, was Marwani wohl gerade macht, dann kann ich dir verraten, dass sie wahrscheinlich mit ihren Pferdefreunden auf der Wiese steht und genüsslich auf dem saftigen Gras herumkaut, das dort wächst. Vielleicht schaut sie auch in die Ferne, spitzt die Ohren und wartet auf das Mädchen, das sie jeden Tag besuchen kommt …

Eure

Maren Dammann

Prolog

Bunte Lichter blitzten am Straßenrand auf. Die Silhouette eines Lkws schälte sich aus den Schatten der Nacht und für den Bruchteil einer Sekunde fröstelte Mira. Der Lkw raste an ihnen vorbei. Lena stieß sie an und kicherte.

»Drei Stunden auf der Tanzfläche ohne Pause – das ist mein neuer Rekord! Mir tut alles weh.«

Mira stupste zurück. »Also, was du da gemacht hast, das hatte mit Tanzen nicht viel zu tun.«

Sie prusteten beide los.

Im Radio spielte Ed Sheeran und sie fingen an zu singen. Alex saß am Steuer des alten Golfs. Er blödelte mit Tim herum. Es ging um eines ihrer Lieblingsthemen: Fußball. Lena saß hinten am Fenster und Mira in der Mitte neben ihr. So konnte sie Alex besser im Rückspiegel beobachten. Im Halbdunkel des Autoinnenraums waren seine Grübchen kaum zu erkennen, aber ab und zu zwinkerte er ihr zu. Dabei zog er verschwörerisch eine Augenbraue hoch. In Miras Bauch tanzten Schmetterlinge.

An einer Ampel mussten sie stoppen. Lena kurbelte das Fenster herunter. Kalter Nebel waberte herein.

»Hey, bist du irre? Willst du uns alle in Eisblöcke verwandeln?«, rief Tim.

»Ihr müffelt aber wie eine Horde Moschus-Ochsen.«

»Das ist gesunder Männerschweiß«, witzelte Tim, hob seinen Arm und roch demonstrativ an seiner Achsel.

»Ihhh«, rief Mira und verzog das Gesicht. »Das kann nicht gesund sein, das riecht wie etwas, das die Katze unterm Sofa versteckt hat.«

Es hatte angefangen zu regnen und dicke Tropfen klatschten auf das Autodach. Lena schloss das Fenster wieder und Tim schaute sie dankbar an, während Alex die Musik lauter drehte. Er neigte den Kopf leicht und lächelte Mira zu. Sie wurde butterweich – und knallrot.

Lena pikte sie in die Seite und flüsterte: »Hey, vielleicht entsteht nun was, was vorher nicht so war.«

Mira grinste über diesen Insider. Es war ein Zitat aus »Die Schöne und das Biest«.

Und wer weiß, vielleicht stimmte es ja – Alex hatte sie heute zum ersten Mal richtig wahrgenommen. »Deine Löwenmähne sieht hübsch aus, wenn du sie offen trägst«, hatte er gesagt und sie immer wieder zum Tanzen aufgefordert. Mira schnallte sich kurz ab, um sich die Schuhe auszuziehen. Die Knöchel schmerzten von dem ganzen Gehüpfe.

Tim fummelte am Handschuhfach herum, zog eine Wasserpistole heraus und hielt sie Alex ins Gesicht.

»Sieh dir das an!«, rief er und grinste.

Alex hob die Hände und versuchte, die Pistole abzuwehren. Tim drückte ab und Wasser spritzte ihm ins Gesicht.

»Oh, sorry …«

In dem Moment geriet das Auto ins Schlingern.

Die Reklameschilder der Läden schienen näher zu kommen und Alex riss mit aller Kraft das Lenkrad herum. Er bremste. Die Reifen quietschten, es roch nach verbranntem Gummi.

Mira schrie. Vergebens versuchte sie, den Gurt zu finden. Etwas Dunkles kam rasend schnell auf sie zu: ein Laternenpfahl.

Es krachte laut und durch das Auto ging ein furchtbarer Ruck. Mira schoss nach vorne und flog mitten durch die Windschutzscheibe. Ihr Körper glitt durch das Glas wie durch Butter. Sie sah tausende Glassplitter in Zeitlupe durch die Luft schweben und hörte noch, wie Ed Sheeran »Now I see fire inside the mountain« sang, bevor das Radio verstummte. Im Flug spürte sie die Kälte der Nacht. Sie ahnte, was nun kommen würde. Die Zeit dehnte sich für einen fürchterlichen Moment, dann knallte sie auf den Asphalt. Ein entsetzlicher Schmerz durchzuckte ihren Körper. Finsternis umgab sie, während Glassplitter wie Diamantregen auf sie herunterprasselten.

Kapitel 1

Das Fohlen hüpfte ausgelassen im Kreis und schüttelte dabei seine wollige Mähne. Es war braun und hatte einen weißen Fleck auf der Stirn, der wie ein unförmiger Diamant aussah. Ein piepsiges Wiehern war zu hören, dann galoppierte es wild am Zaun entlang. Sein etwas älterer Bruder jagte hinter ihm her und versuchte, es einzuholen. Das Fohlen sah so aus, als würden seine langen Beine sich bei jedem Schritt verheddern. Sein Fell funkelte im Sonnenlicht und es schüttelte sich wie ein nasser Hund, als ein Sonnenstrahl durch die Wolken brach und es an der Nase kitzelte.

Mira saß am Fenster und schaute den Fohlen mit Wut im Bauch zu. Sie konnte mit den Pferden nichts anfangen und überhaupt, es gefiel ihr rein gar nichts an diesem Haus, der Landschaft und den Tieren. Mit den Fingern trommelte Mira einen nervösen Rhythmus auf der Fensterbank.

Im Esszimmer nebenan quatschte ihre Schwester Kathi mit ihrer Mutter. Die beiden lachten auf – die mussten ja unglaublich gute Laune haben. Vor ihr die ausgelassenen Pferde und nebenan ihre gut gelaunte Familie. Mira ballte die Fäuste. Gab es hier denn keine Ruhe?

»Ihr könnt mich alle mal …«, murmelte sie vor sich hin.

Auf dem Fenstersims stand ein Porzellankoch, dem ein paar Stifte in der Kochmütze steckten. Der Stifthalter war ein Souvenir aus Italien. Dort war sie mit Lena gewesen. Mit einer Wischbewegung beförderte Mira ihn auf den Boden. »Das hast du davon, wenn du im Weg rumstehst.«

Eine aufkommende Brise stachelte die Jungpferde weiter an. Übermütig sprangen sie herum, neckten sich und jagten sich gegenseitig im Kreis. Das Kleinere erwischte seinen Bruder und biss ihm fröhlich in den Nacken. Der Ältere drehte ihm das Hinterteil zu und trat aus. Zack! Daneben.

Mira zog die Jalousien herunter. Es wurde dunkel und die spielenden Pferde verschwanden aus ihrem Sichtfeld. Sie konnte ihren Anblick nicht ertragen. Die Leichtigkeit, mit der sie über die Koppel tobten, und ihre Freude über den sonnigen Tag waren zu viel für sie. Mira wollte das nicht sehen. Es schnürte ihr das Herz zu.

Bloß nicht losheulen, dachte sie und biss sich auf die Unterlippe. Tapfer schluckte sie die Tränen herunter.

Ausgerechnet ein Haus neben einem Reiterhof hatten ihre Eltern kaufen müssen. Warum hatten sie ihr das angetan? Ein Zimmer mit Blick auf diese unbekümmerten Fohlen zu haben, war einfach zu viel.

Kurz entschlossen griff sie nach ihrem Handy und tippte auf Lenas Telefonnummer. Es tutete dreimal, dann erklang Lenas Stimme. »Jo?«, fragte sie.

»Hi, Lena, ich bin's.«

Es wurde still am anderen Ende der Leitung. Mira wartete kurz. »Bist du noch dran?«

»Äh, ja. Sorry. War abgelenkt. Lange nichts von dir gehört. Wie geht's?«

Mira vernahm, wie im Hintergrund jemand tuschelte. Anscheinend hatte Lena Besuch.

»Ach, ganz o.k. Aber das Haus hier ist total der Schocker. Eine richtige Bruchbude.«

Das war nicht ganz ehrlich. Das Haus, das Miras Eltern gekauft hatten, war ein altes Fachwerkhaus, aber liebevoll gepflegt und in gutem Zustand. Mira mochte es trotzdem nicht.

Aus den Fenstern konnte man über die Wiesen des Reiterhofs bis hin zu einem Bach sehen, der auch über ihr eigenes Grundstück floss. Es war ein einstöckiges Haus mit einer moosbewachsenen Fassade. Davor lag ein kleiner Gemüsegarten, nach hinten raus schloss sich eine breite Veranda ans Haus an, von der man in den verwilderten Garten gelangte, wo eine kunterbunte Mischung aus Blumen und Kräutern wuchs. Es sah aus wie ein Hexenhäuschen, verwunschen und friedlich. Aber alles an diesem Haus war alt.

»Bruchbude klingt aber gar nicht gut.«

»Du wärst geschockt. Der Putz bröckelt, und wenn man die Wände anfasst, sind sie ganz weiß vom Staub.«

»Bäh. Ist ja widerlich.«

»Ja, genau! Aber Dad versteht das überhaupt nicht. Er nennt das Haus sein ›Schmuckstück‹.«

Mira kicherte und Lena fiel mit ein. Miras Vater war ein sehr vernünftiger Mann, aber manchmal hatte er diesen merkwürdig romantischen Hang zu Dingen. Dann wurde es schnell peinlich.

»Dein Papa ist ein echtes Original.«

»Ja.«

Es wurde wieder still. Früher waren ihre Gespräche flüssiger, einfacher gewesen. Wieder hörte Mira, wie zwei Stimmen im Hintergrund flüsterten. Eine unbekannte Mädchenstimme und eine, die ihr vertraut vorkam. War das etwa Alex? Aber warum sprach er bewusst leise, wenn Mira anrief? Sie waren doch Freunde. Zumindest bisher. Sie hätte sich so gerne mit ihm unterhalten.

»Was geht denn so bei euch ab? Alles klar in der Clique?«

Sie versuchte, das so beiläufig wie möglich zu fragen und kam sich dabei albern vor. Lena und sie waren immer offen zueinander gewesen und hatten wenig Geheimnisse voreinander gehabt.

»Hm. Alles gut soweit, denke ich. Alex war für einen Monat von der Schule beurlaubt und der Arzt hat ihm eine Kur verschrieben. In einem Rehabilitationszentrum in Spanien. Er ist knusprig braun gebrannt wiedergekommen. Tim meinte, er habe dort Surfen gelernt. Irgendein Mädel hat Alex auf Facebook in einem Foto getaggt, da steht er grinsend auf einem Surfboard. Er streitet aber alles ab.«

Lena wusste, dass Mira heimlich in Alex verknallt war. Aber Alex war ein paar Jahre älter und sie hatte sich nie getraut, ihm ihre Gefühle zu gestehen. Im Hintergrund kicherte die Mädchenstimme.

»Also alles beim Alten«, murmelte Mira.

»Äh, ja.« Lena holte Luft, als wollte sie noch etwas sagen, aber sie blieb stumm.

Wieder diese peinliche Stille. Das Mädchen im Hintergrund sagte etwas, und plötzlich erkannte Mira auch diese Stimme: Das war Anne, ihre ehemalige Klassenkameradin. Was hatte ausgerechnet die bei Lena verloren? Anne war das genaue Gegenteil von Mira und Lena, immer aufgetakelt, als würde sie gleich zum Casting gehen. Eine Niete im

Unterricht, aber jeden Monat einen neuen Freund. Mira war sich mit Lena immer einig gewesen, dass Anne eine hohle Nuss war.

»Sag mal, kann es sein, dass Anne bei dir ist?«

»Äh ...«

Pause.

»Macht ihr gemeinsam Hausaufgaben? Oder hat Herr Speier euch wieder mal zu Gruppenarbeit verdonnert?«

Herr Speier war Miras alter Deutschlehrer und liebte Teamwork. Leider konnte man sich bei ihm nie selbst aussuchen, mit wem man zusammenarbeitete. Mira hasste ihn dafür - und natürlich dafür, dass er jede Stunde um mindestens fünf Minuten überzog.

»Äh, genau, Projektarbeit. Ja, wir arbeiten an einem Referat über regionale Besonderheiten der Mundart. Herr Speier meint, das diene der Verbesserung der ›aktiven Sprachkompetenz‹ oder so.«

Wieder kicherte Anne im Hintergrund, und dieses Mal ging es Mira gewaltig auf den Keks.

»Hm. O.k. Da beneide ich euch nicht drum.«

Mira fiel ein, dass Anne sich immer vor dem Sportunterricht gedrückt hatte, weil sie Angst hatte, sich Frisur und Fingernägel zu ruinieren. Mira schluckte. Die meisten ihrer Mitschüler vermisste sie nicht.

»Ich muss zum Glück erst wieder zu Beginn des neuen Halbjahres in die Schule.«

»Du, soll ich dich am Wochenende mal anrufen? Wir haben morgen Abgabetermin und kaum was geschafft bis jetzt.«

In dem Moment quietschte Anne los und Alex lachte. Mira

wurde wütend. Anne sollte bloß nicht auf den Gedanken kommen, mit ihrem Alex zu flirten.

»Oh, o.k. Klar. Ruf einfach an, wenn du Zeit hast. Bye.« Sie legte auf.

Nun war sie wieder allein im Dunkeln. Auf ihrem Schreibtisch stand ein Bilderrahmen, in dem sich ein Foto von Alex, Tim, Lena und ihr am See befand. Lena lag auf ihrer quietschgelben Luftmatratze, Alex und Tim spielten Ball, und sie selbst stand am Wasser und schaute über den See. Der Anblick tat weh.

Sie schob die Lamellen der Jalousie auseinander und lugte noch einmal hinaus. Die Fohlen hatten sich mittlerweile beruhigt. Das kleinere von beiden hatte den Hals lang ausgestreckt und saugte am Euter seiner Mutter.

Diese Pferde machten sie noch verrückt. Mira spürte, wie ihre Wangen feucht wurden. Die Tränen waren stärker als ihr Wille und sie konnte nichts dagegen machen. Sie wollte hier nicht wohnen. Hier gab es nur Bäume, Pferde und Langeweile. Alex, Lena und Tim waren viel zu weit weg. Abwehrend hob sie die Hand, als könne sie die Pferde damit verscheuchen.

Es klopfte an ihrer Tür. Mira wischte sich über die Augen. Niemand sollte sie weinen sehen. Sie zupfte ein Taschentuch hervor und trocknete damit die Wangen.

»Mira, bist du da?«

»Nee, Papa, ich bin gerade beim Joggen. Komm später wieder.«

Die Tür öffnete sich und Johannes Anders trat mit hochgezogenen Augenbrauen ein. Er knipste das Licht an.

»Kein Grund, sarkastisch zu werden, Kleines. Ich wollte

nur nach dir schauen. Wir fahren nachher zu Tante Emma's, brauchst du etwas?«

»Nein.« Mira machte sich nicht die Mühe, ihren Vater anzuschauen.

»Tante Emma's« war der winzige Dorfladen, in dem es so ziemlich alles zu kaufen gab. Egal ob Dosenravioli, Kopfhörer, Schulhefte, Damenbinden oder die neueste Ausgabe der »Mädchen«. Aber der Laden war ziemlich alt und somit auch alles andere. Das bedeutete schmutzig, gammelig und ekelig, und gehörte in eine andere Zeit, ein anderes Jahrhundert. Damit wollte sie nichts zu tun haben. Sie wollte zurück in die Stadt, zu ihrem sauberen und gut sortierten Edeka, dem Aldi um die Ecke und der Konditorei mit den preisgekrönten Himbeertörtchen.

»Vielleicht eine Packung Duplo? Oder eine Tüte Chips?«

Die Stimme ihres Vaters riss sie aus ihren Gedanken. Verwirrt blickte sie ihn an und verzog den Mund.

»Nee, ich brauch nichts.«

»Neulich habe ich sogar Toffifee im Regal gesehen. Oder vielleicht lieber was Gesundes? Ich glaube, da stehen Erdbeerjoghurts in der Kühltheke. Obwohl ich besser das Mindesthaltbarkeitsdatum prüfe, Frau Krämer macht nicht den Eindruck, als würde sie ihre Produkte regelmäßig durchgehen.«

Das sollte witzig klingen, aber Mira winkte müde ab. Sie fixierte ihren Blick auf den Bilderrahmen auf dem Schreibtisch und ihre Gedanken waren weit weg, an einem Ort, an dem sie jetzt lieber wäre. Ein Ort in der Vergangenheit, an dem sie mal glücklich gewesen war.

Ein Sprichwort sagte: »Je stiller ein Mensch ist, desto lauter ist es in ihm.« Mira war sehr ruhig geworden in letzter Zeit. Aber nur nach außen hin. In ihr brodelte es und die Verzweiflung wuchs immer mehr. Sie zuckte zusammen, als sich eine Hand auf ihre Schulter legte. Sie stieß sie weg.

»Was?«

»Was willst du nun?«

»Nichts. Doch, Schlafen oder Sterben. Ist mir beides recht.«

Ihr Vater überhörte den zweiten Teil geflissentlich.

»Sicher, dass du nichts brauchst? Ich könnte dir auch ein paar Dosen Cola mitbringen?«

»Sag mal, hörst du mir überhaupt zu? Ich will nichts. Und wenn ich was brauche, hole ich es mir selbst.«

Das hatte schärfer geklungen als beabsichtigt. Eigentlich wollte ihr Vater ja nur helfen, aber es regte sie auf, ständig wie ein Kleinkind umsorgt zu werden.

»Hm«, machte Johannes Anders und schaute sie durchdringend an.

»Kein Grund, sich so aufzuregen. Ich wollte dir nur einen Gefallen tun.«

Er wirkte ratlos und kratzte sich am Kopf. Mira wusste, dass er nach den richtigen Worten suchte. Hörbar atmete er aus und beging dann einen Fehler: Sein Blick senkte sich auf Miras Beine und verharrte dort. Sie hob eine Augenbraue und wartete, aber ihr Vater rührte sich nicht. Das war zu viel für sie. Mira explodierte.

»Ihr traut mir auch gar nichts mehr zu, was?«, brüllte sie so laut, dass ihr Vater zusammenzuckte. »Wenn ich eine Cola will, dann frage ich entweder selbst oder fahre meinetwegen den ganzen Weg zum Laden. Geht doch sowieso nur abwärts. Und wenn ich gegen einen Baum krache, ist das auch egal. Da habe ich schließlich Übung drin. Macht eh alles keinen Sinn mehr.«

Bei diesen Worten hatte sie sich auf ihren Vater zubewegt, der mit erhobenen Händen zurückwich. Sie griff nach dem erstbesten Gegenstand und warf ihn in seine Richtung. Es war der Bilderrahmen mit dem Foto von ihren Freunden. Dicht neben ihrem Vater krachte er gegen die Wand und das Glas zersplitterte. Ihr Vater guckte sie entsetzt an.

»Sag mal, spinnst du?«

Er beugte sich herunter und zog das Foto vorsichtig aus den Splittern hervor.

Mira kochte. »Raus aus meinem Zimmer!« Entschlossen rollte sie vorwärts. »Das ist mein Reich.«

Sie glühte vor Zorn und bewegte sich geradewegs auf ihren Vater zu. Dieser trat einen weiteren Schritt rückwärts, beugte sich unter dem niedrigen Türrahmen durch und Mira schlug ihm krachend die Tür vor der Nase zu.

»Lasst mich in Ruhe! Einfach in Ruhe! Ich will niemanden sehen. Ist doch nicht so schwierig!«

Sie trommelte noch eine Zeit lang mit ihren Fäusten auf der Tür herum und schrie, bis sie hörte, dass sich Schritte von ihr wegbewegten. Dann sackte sie in ihrem Rollstuhl in sich zusammen und fing an, hemmungslos zu weinen.

Kapitel 2

»Kathi, kannst du Mira holen? Abendessen ist fertig.«

Kathi guckte ihre Mutter unglücklich an. »Mum, du weißt, dass Mira nicht aus ihrem Zimmer kommt.«

»Aber das geht nicht, sie muss irgendwann etwas essen. Sie verhungert mir noch, wenn sie weiter das Essen verweigert.«

»Sie hat gesagt, ihr sei alles egal.«

»Aber mir ist es nicht egal.« Maria Anders strich ihrer jüngeren Tochter liebevoll über den Kopf. »Seit zwei Tagen hat sie nichts zu sich genommen, nicht mal die Butterbrote, die ich ihr auf den Schreibtisch gestellt habe.«

Kathi knibbelte an der Raufasertapete herum und machte ein langes Gesicht. Bis vor Kurzem war Mira der Fels in der Familie gewesen und sie hatte ihre große Schwester für so ziemlich alles bewundert, was sie gemacht hatte. Jetzt war alles anders.

»Mum? Glaubst du, Mira will sterben?«

Etwas zu heftig schüttelte ihre Mum den Kopf, die unerwartete Frage schockierte sie.

»Nein! Nein, das denke ich nicht. Sie macht sich nur fürchterliche Vorwürfe. Der Unfall ist erst vier Monate her, es wird lange dauern, bis sie lernt, zu akzeptieren, dass sie … dass sie …«

»... im Rollstuhl sitzt«, beendete Johannes den Satz. Er nahm beim Eintreten den Hut ab und fuhr sich mit einer Hand durch seine gewaltige Mähne. Seine Haare waren zwar leicht ergraut, aber immer noch dicht und voll.

»Ja, das meinte ich«, murmelte Maria Anders. »Aber seit wir hier wohnen, hat sich ihr Zustand sehr verschlechtert. Sie ist ein Fliegengewicht geworden und ist so ... launisch. Man kann nicht mehr vernünftig mit ihr reden. Vielleicht hätten wir nicht umziehen sollen.«

»Ach, papperlapapp! Ihr Zimmer lag im dritten Stock, hätten wir sie da jedes Mal hochtragen sollen? Die Türen waren zu schmal für den Rollstuhl und überall waren Stufen. Sie wäre allein nicht mal auf die Veranda gekommen.«

Kathi verzog das Gesicht. »Faktencheck: Bisher hat Mira ihr Zimmer nicht wirklich verlassen. Ist doch auch nicht besser.«

»Und sie hatte ihre Freunde dort.«

Maria Anders hob eine dampfende Schüssel auf den Tisch. Sie sah traurig aus.

»Wo waren ihre Freunde, als sie im Krankenhaus lag? Außer Lena hat sich dort niemand blicken lassen. Und Alex, na, da sag ich besser nichts dazu. Der ist ersetzbar. Sie wird hier neue Freunde finden. Die Luft ist hier deutlich besser als in der Stadt. Das Landleben wird ihr guttun.«

Maria Anders nickte, aber ihre Stirn war in Falten gelegt. »Es ist nur, dass sie so dünn geworden ist, seit wir umgezogen sind. Sie reagiert überhaupt nicht mehr auf mich, guckt regelrecht durch mich durch, wenn ich mit ihr rede. Wenn das so weitergeht, muss ich den Arzt rufen oder wir müssen in die Klinik fahren.«

Kathi schaufelte sich den duftenden Gemüseauflauf auf ihren Teller. Dicke Käsefäden hingen von dem Holzlöffel herab.

»Mjamm … lecker«, sagte sie verträumt und sah dann schuldbewusst auf. Der strenge Blick ihres Vaters fiel auf sie.

»Was denn? Darf es mir nicht mehr schmecken, nur weil Mira depressiv ist?«

»Kathi!«

»'tschuldigung. War nicht so gemeint. Ich hab einfach Hunger.«

Johannes Anders seufzte.

»Ist schon gut, Kathi. Das ist für uns alle nicht einfach. Ich regle das. Maria, gib mir doch bitte einen Teller für Mira.« Seine Frau füllte eine Portion auf den Teller und reichte ihn ihm zusammen mit einer Flasche Wasser. Er atmete tief aus und bereitete sich innerlich auf die nächste Konfrontation mit seiner Tochter vor. In seinem Hals steckte ein Kloß.

In Miras Zimmer war es stockdunkel. Die Jalousien waren heruntergezogen und der einzige Spalt an der Fensterbank, der noch Licht reingelassen hätte, war mit einer Decke verstopft. Trotzdem, die Finsternis reichte Mira nicht. Sie saß zusammengesunken im Rollstuhl, dem Fenster den Rücken zugewandt und hielt die Augen fest geschlossen. Lediglich ein düsterer und verloren wirkender Schemen in den Schatten ihres kleinen Reichs.

Es knarrte und plötzlich blendete ein grelles Licht sie durch ihre Lider hindurch. Sie öffnete die Augen und brauchte ein paar Sekunden, um sich zu orientieren. Ihr Vater stand im Türrahmen, eine Hand auf dem Lichtschalter.

»Was soll das? Mach das Licht aus!«, schrie Mira ihn an und riss die Hand vors Gesicht. »Das tut weh.«

»Nein. Das kommt überhaupt nicht infrage, Mira. Zu viel Dunkelheit macht schwermütig.«

»Zu spät.«

Die beiden schauten sich an. Miras Vater wirkte müde, aber entschlossen. In seinen Händen hielt er einen Teller und Mira wusste, was nun kam. Sie schloss die Augen und wappnete sich innerlich. Sie wollte nichts essen. Warum auch - alles war schrecklich und hoffnungslos.

»Na super. Ich hoffe, das ist nicht für mich.« Sie deutete auf den Teller. »Ich will nichts essen.«

Die Prognose der Ärzte war nicht gut. Vielleicht, hatten sie gesagt, geschieht ein Wunder. Aber selbst wenn sich ihr Zustand verbessern sollte, würde ihr Leben nicht mehr sein wie zuvor.

»Mach dir keine Hoffnung. Erspar dir die Enttäuschung«, hatte ein Arzt ihr geraten und der Physiotherapeut war noch direkter gewesen: »Stell dich darauf ein, dass du dein ganzes Leben lang auf den Rollstuhl angewiesen sein wirst.«

Was für einen Sinn machte es da noch, zu essen und so zu tun, als sei alles in Ordnung?

Johannes kniete vor ihr hin und nahm ihre Hände in seine.

»Mira, du musst essen.«

»Nein. Sieht aus wie schon mal gegessen.«

»Doch. Und sei nicht so gemein. Deine Mutter hat sich viel Mühe mit diesem Auflauf gemacht.«

»Ist mir egal«, platzte es aus ihr heraus.

Sie versuchte, es ruhig und bestimmt zu sagen, aber es kam irgendwie trotzig heraus. Mist. Mira sträubte sich gegen den Gedanken zu essen. Ihr wurde richtig schlecht beim Anblick des Tellers und sie würde keinen Bissen herunterbekommen.

»Ich schau mir das nicht mehr länger an. Deine Mutter läuft dir seit Tagen mit dem Essen hinterher. Du kannst dich nicht ewig weigern.«

»Ich habe aber keinen Hunger.«

»Nein, du hast keinen Appetit, das ist was anderes. Wenn du heute Abend nichts isst, Mira, dann wirst du wieder ins Krankenhaus müssen. Ich meine das ernst. Ich fahre dich morgen persönlich in die Klinik. Du siehst furchtbar aus und ich will nicht, dass du einen Kreislaufzusammenbruch bekommst. Ist dir das lieber?«

Mira schüttelte sich. Der Gedanke an den Krankenhausgeruch, die leidenden Gesichter der anderen Patienten und diese pausenlose Unruhe und die andauernden Störungen durch Ärzte, Schwestern und Pfleger. Nein, da wollte sie mit Sicherheit nicht wieder hin. Sie bekam eine Gänsehaut. Die Erinnerungen leuchteten wie Blitzlichter in ihr auf. Alles hatte damals wehgetan, nur nicht ihre Beine. Sie hatte sofort gewusst, dass etwas nicht stimmte. Die anderen hingegen waren mit ein paar Kratzern davongekommen. Im Gegensatz zu ihr waren sie angeschnallt gewesen.

Mira schaute ihren Vater an, der immer noch vor ihr hockte. Er sah traurig aus. Ihre Eltern gaben sich so viel Mühe. Und ins Krankenhaus konnte sie einfach nicht mehr zurück. Sie seufzte, lehnte sich etwas nach vorn und ergriff mit einer Hand die Lehne des Rollstuhls. Die andere hielt sie ausgestreckt.

»Gib mir den Teller.« Lustlos biss sie in ein Stück Kartoffel. »Aber nur, weil ich nicht ins Krankenhaus will.«

»Geht doch. Danach wird es dir besser gehen.« Ihr Vater schien zufrieden. »Wenn du noch mehr willst, ruf einfach, dann bringe ich dir eine weitere Portion.«

Sie kaute und schluckte. Es tat weh, ihr Hals war so trocken, dass sie das Essen kaum hinunterbekam.

»Und du solltest wirklich mit deinem Rehabilitationsprogramm anfangen. Die Übungen machen, die Doktor Reinhard dir verschrieben hat, sie werden dir guttun. Du sitzt im Rollstuhl, aber das heißt nicht, dass du deinen Körper nicht mehr benutzen kannst.«

Mira nickte. »Mhm.«

Das Wort Rollstuhl aus dem Mund ihres Vaters zu hören, tat weh, und sie schauderte. Diese zwei Silben enthielten eine furchtbare Voraussage für ihre Zukunft, zerstörten alles, was sie sich je vorgenommen hatte. All ihre Träume von Reisen und Abenteuern, von Fahrradtouren im Sommer und einer Alpenüberquerung mit Freunden. In ihrem Magen rumorte es und ihr wurde schlecht.

Als ihr Vater das Zimmer verließ, wartete sie einen Moment und rollte ins Badezimmer. Dort kippte sie den Auflauf kurzerhand in die Toilette.

»Verrücktes Vieh, beruhig dich! Verdammter Gaul!«

Etwas stimmte da draußen nicht. Die Jalousien waren immer noch heruntergelassen, aber Mira hatte das Fenster gekippt, weil die Luft so stickig gewesen war. Der Wind trug die Geräusche vom Reiterhof herüber und sie hörte, wie dort etwas bollerte und trampelte.

»Hey, du Mistvieh, beruhig dich!«, rief ein Mann mit starkem Akzent.

Das Trampeln wurde lauter und wirkte ausdauernd, so, als würde jemand mit aller Gewalt eine Wand eintreten wollen. Mira rollte ans Fenster. Sie schob die Lamellen auseinander und lugte durch den Schlitz. Auf der kleinen Zubringerstraße zu der Wiese, die ihrem Fenster am nächsten lag, parkte ein Geländewagen mit Pferdeanhänger. Direkt neben dem dunkelblauen Schild mit dem Wappen, auf dem in verschnörkelter Schrift *Gut Falkental* geschrieben stand. Das war der Name des Reiterhofs nebenan.

»Verdammte Hacke! Kann doch nicht wahr sein!«

Der Hänger wackelte, als würde ein Löwe versuchen, aus ihm auszubrechen. Etwas schnaubte und dann wurde wieder von Innen gegen die Wand getreten, dass es nur so schepperte.

»Gleich geschafft, gleich kannst du raus.« Der breitschultrige Mann hatte rote Flecken im Gesicht und wirkte gehetzt. Hektisch fummelte er an den Riegeln des Hängers herum.

»Warte, Boris!«, rief ein weiterer Mann, der sich bisher auf der anderen Seite des Hängers befunden hatte und für Mira bis jetzt somit unsichtbar gewesen war. »Ich helfe dir.«

Der zweite Mann war ziemlich klein und ziemlich dick. Er trug gelbe Gummistiefel, die einen starken Gegensatz zu seinem grauen Arbeitsanzug darstellten. Lehmbrocken klebten an ihren Absätzen. Der Mann trug eine Wollmütze und erinnerte Mira ein wenig an einen Gartenzwerg, den sie ihrer Oma vor vielen Jahren zum Geburtstag geschenkt hatte.

»Bin ich froh, wenn wir hier weg sind!«, rief der Mann namens Boris und wischte sich den Schweiß von der Stirn.

Der Gartenzwerg antwortete: »Macht alles kaputt, der Klepper. Lass uns schneller machen.«

Der Hänger schwankte gefährlich, als erneut etwas von Innen gegen die Wand krachte. Mira war neugierig geworden. Was auch immer da für ein Pferd drinsteckte, es musste vollkommen irre sein. Oder sehr schlechte Laune haben. Sie schob die Lamellen noch etwas weiter auseinander und rollte so nahe an das Fenster heran wie sie konnte. Ihr Zimmer war ebenerdig und ihr Blick daher etwas eingeschränkt. Wie gerne wäre sie jetzt ein Vogel gewesen, der versteckt in den Zweigen des Apfelbaumes, der am Rand des Hofes stand, die Szene von oben beobachten konnte.

Mittlerweile waren ein älterer Mann mit weißem Haar und ein Junge in einer verschmutzten Gummilatzhose angerannt gekommen. Der Junge grüßte die Arbeiter freundlich. Er schien etwas älter als Mira zu sein und hatte wirre, dunkle Locken, die in alle Richtungen abstanden.

»Ein richtiges Landei«, ging es Mira durch den Kopf.

Sofort musste sie an Alex denken, der immer sehr gepflegt auftrat und dessen Haarschnitt der aktuellen Mode entsprach. Ihm war es unglaublich wichtig gewesen, wie er auf andere wirkte.

»Guten Morgen, schön, dass Sie es so zeitig geschafft haben. Haben Sie den Weg gut gefunden?«

»Geht so. Viele enge Straßen hier.«

Versonnen kaute Mira auf einer Haarsträhne herum und beobachtete die Szene.

»Ja, hier in der Gegend ...«, setzte der Junge an, aber der alte Mann mit dem weißen Haar unterbrach ihn laut: »Halt!« Er hatte sich vor den Arbeitern aufgebaut und einen Arm gehoben, als sei er ein Streifenpolizist. Zu Miras Verwunderung klang die Stimme des Alten weder brüchig noch schwach. Es war eine angenehm tiefe Stimme, die es gewohnt war, Befehle zu geben. Die beiden Männer hielten sofort inne.

»Ab hier übernehme ich. Das ist ja nicht mitanzusehen. Du ...«, er wies mit dem Finger auf den kleineren Mann, »stehst mir im Weg.«

Der Mann trat ein paar Schritte zur Seite. Der Alte öffnete die Seitentür des Hängers. Es polterte immer noch heftig im Inneren.

»Habt ihr noch nie ein Pferd transportiert? Alles muss man selbst machen.«

Er wartete einen Moment, lugte in das Dunkel hinein, fasste mit einer Hand in den Schatten und zog an etwas. Mira konnte von hier aus nicht viel erkennen, aber etwas Weißes blitzte ihr aus dem Hänger entgegen. Der Alte verharrte und es wurde still.

Der Breitschultrige und der dicke Gartenzwerg schauten erwartungsvoll zu dem Alten. Der schloss die Seitentür wieder und hob zu einer Rede an: »Das Entladen eines Pferdes ist eine Kunst. Ihr könnt nicht einfach die Klappe aufmachen, wenn ein Pferd im Inneren angebunden ist. Es würde versuchen, nach hinten auszubrechen und sich das Genick brechen. Pferde sind Fluchttiere, die denken nicht nach, wenn sie wegwollen. Merkt euch das: Erst das Pferd losbinden, dann die Klappe auf!«

Der dicke Mann nickte.

»Sorry, Chef. Der Gaul hat einfach zu viel Ärger gemacht. Die ganze Fahrt über. Überall sind Dellen im Hänger.«

Er zeigte auf die vielen Stellen im Metall, die von den Tritten des Pferdes eingebeult waren. Das Tier musste völlig außer sich gewesen sein.

Der Alte ignorierte den Schaden. »Das ist kein *Gaul*. Das ist überhaupt kein gewöhnliches Pferd. Das ist - oder besser war - ein berühmtes Springpferd. International bekannt. Und jetzt ist Marwani der neue Stolz meines Hofes. Meine neue Zuchtstute.« Er sagte das selbstzufrieden und mit Überzeugung.

Die beiden Arbeiter schauten sich an.

»Ist trotzdem gefährlich, dieses Pferd«, sagte der eine und im nächsten Moment polterte es im Hänger wieder laut. Dieses Mal schepperte etwas gegen die Heckklappe. »Verdammt, Ihr Zuchtpferd tritt gleich durch die Wand.«

Der Name klang in Miras Kopf nach. Marwani. Was für ein schöner Name für ein Pferd. Er fühlte sich weich und samtig an und trotzdem wild und frei wie ... wie ein Indianer vielleicht. Marwani, das klang nach Wildem Westen und endlosen Prärien, nach Tausenden von Büffelhufen, die den Boden aufrissen und zum Beben brachten. Solch ein wohlklingender Name sollte diesem tobenden Pferd gehören?

Die Sonne brach nun endlich hinter den Wolken hervor und in diesem Moment bildete sich ein Regenbogen über dem Hof. Er legte sich wie ein schützender Ring um Gut Falkental, als wollte er den Hof gegen alles Böse abschirmen.

Mira wurde warm ums Herz und sie dachte verträumt: »Marwani steht unter dem Schutz eines Regenbogens.«

Im Licht der Sonne sah der Hof nun auch nicht mehr trist und verregnet aus. Ganz im Gegenteil, die Pfützen spiegelten das Licht wider und funkelten um die Wette. Ein Schwarm Vögel stieg hinter der Scheune hervor und kreischte laut, als er über die Männer hinwegflog.

Der breitschultrige Mann schaute nach oben und verzog im nächsten Moment angewidert das Gesicht. Er zeigte auf seine Schulter: »Der Vogel hat mich angekackt.«

Der andere Mann lachte und entblößte zwei Reihen gelblicher Zähne. »Das bringt sieben Jahre Pech in der Liebe«, spottete er.

Der Alte war gerade in ein Rinnsal getreten und ausgerutscht. »Verflixt und zugenäht. Ihr habt mir hier tiefe Schlammspuren reingefahren.« Mit Mühe hielt er sich mit einer Hand am Hänger fest. Er stand nun hinten neben der Heckklappe und fummelte an einem Riegel herum. Er klemmte. »Das nächste Mal fahrt ihr hier langsamer rein. Kein Wunder, dass die Stute außer sich ist. Wir sind hier nicht auf dem Nürburgring. Und die Spuren hier kosten mich wieder einen halben Tag Arbeit!«

»Wir sind nicht schuld am Regen …«, verteidigte sich Boris, aber der Alte ignorierte ihn. Er zerrte immer noch am Riegel.

»Alles voller Rost, das muss dringend geölt werden.«

Der Junge mit der Gummilatzhose trat stumm neben ihn und schlug mit der Faust fest dagegen, dann zog er an der Lasche, und dieses Mal öffnete sich der Verschluss. Er ging auf die andere Seite und öffnete dort den zweiten Riegel.

»Alles klar.«

Prüfend stampfte der Alte mit den Füßen auf den Boden und murmelte etwas vor sich hin. Anscheinend war er mit dem matschigen Untergrund nicht einverstanden. Mit lauter Stimme ordnete er an: »So, da wären wir. Bleibt in guter Entfernung stehen. Das hier mache ich allein.«

Der Junge trat zurück zu den beiden Arbeitern und der Alte ließ vorsichtig die Klappe herunter.

»Jetzt schaut gut zu, da könnt ihr was lernen. Ihr müsst immer neben dem Hänger stehen, niemals dahinter, sonst läuft das Pferd euch über …«

Weiter kam er nicht. Ein weißer Wirbelwind raste rückwärts aus der Box und ließ sie alle erstarren. Schnell und so gleißend wie ein Blitz in einem Sommergewitter bewegte sich der weiße Schemen die Rampe hinunter, schlitterte auf dem Matsch und fiel schließlich zu Boden. Hilflos rutschte die Stute ein paar Meter auf dem Rücken weiter, bis sie energisch versuchte, wieder auf die Beine zu kommen.

Kapitel 3

Ein weißes Pferd mit langer, zerzauster Mähne, vollkommen schweißgebadet und mit weit geöffneten Nüstern stand zitternd vor den Männern. Es war am Rücken und am Bauch mit Schlamm bedeckt, aber das änderte nichts an seiner Wirkung auf Mira. Stolz reckte es seinen Hals und schüttelte seine Mähne. Es war sofort nach seinem Fall wieder aufgesprungen, so schnell, dass niemand hatte reagieren können.

»Ruhig, ruhig. Alles gut.« Der Alte sah als Einziger unbeeindruckt aus. »Schhhht. Du bist ja jetzt zu Hause.«

Der Alte ging mit ausgestreckten Armen langsam auf das Pferd zu und versuchte, den herunterhängenden Führstrick zu greifen, aber die Stute war flinker. Sie wich zurück und trat in eine Pfütze. Wassertropfen spritzten in alle Richtungen. Unruhig stampfte sie mit dem Huf auf und schnaubte. Der Alte folgte ihr, aber er war wieder nicht schnell genug und verfehlte den Führstrick um ein paar Zentimeter.

»Ich tu dir nichts. Gleich geht es in den Stall und dann kriegst du frisches Heu.«

Das Pferd schaute ihn kampfbereit an, die Muskeln zum Bersten gespannt. Es hatte die Ohren nach hinten gelegt und die Augen weit aufgerissen. Außerdem zitterte es noch immer. Plötzlich und ohne jede Vorwarnung stieg es, wieherte und trat mit den Vorderbeinen um sich. Es war ein majestätischer Anblick. Die Stute ragte hoch in den Himmel und sah aus wie eine Statue vor einem Schloss. Sie wirkte so wild und frei, als wäre sie noch nie von Menschenhand berührt worden.

»Wow«, entfuhr es dem Jungen. »Die hat Temperament. Da haben wir uns ja was eingebrockt.«

Unbeeindruckt zuckte der Alte mit den Schultern. »Das wird schon. Gib ihr ein paar Tage zum Eingewöhnen.«

»Ach, ich habe nichts dagegen. Ein bisschen Energie gibt einem Pferd doch erst richtig Persönlichkeit.«

»Da spricht der ewige Optimist.«

Mira hatte noch nie so ein hübsches Pferd gesehen. Es hatte lange Beine, eine kräftige Rückenlinie, und einen fein geschwungenen Hals. Alles an ihm wirkte athletisch und es schien vor Energie zu strotzen. Mira war beeindruckt. Das fast perfekte Bild wurde nur von einem Makel gestört: Hinten, auf seinem Oberschenkel, prangte eine grau-rosa Narbe, die sich bis zum Rücken zog. Sie war fingerdick und schlecht verheilt. Wie das wohl passiert war? Allzu gerne hätte Mira die Geschichte dazu gewusst.

Als könnte Boris ihre Gedanken lesen, zeigte er auf die Narbe. »Das sieht schlimm aus.«

»Ja, das war ein übler Unfall«, entgegnete der Alte. »Aber gut für mich – ansonsten hätten wir uns Marwani auch nicht leisten können. Die kostet so viel wie ein Sportwagen. Vor der Verletzung war sie unbezahlbar.«

Das Pferd wieherte, stieg erneut und fiel dann krachend nach vorn auf alle vier Hufe zurück. In einer einzigen Bewegung sprang es herum und stürmte davon. Sein Führstrick flatterte hinter ihm her. Es dauerte einen Augenblick, bis die

Männer sich gefangen hatten. Es war der Junge in den Gummihosen, der zuerst reagierte. Neugierig spähte Mira durch die Jalousien.

»Lasst mich das machen«, rief er und der Alte nickte gelassen.

Eben noch hatte er sich über die beiden Männer aufgeregt, jetzt war er wieder die Ruhe selbst.

Der Junge rannte nicht los, sondern ging betont langsam hinter dem Pferd her. Nicht in einer geradlinigen Bewegung, sondern in einem weiten Bogen. Auf der Koppel gab es sowieso kein Entrinnen. Die Stute war in eine Ecke geflüchtet und es war nur eine Frage der Zeit, bis der Junge sie eingefangen hätte.

»Warum könnt ihr das arme Pferd nicht einfach in Ruhe lassen?«, fragte sich Mira und sprach die Worte laut aus. Ihr tat die Stute leid. Vor lauter Aufregung hatte sie die Nase fest gegen die Lamellen gepresst. Immerhin mal ein wenig Action hier auf dem Land.

Da krachte es und etwas schepperte zu Boden. Die alte Jalousie hatte sich aus ihrer Halterung an der Decke gelöst. Jetzt fiel sie herunter und traf Mira genau am Hinterkopf. Das tat weh.

»Autsch, so ein Mist«, schrie sie auf.

Die Männer hielten inne und blickten in ihre Richtung. Mira stieg die Schamesröte ins Gesicht: Sie hatte sich vollkommen in der Jalousie verheddert und kämpfte mit den Lamellen.

»Guck mal, Boris, wie ein Insekt in einem Spinnennetz!«, rief der dicke Arbeiter und zeigte mit dem Finger auf sie, während Mira hilflos vor sich hin zappelte.

Licht. Es war hell in Miras Zimmer. Der Vollmond schien mit aller Kraft in ihr kleines Reich. Der Himmel war wolkenlos und die Sterne funkelten glasklar. Die Luft war frisch und kühl. Nachdem die Jalousie am Vormittag heruntergefallen war, war Mira den Launen der Natur ausgesetzt.

So werde ich nie schlafen können, dachte sie und drehte sich unruhig hin und her.

Dieses gleißende Licht war zum Verrücktwerden. Sie hielt sich ihr Kissen vor das Gesicht, um der Helligkeit wenigstens für ein paar Sekunden zu entkommen. Unter dem Kissen wurde es stickig. Nach einer Weile gab sie auf. Missmutig zog Mira sich aus dem Bett hoch und kletterte mühevoll in ihren Rollstuhl. Vielleicht konnte sie das Fenster mit einer Decke abhängen und den Raum wenigstens etwas verdunkeln. Sie schnappte sich die Wolldecke, die über dem Schreibtischstuhl hing.

Die Dielen knarrten, als sie mit dem Rollstuhl zum Fenster fuhr. Hoffentlich wachten ihre Eltern oder Kathi nicht auf.

»Autsch, verdammt«, rief sie und ärgerte sich im nächsten Moment über sich selbst.

Im morschen Fensterrahmen hatte sie sich einen Splitter geholt. Inständig betete sie, dass es im Haus still blieb. Sie spitzte die Ohren, aber nichts rührte sich.

Draußen bewegte sich ein Schatten zwischen den Bäumen. Mira hielt inne. Was war das? Wieder eine kleine Bewegung und ein weißes Blitzen. Von ihrem Fenster aus sah sie auf eine schmale Koppel. Ein paar Meter weiter wurde diese mithilfe eines Zauns von der nächsten Koppel abgetrennt.

Hier hatten am Morgen die Fohlen getobt. Dahinter lag der Hof mit den Ställen und dem Wohnhaus. Wo tagsüber der Pferdehänger geparkt hatte, stand nun ein einsamer Traktor. In der Nacht wirkten die Formen bizarr, wie ein wildes Tier, das sich zur nächtlichen Ruhe gelegt hatte.

Die Baumgruppe, in der Mira den Schatten erspäht hatte, lag auf der Wiese, die bis an ihr Fenster heranreichte. Das Haus war direkt auf die Grundstücksgrenze gebaut worden, eine Bauweise, wie man sie sich heute wohl nicht mehr ausdenken würde. Sie kniff die Augen zusammen, aber zwischen den Bäumen war es zu dunkel, um etwas zu erkennen, trotz des Vollmonds.

Nachts kamen die Pferde alle in den Stall. Es musste also ein anderes Tier sein, das dort sein Unwesen trieb. Sie beugte sich zur Seite und holte ihre Taschenlampe aus der Schreibtischschublade. Vorsichtig schob sie den Riegel hoch und zog das Fenster auf. Da war es wieder! Ein breiter, heller Fleck, der die Dunkelheit durchbrach. Ein weißes Pferd trat aus den Schatten hervor. Marwani!

»Hey, du«, flüsterte Mira der Stute zu. »Was machst du denn hier draußen? Hast du keinen Stall bekommen?«

Die Stute kam langsam näher. Sie sah stolz und würdevoll aus, als sei sie über alles und jeden erhaben. Der Hals war leicht abgerundet, der Schweif erhoben. Ihr starker, schlanker Körper war angespannt. Mit jedem Schritt wirkte sie größer und unnahbarer.

So viel Selbstbewusstsein müsste man haben, dachte Mira und konnte ihre Augen nicht von der schönen Stute abwenden.

»Kannst du auch nicht schlafen?«

Die Stute hob den Kopf und schaute sie geradewegs an. Mira saß ganz still, sie wollte das Pferd nicht erschrecken. Marwani hatte die Ohren in ihre Richtung gedreht. Minuten vergingen, aber das Pferd fixierte sie immer noch.

»Ich tue dir nichts. Hab keine Angst vor mir.«

Endlich schien sich etwas in ihm zu lösen und die Verkrampfung in seinem Körper ließ nach. Die Narbe leuchtete im silbernen Mondlicht.

»Was hat man dir nur angetan? Hattest du einen Unfall? Hast du dich deshalb heute so aufgeregt?« Miras Worte klangen ruhig und das Pferd hörte ihr mit gespitzten Ohren zu. »Ich … ich hatte auch einen Unfall. Ich weiß, wie sich das anfühlt. Und wie … wie schmerzhaft das ist.«

Die Stute blickte sie so konzentriert an, als würde sie jedes Wort verstehen. Mira tastete über ihre Beine und zwickte sich in den Oberschenkel. Nichts. Da war kein Gefühl mehr. Sie seufzte.

»Immerhin hat man dich wieder reparieren können.«

Die Stute schnaubte leise. Dann senkte sie den Kopf und fing an zu grasen. An Mira schien sie nicht mehr interessiert zu sein. Sie schaute zu, wie die Stute genüsslich an den Halmen zupfte und auf ihnen herumkaute. Sie ließ die weiche Schnute wählerisch über dem Boden kreisen und holte sich hier und dort ein Büschel Gras.

»Das ist lecker, nicht wahr? Lass es dir schmecken.«

Mira konnte es von ihrem Platz aus zwar nicht sehr gut erkennen, aber es schien ihr so, als könnte die Stute zielgenau die Pflanzen heraussuchen, die sie am liebsten hatte.

Ab und zu hob Marwani den Kopf und spitzte die Ohren, nur um kurz darauf weiterzufuttern. Mira spürte, wie sich ihr Bauch zusammenzog, und in ihrem Magen fing es an zu rumoren. Ein tiefes Grollen breitete sich in ihrem Inneren aus. Sie spürte, wie der Hunger sie einholte. Meine Güte, sie könnte jetzt einen ganzen Berg Spaghetti verdrücken.

Am nächsten Morgen schlief Mira lange. In der Nacht hatten sie wirre Träume geplagt. Sie konnte sich nicht erinnern, um was es ging, aber das wollte sie auch gar nicht. Ihr Kissen war so feucht wie ein Schwamm. Ein Blick auf die Uhr zeigte ihr, dass es schon fast Mittagszeit war. Sie war nass geschwitzt und ein metallener Geschmack lag auf ihrer Zunge. Erst mal Zähne putzen und duschen. Das konnte sie zum Glück mittlerweile allein.

Ihre Dusche war so groß, dass sie einfach hineinrollen und sich von dort aus an einem Geländer auf eine geflieste Sitzfläche ziehen konnte. Solange sie dort nicht hinunterglitt, schaffte sie alles gut.

Einmal war die Fläche jedoch von der Seife schmierig gewesen – sie war weggerutscht und unten auf den Duschboden geknallt. Dort hing sie wie ein schlaffer nasser Sack und kam nicht mehr hoch. Es war entwürdigend gewesen. Das Wasser war viel zu kalt eingestellt gewesen und sie hatte bitterlich gefroren, aber es hatte viele Minuten gedauert, bis sie sich überwinden konnte, ihre Mutter zu rufen. Sie hasste es, andere um Hilfe zu bitten. Seitdem passte sie sehr gut auf, keinen Fehler zu begehen.

Jetzt genoss sie die Dusche in vollen Zügen. Das heiße Wasser tat gut. Sie drehte den Strahl voll auf, damit der Wasserdruck möglichst stark war. Sie mochte es, wenn das Wasser die Haut massierte. Der Schweiß perlte von ihr ab und mit ihm auch die Müdigkeit. Ihr Shampoo roch angenehm nach Tannennadeln und Wald. Es berührte eine Seite in ihr, die sich nach Freiheit sehnte, nach Abenteuer und vergangenen Zeiten. Es roch nach Ausflügen und Picknick, nach Gelächter. Sie schäumte sich gründlich ein und sog immer wieder den Duft tief ein. Zum ersten Mal seit Wochen entspannte sie sich etwas.

»Mira?«, fragte ihre Mutter ungläubig.

Mira war in der Küche erschienen und hatte ihren Rollstuhl am Esstisch geparkt. Sie hielt den Kopf leicht gesenkt und hatte die Hände auf den Tisch gelegt.

»Was machst du denn –«

»Sag nichts. Ich will einfach nur was essen.«

Maria Anders verstand. Stumm legte sie das Besteck vor Mira auf den Tisch und stellte einen Teller daneben. Mira entging nicht, dass ihre Mutter fast automatisch nach einem Teller des guten Sonntagsgeschirrs gegriffen hatte. Es war hauchdünn mit Rosendekor. Auf den anderen Plätzen stand das Alltagsgeschirr. Grobe, hellgraue Teller, vermutlich bei Ikea gekauft.

»Wir warten noch, bis dein Vater nach Hause kommt.«

Es duftete verführerisch aus dem Ofen und Mira lief das Wasser im Mund zusammen. Sie hatte so einen Hunger. Auf dem Herd köchelte eine Bratensoße und in einer Pfanne brutzelte Gemüse.

»Willst du was trinken?«

Mira nickte und ihre Mutter reichte ihr eine Wasserflasche und ein Glas. Ohne zu zögern drehte sie den Deckel ab und wollte gerade die Flasche an die Lippen setzen …

»Mira …«

»Ist ja gut, Mama.«

Ihre Mutter hasste es, wenn sie aus der Flasche trank. Brav schüttete sie sich das Wasser in ihr Glas. Die Haustür ging auf und wieder zu und ihr Vater stiefelte herein. Mira bemerkte aus dem Augenwinkel, wie ihre Mutter verschwörerisch die Augenbrauen hob und den Zeigefinger an den Mund legte. Normalerweise ärgerte es sie, wenn ihre Eltern glaubten, dass sie so etwas nicht bemerken würde. Jetzt war es ihr aber egal. Ihr Magen knurrte, sie hatte Hunger.

Schweigend setzte sich ihr Vater zu ihr an den Tisch.

Mit Begeisterung sah Mira den knusprigen Truthahn, den ihre Mutter aus dem Ofen holte. Er war mit Äpfeln und Zwiebeln gefüllt und roch so lecker, dass ihr die Spucke im Mund zusammenlief.

»Hm, das schmeckt hervorragend. Du bist eine begnadete Köchin.« Johannes Anders nickte seiner Frau anerkennend zu. »Und diese Bratensoße, die ist besser als alles, was man im Restaurant bestellen kann. Vielleicht solltest du wieder als Köchin arbeiten. Dein Talent ist an uns verschwendet.«

»Danke, wenn es zeitlich passt, suche ich mir wieder einen Job. Momentan bin ich hier voll ausgelastet.« Sie zuckte zusammen und schielte zu Mira. Schnell fügte sie hinzu: »Es gibt noch so viel am Haus und im Garten zu erledigen.«

Aber Mira hatte überhaupt nicht zugehört, so sehr war sie

auf das Essen konzentriert. Langsam aß sie, schluckte Happen für Happen hinunter.

Dabei merkte sie nicht, dass ihre Mutter sie glücklich anstrahlte und ihr Vater triumphierend nickte und sich dabei durch den Bart strich. Das machte er immer, wenn er sich freute. Mira aß wieder, der erste Schritt war getan. Der Truthahn wurde schnell kleiner und die Pfanne leerte sich auch immer mehr.

»Haalllooo, Leute!«

Kathi stürmte zur Tür herein, kehrte auf halbem Weg zum Tisch wieder um und zog die Stiefel aus. Achtlos warf sie sie in eine Ecke und trabte zum Tisch zurück.

»Sorry, ich bin spät dran«, rief sie in Richtung ihrer Familie und der halbleeren Teller. Sie war außer Atem und strahlte über das ganze Gesicht.

»Mann, hab ich einen Hunger. Mira, du bist ja auch hier.« Kathi setzte sich auf ihren Platz und löffelte hektisch die Reste aus den Schalen und Pfannen. »Mama, Papa, das war der Hammer! Vielen Dank, dass ich gehen durfte. Das will ich jetzt jeden Tag machen.«

Kathi hatte gerade ihre erste Longenstunde hinter sich gebracht. Natürlich auf Gut Falkental. Sie war so aufgeregt, dass sie rote Flecken auf den Wangen hatte.

Mira rümpfte die Nase, weil von Kathi ein intensiver Stallgeruch ausging. Ein Geruch nach Pferdeäpfeln, Stroh und Leder. Unauffällig rollte sie ein paar Zentimeter von ihrer müffelnden Schwester weg und sagte: »Das freut mich. Erzähl mal, was ihr gemacht habt.«

»Es war einfach sagenhaft toll. Und, voll cool, ich durfte auf Amadeus reiten. Herr Grollmann selbst hat die Reitstunde gegeben und er hat gesagt, dass Amadeus früher viele Medaillen gewonnen hat. Er ist ein Warmblut und sehr groß, aber richtig knuffig. Mit so einem Kopf.« Sie breitete die Arme aus, um zu zeigen, wie groß er war. Demnach war Amadeus' Kopf etwa so groß wie ein Geldautomat.

Kathi drehte sich zu ihrer Schwester hin. »Oh, Mira, das hättest du sehen müssen. Erst haben wir verschiedene Übungen im Schritt gemacht, ich musste meine Arme kreisen lassen und solche Sachen. Herr Grollmann meinte, das diene dazu, dass ich mein Gleichgewicht finde, aber es war super einfach. Am Ende durfte ich sogar die Zügel halten und wir sind getrabt. *Getrabt!*«

Kathi freute sich so sehr, dass ihre Wangen glühten und sie sogar manche Worte in der Eile verschluckte.

Mira nickte anerkennend. »Klingt super«, murmelte sie und schaufelte sich eine Portion Nachtisch auf den Teller.

In der Stadt hatte es keine Pferde gegeben, aber Kathi wollte damals schon immer reiten und am liebsten ein eigenes Pferd haben. Das war natürlich unmöglich gewesen. Sie hatten keinen Garten gehabt und auch von einem Reiterhof war weit und breit keine Spur gewesen. Kathi war unerschütterlich und hatte improvisiert. Ihr Taschengeld wurde in Pferdemagazine investiert und ihr Zimmer war mit Pony- und Einhorn-Postern tapeziert.

»Herr Grollmann ist superstreng. Aber ich glaube, bei dem lernt man was. Er ist schon über siebzig und hat total viel Erfahrung. Irgendwie hat alles gut geklappt, was ich machen sollte, und er meinte, dass er jetzt schon sehe, dass ich Talent habe. Kannst du dir das vorstellen?«

»Hm.«

Mira wollte gerne mehr sagen, aber sie hatte einen dicken Kloß im Hals. Sie selbst würde niemals auf einem Pferd sitzen können, sie konnte ja nicht mal mehr stehen. Niemand würde ihr jemals sagen, dass sie für irgendetwas Talent besitze. Niemals. Jemals.

Das war einfach zu krass, dass sie kein Ende vor Augen hatte … dass dieser Albtraum nie vorübergehen würde …

»Er sagt, ich habe eine natürlich gute Haltung und außerordentliches Feingefühl.«

»Hm.«

»Ja, wie, ›hm‹? Freust du dich denn gar nicht für mich?«

Kathi beäugte ihre Schwester skeptisch. Ihre großen, blauen Augen schauten Mira unschuldig an. Sofort schämte Mira sich. Sie freute sich ja für Kathi und wollte ihr nicht die gute Laune verderben – es fiel ihr nur so schwer, positive Gefühle zu zeigen. Es war, als trüge sie einen schweren Korb mit Backsteinen auf dem Rücken. Ein Gewicht, das konstant an ihrem Bewusstsein und ihrer Lebenskraft zerrte. Sie riss sich zusammen.

»Doch. Natürlich. Finde ich super. Ich kann das nur nicht so zeigen. Aus dir wird mal eine ganz große Reiterin, Kathi. Ich glaube fest an dich. Wenn jemand es schafft, dann du. Du stehst unter dem Zeichen von Epona.«

»Wer ist denn Epona?«

»Tja, im Vorteil ist, wer in Latein aufgepasst hat. Das ist die Göttin der Pferde und der Reiterei.«

»Aber ich habe doch noch gar kein Latein! Mann, jetzt bin ich voll raus, ich wollte doch vom Reiten erzählen. Habt ihr gehört, was ich gesagt habe: Ich habe Talent fürs Reiten.« Ungeduldig runzelte sie die Stirn.

Mira öffnete den Mund, aber ihre Mutter kam ihr zuvor. »Ist gut, Kleines. Wir unterbrechen dich jetzt nicht mehr. Erzähl weiter.«

Kathi entspannte sich. Munter plapperte sie drauflos. »Wenn ich jede Woche drei Reitstunden nehme, meint er, dann kann ich am Ende des Jahres vielleicht sogar an einem Turnier teilnehmen.«

Ihre Mutter nahm sie in den Arm. »Es freut mich, dass du etwas gefunden hast, das dir liegt. Ich bin sehr stolz auf dich. Hast du sehr gut gemacht.«

»Jede Woche drei Reitstunden? Wer soll das bezahlen?« Johannes Anders sah nicht begeistert aus.

Kathi guckte ihn flehend an. Schmutzflecken glänzten auf ihrem Hals, aber ihre Wangen glühten.

»Bitte Papa, biiiiitte! Das ist mein absolut größter Traum.« Sie trug eine abgewetzte Reithose und ein viel zu großes, rotes T-Shirt, auf dem in geschwungener Schrift ein Spruch gedruckt war: *Lebe, als hätte jemand die Stalltür offen gelassen.*

Johannes Anders winkte ab. »Darüber müssen wir noch reden. Das ist viel Geld.« Seine Gesichtszüge wirkten aber nicht mehr so streng wie gerade eben. Es gab wenig, was er seiner Tochter abschlagen konnte, wenn sie ihn so eindringlich anschaute.

»Ich hab mein Sparschwein geschlachtet, die ersten Monate kann ich selbst übernehmen.«

»Mal sehen. Du hast ja bald Geburtstag.«

Kathi strahlte. »Also, wenn ich erst mal viele Turniere gewinne, habe ich genug Preisgeld, um mir ein eigenes Pferd zu kaufen. Das nenne ich dann Blackie. Weil es schwarz sein wird. Ich werde jeden Tag trainieren und wenn ich dann international bekannt bin, kann ich mir einen eigenen Reiterhof kaufen und …«

Mira lächelte, Kathis Träumereien amüsierten sie. Sie liebte ihre unverwüstliche Schwester, die den Optimismus eines Kühlschrankverkäufers in der Antarktis und die Energie eines Erdmännchens auf Traubenzucker hatte. Kathi mochte eine Träumerin sein, aber sie war von ganzem Herzen ein guter Mensch. Und mit neuneinhalb durfte man auch noch vom ganz großen Erfolg träumen. Vielleicht würde Kathis Wunsch ja wenigstens teilweise wahr werden. Sie war besessen von Pferden und hatte nie Gelegenheit gehabt, ihre Leidenschaft auszuleben. Träume konnten einen zu Höchstleistungen antreiben. Kathi war ihr in mancher Hinsicht ähnlich. Wenn sie was wollte, gab sie niemals auf.

Da fiel Mira etwas ein. »Sag mal, diese weiße Stute, Marwani, weißt du irgendetwas von der?«

Kathi dachte angestrengt nach. »Ja, das ist Herrn Grollmanns neues Zuchtpferd. Sie ist eine Treckerstute.«

»Eine was?«

»Treckerstute.«

Mira machte sich eine geistige Notiz. Keine Ahnung, was das war. Das konnte man ja mal nachschlagen.

Kathi zuckte mit den Schultern. »Herr Grollmann meinte nur, wir sollen uns alle von ihr fernhalten. Sie ist gemeingefährlich.«

»Hat sie jemandem was getan?«

»Nee, ich glaub nicht. Aber deshalb steht sie allein auf der Koppel, isoliert von den anderen. Damit es keinen Unfall gibt. Und weil sie niemanden an sich heranlässt.«

Kapitel 4

Wo Marwani nur gerade steckte? Mira scannte mit ihren Augen die Koppel, aber die Stute war weder unter ihrem windschiefen Holzunterstand noch zwischen den Bäumen zu sehen. Auch nicht am Bach, der friedlich vor sich hingluckerte. Hinten am Paddock machte der Bach eine Kurve und dort staute sich das Wasser. Aus einem ihr unerklärlichen Grund machte sie sich Sorgen um Marwani.

Kathi stürmte in Miras Zimmer und sie schrak hoch. »Hey, kannst du nicht anklopfen?«

»'tschuldigung. Hast du meine Reitstiefel gesehen?«

»Nee. Werde sie mir wohl kaum ausgeliehen haben.« Mira kniff sich in ein Bein. »Kein Gefühl drin, schon vergessen?«

»Äh … Ich habe gleich eine Reitstunde und kann schlecht in den Schuhen hier gehen.« Kathi zeigte auf ihre knallroten Sneakers. »Ich hab die Stiefel geputzt und dann irgendwo hingelegt. Aber wo? Ich werde noch verrückt.«

Typisch für Kathi. Die verlor immer alles. Egal ob Schlüssel, Rucksäcke oder Jacken. Irgendwann würde sie noch ihren eigenen Kopf vergessen.

»Wenn ich sie sehe, sag ich dir Bescheid. Sag mal, weißt du, ob Marwani auf eine andere Koppel verlegt worden ist? Sie stand sonst immer hier, direkt vor meinem Fenster.«

»Die sollte heute gewaschen werden. Ich bin mal gespannt, ob das gut geht. Bisher hat sie nur Ärger gemacht. Herr Grollmann meinte, sie ließe sich nicht anbinden und würde ständig scheuen. Sie hat nach ihm getreten und ist total unberechenbar.«

»Hm.«

Kathi lief wieder hinaus, um weiter nach ihren Reitstiefeln zu suchen. Mira seufzte. Sie griff sich ein Buch und fing an zu lesen. Es war eine Geschichte über einen jungen Mann im Kongo, der es sich zu seiner Aufgabe gemacht hatte, die Gorillas zu beschützen. Ihre Gedanken drifteten ab. Der Mann lebte bei den Menschenaffen und schlief wie sie in einem Nest aus Zweigen und Blättern. So hatte sie sich früher auch ihre Zukunft vorgestellt: Wild und frei und jeder Tag ein Abenteuer. Stattdessen hing sie hier in diesem Zimmer fest. Plötzlich hörte Mira ein Wiehern und sie schrak hoch.

»Marwani!«, rief sie etwas zu laut und schlug sich die Hand vor den Mund.

Die Schimmelstute stand am Gatter und warf sich mit aller Wucht gegen den Zaun, dass es nur so krachte. Der Junge, der den Führstrick hielt, sprang einen Schritt zurück.

»Wirst du wohl!«, rief er laut und zerrte an dem Strick. Die Stute war völlig außer sich. Sie stieg auf die Hinterbeine, fiel wieder nach vorne und trat nach hinten aus. Mira sah, dass ihr ganzer Körper schweißbedeckt war, auf ihren Flanken hatte sich Schaum gebildet. Mit einem Ruck riss sie den Kopf nach links, um sich zu befreien und wieherte unentwegt. Der Junge schob das Gatter auf und die Stute stürmte auf die Koppel.

»He, der Führstrick!«, rief er noch, aber das Pferd war schon weg. Ein schwarzweißer Border Collie rannte hinter ihr her und bellte.

»Komm zurück, Pumba, bei Fuß!«

Der Hund blieb abrupt stehen, drehte um und trabte zurück. Wow, der hört aber gut, dachte Mira. Der einzige andere Hund mit dem sie bisher zu tun hatte, war Lenas Pudel gewesen. Den konnte man rufen, so oft und so laut man wollte, der hörte nur, wenn er gerade in Stimmung war und das war eher selten der Fall.

Marwani galoppierte über die Wiese. Den Kopf hatte sie nervös hochgerissen und ihre Bewegungen waren hektisch und nicht ausbalanciert. Am Bach angekommen, machte sie eine Vollbremsung, schnaubte, wendete und galoppierte am Wasser entlang. Der Junge versuchte, dem Pferd den Weg abzuschneiden, aber die Stute wich ihm mühelos aus. Sie raste wieder und wieder im Kreis und ihre Mähne flatterte erneut ungebärdig im Wind. Der Hund wartete währenddessen artig am Gatter.

»Jetzt bleib schon stehen, Marwani!«, rief der junge Mann genervt. Mira hatte ihn vorher schon einmal gesehen – es war derselbe junge Mann, der auch dabei gewesen war, als Marwani angekommen war. Der Typ in der Gummilatzhose. Mit den dunklen Wuschelhaaren. Mira hatte ihn schon ein paar Mal von Weitem gesehen, meist schob er eine Schubkarre oder schleppte Heuballen von einem Ort zum anderen. Heute trug er eine Jeans und ein lässiges T-Shirt. Und er hielt eine Peitsche in der Hand.

Die Erde unter Marwanis Hufen stob auf und hinterließ kleine Krater auf der Wiese. Sie legte die Ohren an und streckte den Hals weit vor. Der Junge näherte sich ihr. Plötzlich schoss Marwani auf den jungen Mann zu und versuchte ihn zu beißen. Er wich blitzschnell aus.

»Willst du wohl …?«

Marwani drehte ihm ihr Hinterteil zu und trat aus. Der Junge war schneller. Er ließ die Peitsche knallen. Nur auf den Boden, aber das tat seine Wirkung. Marwani zischte ab und der Junge lief der Stute hinterher. Diese hatte den Kopf gesenkt und rupfte unschuldig ein paar Grashalme aus einem Büschel. Ein paar Schritte noch und er stand neben ihr. Langsam hob er den Arm und redete auf das Pferd ein. Mira konnte nicht hören, was er sagte, aber sie unterdrückte ein Lachen, als die Stute ohne Vorwarnung an ihm vorbeischoss und über die Wiese galoppierte. Wieder blieb das Pferd ruhig stehen und schaute auf einen Fleck in der Ferne. Doch sobald der Junge an sie herangetreten war, flitzte sie davon. Es schien ein Spiel für sie zu sein, eine Art Fangen auf Pferdeart. Mira gefiel das: Die lässt sich nicht unterjochen, dachte sie.

»Dann halt nicht. Lauf eben mit dem verdammten Führstrick herum, bis du es leid bist«, hörte Mira den Jungen sagen. Er stand vor ihrem Fenster, vielleicht fünf Meter entfernt. Seine Haare waren ebenso dunkelbraun wie ihre, allerdings lockig und kurz. Er wirkte sportlich, sein Körper war schlank und athletisch. Resigniert drehte er sich um und entdeckte Mira am Fenster.

»Oh! Hallo«, brummte er und wirkte irritiert. »Hab dich gar nicht bemerkt.«

»Hi«, sagte Mira.

Reflexartig griff sie sich in die strähnigen Haare. Sie hatte sie seit einer Woche nicht mehr gewaschen. Jetzt ärgerte sie sich darüber … Sie musste total verwahrlost aussehen.

Und, oh Mann, sie trug ihren ältesten Trainingsanzug. Einen von der Sorte, die knisterte, wenn man sich bewegte. Ballonseide! Ihr Vater hatte mal gemeint, dass die schon mal in den Achtzigern im Trend gelegen hatte. Das konnte gut sein, denn sie hatte den Anzug aus einem Altkleidersack ihrer Tante geholt, weil er so retro aussah. Mist, Mist, Mist!

Auf der anderen Seite, es konnte ihr doch schnuppe sein, was der Typ von ihr hielt. Sein ausgewaschenes T-Shirt war ja auch nicht unbedingt der letzte Schrei vom Laufsteg in Paris.

»Das Pferd da«, lenkte sie schnell ab, »warum ist das so wütend?«

Der Junge musterte sie. »Ach, das legt sich schon wieder. Die muss sich erst eingewöhnen. Sie ist eben sehr temperamentvoll.«

»Ach so. Hm.«

Mira angelte sich eine Decke und legte sie über ihre Beine. Auf der Hose des Trainingsanzugs war ein knallbuntes Muster aus Dreiecken und Kreisen abgebildet. Schrill und total out.

»Ich bin übrigens Dan. Eigentlich Daniel, aber das klingt mir zu spießig. Ich arbeite hier. Der Hund dort, das ist mein Border Collie Pumba.«

Dan war bis ans Fenster gekommen und beugte sich über den Zaun. Neugierig schaute er in ihr Zimmer hinein.

Ziemlich dreist, dachte Mira. Sie schielte zur Seite und sah das Chaos um sich herum. Bücher lagen auf dem Boden verstreut, schmutzige Kleidung bedeckte sämtliche Oberflächen und die zerknautschte Decke auf ihrem Bett machte auch keinen guten Eindruck. Das Bett hatte sie seit Tagen nicht mehr gemacht. Sie schluckte, als sie ihre Unterwäsche vom Vortag am Fußende liegen sah. Wie peinlich! Dan schien die Wäsche zum Glück nicht zu bemerken.

»Du liest wohl ziemlich gerne«, stellte er interessiert fest.

Mira war erleichtert, dass er die Unordnung nicht ansprach. Es war ihr schon unangenehm genug. Vielleicht sollte sie mal wieder aufräumen.

»Ja«, antwortete sie zögernd.

»Na, und du?«

»Was?«

»Wie heißt du?«

»Ich … bin Mira.«

»Und das steht für …?«

»Nee, einfach nur Mira. Das ist keine Abkürzung. Mira – wie die nepalesische Trail-Läuferin.«

»Kenne ich nicht. Bist wohl nicht so gesprächig, wie?« Dan grinste.

»Was? Nee. Ich. Ähm …«

Mira wusste nicht, was sie sagen sollte. Ihr war das einfach nur peinlich. Ihre fettigen Haare, die Unordnung in ihrem Zimmer. Das Wissen, dass sie ihn beobachtet hatte. Der Rollstuhl.

Dans Blick klebte am Rollstuhl. Mira zog die Luft hörbar ein und er schaute beschämt weg. Schnell lenkte er ab und wies in Richtung der Pferdewiese.

»Magst du Pferde?«

Mira ließ ihren Blick hinaus über Marwanis Koppel und hinüber zum Hof gleiten. An einem Holzpfosten war eine Stute angebunden. Sie tropfte ein wenig, anscheinend war sie frisch gewaschen. Ihr Fohlen tänzelte nervös um sie herum. Das Kleine brauchte nicht angebunden werden, es würde seiner Mutter nicht von der Seite weichen. Ein anderes Pferd hatte sich wohl losgerissen, denn der Führstrick hing nutzlos auf den Boden hinunter. Es trottete zur Stute hin und die beiden hielten die Nasen zusammen.

»Nee. Ich ... Ich habe, ehrlich gesagt, noch nie etwas mit Pferden zu tun gehabt.«

»Da hast du was verpasst. Pferde sind die wundervollsten Geschöpfe auf diesem Planeten.« Er fixierte die beiden Pferde, die nun einträchtig auf dem Hof nebeneinanderstanden.

»Oh nein! Blitz hat sich wieder losgerissen. Das macht der immer.«

Das Pferd namens Blitz schien sehr entspannt. Es winkelte ein Bein an und senkte leicht den Kopf.

»Die zwei mögen sich anscheinend«, stellte Mira fest.

Die beiden Pferde ergaben ein harmonisches Bild, nur von dem kleinen Fohlen gestört, dem es gar nicht gefiel, dass seine Mutter Gesellschaft bekommen hatte. Es lugte unter dem Bauch der Mutter hervor, die langen Vorderbeine fest in den Boden gestemmt.

»Ja, Blitz mag alle Stuten. Er ist einfach sehr gesellig. Siehst du, wie still er neben der Stute steht? Das machen Pferde immer, wenn sie sich mögen. Die brauchen keine großen Worte.«

»Aha.«

Mira wusste nicht, was sie dazu sagen sollte. Sie dachte an ihre Freunde in der Stadt und wie wichtig es war, sich täglich über den neusten Klatsch und Tratsch auszutauschen. Ohne Worte wäre man da nicht weit gekommen. In ihrer Clique hatte es wenig ruhige Momente gegeben, die nicht von einem WhatsApp-Bing unterbrochen worden waren.

»Also dann. Ich geh jetzt. Die Arbeit ruft.« Dan trat ein paar Schritte vom Fenster weg.

»Nein, warte! Ähm, sag mal, wegen der Stute, meine Schwester meinte, Marwani sei eine Treckerstute?«

»Eine was?« Dan dachte kurz nach, dann lachte er. »Sie meint wohl eine Trakehnerstute! Ja, Marwani ist ein Trakehner. Das ist eine der ältesten deutschen Reitpferderassen.« Das klang stolz.

Aha, wieder was gelernt. Das musste sie Kathi auf die Nase binden. Von wegen »Treckerstute«.

Mira zeigte auf Marwanis Hinterteil. »Diese Narbe, woher kommt die?«

Dan kam zurück an den Zaun. Er lehnte sich gegen einen Pfosten und zupfte an einem Holzsplitter herum, während er erzählte: »Marwani kommt aus einer langen Zuchtlinie von erfolgreichen Springpferden. Ein großartiges Pferd. Wo immer sie auftauchte, war das Turnier schon entschieden. Leider gehörte sie Kader Wennberg vom Apfelhof, einer richtig arroganten Zicke! Unausstehlich.« Dans Gesicht wirkte finster. »Tja, aber das Pferd hat sie geliebt. Kader ist eine hervorragende Springreiterin, allerdings zu ehrgeizig für meinen Geschmack. Sie wusste nie, wann Schluss ist, und hat Marwani kaum eine Pause gegönnt. Auf jeden Fall hat sie es irgendwann übertrieben. An einem heißen Sommertag hat sie Marwani stundenlang springen lassen. Bis zur Erschöpfung. Das ist leider schief gegangen. Marwani ist bei einem Sprung über eine Mauer gestolpert und nicht richtig abgesprungen. Sie ist böse gefallen.«

Dan hatte die Augen zusammengekniffen und er sah wütend aus. Mira nahm das nicht persönlich. Ihre Gefühle konnte man auch oft an ihrem Gesichtsausdruck ablesen. Wie bei einer Disney-Figur. Denen sah man ihre Launen auch immer sofort an. Dan musste diese Sache sehr nahegegangen sein, so zornig wie er gerade war.

»Oh«, sagte Mira betreten. »War es sehr schlimm?«

»Ja. Marwani ist kopfüber nach vorn gestürzt und hat sich die Flanke und die Hinterbacke aufgerissen. Eine tiefe, schmerzhafte Wunde, die nicht heilen wollte. War ziemlich übel. Kader hat sich bei der Sache nur das Handgelenk verstaucht, aber sie war sehr wütend auf Marwani und dass, obwohl der Unfall ihre Schuld war. Ich habe ihr so oft gesagt, dass sie besser aufpassen muss und es mit ihrem Training übertreibt.«

Aha, dachte Mira. Das war es also. Die beiden hatten sich persönlich gekannt und Dan hatte das Unglück kommen sehen. Das musste sehr frustrierend für ihn gewesen sein.

»Hört sich so an, als sei Kader nicht besonders tierfreundlich. Ich meine, es war doch nicht Marwanis Schuld, dass sie sich ihr Handgelenk verstaucht hat. Eigentlich hätte sie sich doch um Marwani Sorgen machen müssen, wenn sie so schwer verletzt war?«

»Genau, die denkt nur an sich. Sie hätten das Pferd fast eingeschläfert. Schlussendlich hat der Tierarzt es aber zusammengeflickt und Marwanis Zustand hat sich gebessert. Nur ihre Karriere ist leider beendet.«

»Warum?«, fragte Mira etwas verdutzt.

»Na, weil so etwas nie wieder richtig verheilt. Unter der Haut ist immer noch hartes Narbengewebe. Marwani ist jetzt offiziell behindert und zu nicht mehr viel nutze. Ein Pferd, das nichts mehr leistet, ist kaum noch was wert. Herr Grollmann hat sie nur zum Züchten gekauft.« Er hob die Hände zum Mund, als er realisierte, was er gerade gesagt hatte. Er wurde knallrot und stammelte: »Also bei Pferden … äh … Ich meine …«

Mira hörte es schon gar nicht mehr. Ohne nachzudenken warf sie das Fenster zu, schob den Riegel vor und drehte sich weg. Dans Worte hallten in ihr nach. »Behindert und zu nicht mehr viel nutze« und »kaum noch was wert«, echote es in ihrem Kopf. Marwani war abgeschrieben, genau wie sie. Ohne Daseinsberechtigung. Ein Lebewesen zweiter Klasse. Auch wie sie. Die Tränen brachen aus ihr heraus und sie weinte hemmungslos.

Dan lehnte sich über den Zaun und klopfte ein paar Mal zaghaft an ihr Fenster, doch sie ignorierte es. Nach einer ganzen Packung Taschentücher beruhigte sie sich. Vielleicht war sie die Einzige, die in Marwani mehr sah als ein Nutztier, das man nach Belieben einsetzen und wieder fallen lassen konnte, wenn es zu nichts mehr zu gebrauchen war oder seinen Zweck erfüllt hatte. Sie fasste einen Entschluss. Wenn niemand verstand, was Marwani durchmachen musste, dann wollte wenigstens sie das tun. Kein Weg konnte zu steinig sein, wenn man ihn gemeinsam ging. Sie würde versuchen, die Stute besser kennenzulernen.

Kapitel 5

»Hey, Marwani. Ich hab hier was für dich. Das magst du doch sicher?«

Mira lehnte sich vorsichtig aus dem Fenster und winkte mit einer Möhre.

Marwani sah in ihre Richtung, kam aber nicht näher. Sie wirkte unruhig. Ihr Blick war in die Ferne gerichtet. Nicht weit hinter dem Reiterhof begann der Wald und am Horizont schimmerten die Berge. Marwani schaute so konzentriert, als suche sie etwas. Ihr weißes Fell wirkte stumpf und glanzlos. In ihrer Raufe lag ein unberührter Haufen Heu.

»Du musst fressen, Marwani«, flüsterte Mira. »Du hast dein Futter schon wieder nicht angerührt.«

Unruhig schlug die Stute mit dem Schweif und tänzelte.

»Ksch«, machte Mira und hoffte damit, die Aufmerksamkeit der Stute zu erlangen. Aber Marwani achtete nicht auf sie. Sie schien in ihrer eigenen Welt versunken zu sein, sodass sie Miras Bemühungen nicht mitbekam. »Ach, Marwani, nun komm doch her.«

Es war bereits früher Abend, die Sonne stand tief und die Schatten waren lang. Miras Eltern waren mit Freunden zum Abendessen verabredet und würden so schnell nicht wiederkommen. Kathi übernachtete bei einer Freundin. Sie hatte bereits einen Haufen neuer Freundinnen und traf sich fast jeden Tag mit irgendwelchen Mädchen. Im Stillen fragte Mira sich, wie sie das machte. Ungefähr hundert Mal hatte sie ihren Eltern versichern müssen, dass sie alleine zurechtkäme und sie auf gar keinen Fall ihre Verabredung absagen sollten. Sie kümmerten sich schon genug um sie. So viel, dass es manchmal sogar nervte. Nur weil sie nicht laufen konnte, war sie doch kein Kleinkind mehr.

Die Stute stampfte auf und wieherte leise, als riefe sie jemanden. Sie hatte ihr das Hinterteil zugedreht, aber Mira spürte, wie ruhelos sie war.

»Was hast du denn? Du siehst unglücklich aus.«

Mira ballte die Fäuste. Warum kam denn niemand, um Marwani zu beruhigen? Waren denn alle zu beschäftigt? Oder war Marwani es in ihren Augen einfach nicht wert? Mira hatte sofort wieder einen Kloß im Hals, als sie sich an Dans Worte erinnerte. »Ein Pferd, das nichts mehr leistet, ist kaum noch was wert«, hatte er gesagt.

»Ich glaube nicht, dass du so gefährlich bist, wie alle sagen.« Sie dachte nach. »Wenn ich nicht weiterweiß, ticke ich auch manchmal aus. Das ist ganz normal.«

Marwani drehte sich um und kam langsam auf das Fenster zu. In dem Moment flog eine Eule über sie hinweg und sie zögerte. Mira beugte sich vor.

»Marwani«, rief sie sanft. »Komm zu mir.« Vorsichtig lehnte sie sich so weit nach vorne, wie es nur ging. »Ich weiß, wie du dich fühlst, vertrau mir.«

Marwani setzte sich in Bewegung und blieb vor dem Fenster stehen. Mira wagte kaum zu atmen. Aus der Nähe wirkte Marwani noch eleganter. »Du bist so wunderschön, Marwani. So schön, dass es wehtut, dich anzuschauen.«

Die Stute hatte große dunkle Augen, die sie traurig anblickten. Sie waren tief und grüblerisch und voller Hoffnungslosigkeit. Mira durchzuckte ein heftiger Schmerz. Es kam ihr vor, als würde sie in einen Spiegel blicken.

Langsam schob Marwani den Kopf über den Zaun und er reichte fast bis zum Fenster. Mira streckte den Arm aus. Sie tat es langsam, vorsichtig, darauf bedacht, keine hektische Bewegung zu machen. Wie gerne würde sie der Stute über ihren geschwungenen Hals streichen. Sie trösten und ihr beistehen und für sie da sein, damit sie mit ihrem Leid nicht alleine war. Aber es war unmöglich, sie war hier gefangen. Wie sehr sie ihren Rollstuhl hasste!

»Ruhig, ich tue dir nichts. Ich bin auf deiner Seite.«

Ein Muskel auf Marwanis Brust zuckte und die Stute zögerte. Sie reckte sich noch etwas vor, aber reichte nicht an Miras Hand heran, dafür saß sie zu weit unten. Scharf sog Marwani die Luft ein und schien zu schnuppern. Mira hatte sich weit nach vorne gelehnt, mehr Bewegungsspielraum hatte sie nicht.

»Erschrick dich jetzt nicht. Hier, siehst du, eine Möhre.« Vorsichtig warf sie die Möhre vor Marwani auf den Boden. »Die ist für dich.«

Marwani schaute sie prüfend an, senkte den Kopf und knabberte an der Möhre. Sie hatte also doch Hunger.

»Das schmeckt gut, oder?«

Mira ließ den Blick über die Wiese gleiten und dann sah sie das Problem. Der Futtereimer war zwar voll, aber Marwani kam nicht an ihn heran. Er war unter dem Zaun durchgerutscht. Marwanis Wiese lief parallel zu Miras Zimmer am Haus entlang und folgte dann der Einfahrt bis zur Straße hin. Zwischen der Einfahrt und dem Koppelzaun lagen ein paar Rhododendron-Büsche. Mira konnte das rote Plastik des Eimers hervorschimmern sehen, er hatte sich zwischen einigen niedrigen Ästen verfangen.

»Du hast Hunger, nicht wahr?« Mira atmete laut aus. So ein Mist. Wenn sie doch nur nicht an diesen verdammten Rollstuhl gefesselt wäre! Nachdenklich massierte sie sich die Stirn.

Dort, wo der Futtereimer lag, war der Boden einigermaßen fest. Die Büsche standen weit auseinander und es gab weniger Wurzelwerk als weiter unten an der Einfahrt. Mira fasste einen Entschluss.

»Ich bin gleich bei dir, Marwani.« Sie angelte sich ihre Jacke. »Das wäre doch gelacht.« Sanft wie eine Katze ließ sie sich zurück in ihren Rollstuhl gleiten.

Draußen war es kühl. Das Licht des Tages war einer samtenen Dunkelheit gewichen. Die Abendluft wehte über ihre Wangen und Mira fröstelte leicht. Sie war ohnehin eine Frostbeule. Letztes Jahr im Sommer hatten sie mehrfach am See gezeltet. Obwohl es nicht richtig kalt gewesen war, hatte sie sich in dicke Schichten eingepackt und nannte es das ›Zwiebelprinzip‹. Lena witzelte, sie sehe aus wie ein Astronaut auf Apollo-Mission. Wie weit weg schienen ihr nun die lauen Sommerabende, an denen sie im See geschwommen waren und sich anschließend Gruselgeschichten erzählt hatten. Es fühlte sich an wie eine Erinnerung aus einem anderen Leben. Dieses Jahr würde ihr Sommer anders aussehen … sie presste die Lippen fest zusammen.

Ihre Arme schmerzten.

»Puh, das ist hart.« Sie hatte kaum Kraft, den Rollstuhl sicher zu führen. Ich muss die Übungen machen, die Doktor Reinhard mir mitgegeben hat, dachte sie und spannte alle Muskeln an. Es war schwierig, den Rollstuhl über den unebenen Boden zu manövrieren. Noch einen Meter bis zum Zaun. Sie konzentrierte sich und schob mit Gewalt die Reifen an. Plötzlich blieb der Rollstuhl an einer Wurzel hängen.

»Das kann doch nicht wahr sein! Jetzt nicht!« Der Rollstuhl bewegte sich keinen Millimeter. »Ich bin gleich bei dir, Marwani. Ich hab's fast geschafft«, flüsterte Mira verzweifelt. Marwani stand ein paar Meter hinter dem Zaun und beobachtete sie ruhig.

Mira atmete tief aus und riss an den Reifen. Der Rollstuhl löste sich ruckartig, machte einen Satz und katapultierte sie nach vorne. Erschrocken schnaubte Marwani.

»Nein …«

Mira wurde aus dem Stuhl geschleudert. Sie flog am Futtereimer vorbei, mitten durch die Zaunstränge. In der Bewegung spürte sie, wie die Haut an ihrer Hand an einem Zweig aufriss. Bilder kamen für einen kurzen Moment hoch, quietschende Reifen, blitzende Lichter. Panik flackerte in ihr auf, dann landete sie hart auf der Koppel. Es wurde dunkel und sie verlor das Bewusstsein.

Mira träumte. Sie lag an einem Strand und betrachtete das Meer. Der Sand war weiß und fein, aber er fühlte sich eiskalt auf ihrer Haut an und sie fröstelte. Obwohl es windstill war, kräuselten sich Wellen auf der Oberfläche. Ein Eisverkäufer kam auf sie zu und lächelte. Er reichte ihr wortlos ein Eis und drückte es ihr ins Gesicht. Es war warm. Mira stöhnte und hob abwehrend den Arm.

»Lass das …« Der Eisverkäufer drückte ihr wieder das Eis

ins Gesicht. Mira öffnete die Augen und blickte geradewegs auf ein graues Pferdemaul.

»Was …?« Sie riss die Arme hoch und das Maul entfernte sich etwas. »Wo bin ich?«

Sie tastete um sich herum und spürte Gras und Blumen und etwas Weiches, Rundes.

»Iiihh!«

Das waren Pferdeäpfel.

Angeekelt strich sie mit der Hand über den Boden, um sie zu säubern. Die Schnauze kam erneut näher und Mira hielt inne. Marwani! Noch einmal beugte die Stute sich über sie. Miras Herz raste und ihre Handflächen wurden feucht.

»Hi, Süße«, murmelte Mira. »Bitte trample nicht auf mich drauf, o.k.?«

Aus der Nähe wirkten Marwanis Hufe riesig. Angst stieg in ihr auf und sie atmete tief und langsam aus, um sich zu beruhigen.

Vorsichtig tastete Mira hinter sich, aber der Rollstuhl war zu weit entfernt. Sie hatte keine Chance, hier wegzukommen. Vielleicht konnte sie sich an den Grasbüscheln festhalten, am Boden entlangziehen und sich hinter dem Zaun in Sicherheit bringen? Dafür musste sie sich erst auf den Bauch rollen. »Ohmannomannomann …«

Die Stute stupste sie an. Ein warmer Hauch aus ihren Nüstern blies Mira entgegen. Mit ihren Tasthaaren erkundete Marwani zentimeterweise Miras Gesicht. Ihr Atem roch nach Gras.

»Na du«, sagte Mira. »Du bräuchtest mal 'ne Munddusche. Du riechst wie eine finnische Heu-Sauna.«

Die langen Barthaare kitzelten Mira. Sanft schob sich die

Schnauze an ihrem Hals vorbei, bis zu ihrer Brust. Dann stoppte sie und die Stute öffnete ihr Maul. Große, weiße Zähne blitzten Mira entgegen.

»Du willst mich doch nicht etwa beißen?«

Aber Marwani zupfte nur vorsichtig an Miras Shirt. Da fiel Mira etwas ein! In ihrer Brusttasche hatte sie noch Kekse, als Notfall-Energievorrat. Vorsichtig holte sie sie heraus.

»Willst du die?«, fragte Mira und reichte sie der Stute. Die roch an den Keksen, schnappte zu und zog sie Mira aus der Hand. Einen Bruchteil später senkte sie das Maul wieder auf Miras Brust.

»Mehr habe ich nicht«, flüsterte sie und hob die Hand, um über das weiche Maul zu streichen. »Aber morgen kann ich dir mehr bringen. Ich würde dir gerne deinen Futtereimer holen, aber ich kann mich nicht bewegen.« Sie zeigte auf ihre Beine und den Rollstuhl. »Krüppel, verstehst du? Alles tot da unten.«

Marwani richtete sich zu voller Größe auf, als hätte sie verstanden. Von hier unten konnte Mira nur ihre Beine und den Hals sehen. Sie fühlte sich Marwani nahe, obwohl sie dafür keine Erklärung hatte.

Vor und über ihr waren die kräftigen Beine, die muskulöse Brust und Mira wusste, dass ein falscher Schritt des Pferdes ihr Ende bedeuten würde.

Aber Marwani blieb ruhig stehen und wachte über sie. Die Stute beobachtete die Umgebung und Miras innere Anspannung ließ nach. Sie spürte, wie ein zentnerschwerer Ballast sich in ihr löste und hinunterfiel. Erschöpft schloss Mira die Augen.

»Mira! Ist alles in Ordnung mit dir?«

Ein Schrei zerriss die Stille. Etwas Großes, Schweres bewegte sich neben ihr. Nein, sie wollte noch nicht aufwachen. Sie hatte so schön geträumt …

»Mira, sag doch was. Kann mal jemand dieses Pferd entfernen?«

»Ruhig, Frau Anders. Erschrecken Sie die Stute nicht. Lassen Sie sie langsam aufstehen, sonst wird Ihre Tochter noch verletzt.«

Mira öffnete die Augen. Aus dem Augenwinkel sah sie die entsetzten Gesichter ihrer Eltern und Herrn Grollmann. Dans Hund Pumba kauerte in angespannter Haltung neben seinem Besitzer.

»Das Pferd ist sehr gefährlich. Regen Sie es nicht auf.«

Langsam richtete Marwani sich auf. Erst zog sie die Vorderbeine, dann den Körper und schließlich die Hinterbeine nach. Ganz vorsichtig.

»Haben Sie einen kurzen Moment Geduld.«

Mira blickte zu ihrer Mutter hinüber und erkannte Panik in ihren Augen. Die Stute trat zurück und gab den Weg frei.

Maria Anders stürmte vor und drückte Mira fest an sich.

»Mein armes kleines Mädchen. Kannst du mich hören? Geht es dir gut?«

Mira stöhnte. Ihr Rücken tat weh, ihre verletzte Hand brannte höllisch und ihre Haare waren voller Erdkrumen. Aber auf ihrem Gesicht lag ein unendlich glückliches Lächeln.

Kapitel 6

»Dagegen bin ich nicht versichert.«

Herr Grollmann hatte die Arme fest vor der Brust verschränkt. Trotz seines Alters war er noch kräftig und sehnig. Johannes Anders überragte ihn um einen halben Kopf, aber der Alte machte den Größenunterschied durch seine selbstsichere Art wieder wett.

»Dann ändern wir das. Ich übernehme die Kosten. Geld habe ich genug, Töchter nur zwei.«

»Dieses Pferd ist gemeingefährlich. Sämtliche Trainingsversuche sind fehlgeschlagen. Wissen Sie eigentlich, warum es das einzige Pferd ist, das nachts draußen auf der Koppel ist? Weil es uns bisher drei Boxen zerschlagen hat. Mit seinen Hinterhufen!«

»Von Pferden und Boxen verstehe ich nicht viel. Aber schauen Sie sich meine Tochter an. Sie isst wieder. Sie lächelt … Sie hat Hoffnung.«

Johannes Anders wedelte mit seinen Armen in Richtung Mira und Marwani. Das Mädchen saß auf dem Boden, an einen Baum gelehnt. Marwani stand neben ihr. Sie hatte den Kopf gesenkt und Mira streichelte ihr über die Nüstern und flüsterte ihr etwas zu. Es war ein schönes Bild und hätte fast perfekt sein können, wäre da nicht der Rollstuhl gewesen, der neben Mira stand.

Herr Grollmann schüttelte den Kopf. »Das ist doch absurd.«

Mira holte eine Karotte aus der Tasche und hielt sie dem Pferd hin. Marwani schnappte sich die Möhre und kaute genüsslich. Dabei hielt sie den Kopf gesenkt und Mira streichelte ihr zärtlich den Nasenrücken.

»Ich arbeite schon mein Leben lang mit Pferden. So etwas habe ich noch nie erlebt. Marwani lässt niemanden von uns an sich heran, aber bei Mira ist sie lammfromm. Das macht keinen Sinn.« Er kratzte sich am Kopf. »Wissen Sie, ich kann einen Skandal um meinen Reiterhof nicht gebrauchen. Wenn Mira etwas passiert, dann stürzt sich die Presse auf die Geschichte und nimmt uns auseinander. Die Zeiten haben sich geändert, es ist alles nicht mehr so einfach heutzutage.«

»Meine Tochter hatte all ihren Lebensmut verloren. Herr Grollmann, verstehen Sie mich doch. Sie hat die letzten Monate in ihrem Zimmer im Dunkeln verbracht und an die Wand gestarrt. Erst zusammen mit diesem Pferd scheint sie wieder einen Funken Hoffnung gefunden zu haben. Ich würde alles dafür tun, damit sie wieder zu sich selbst findet.« In seinen Augen standen Tränen und seine Schultern hingen schlaff herunter. »Ich bitte Sie, Herr Grollmann, lassen Sie Mira wenigstens ein paar Tage lang zu Marwani auf die Koppel.«

Mira versuchte ausdruckslos zu bleiben, aber beobachtete die beiden Männer genau. Ihr Vater wirkte neben dem alten Mann wie ein Hüne, aber sein Ausdruck war flehend. So verzweifelt kannte Mira ihren Vater gar nicht. Herr Grollmann hingegen verkörperte Autorität und ungetrübtes Selbstbewusstsein.

»Marwani ist gefährlich. Wir haben hier ein paar freundliche Schulpferde, aber diese Stute gehört nicht dazu. Sie ist unberechenbar. Ständig gerät sie in Panik und Ihre Tochter kann nicht einfach aus dem Weg springen, wenn Marwani austickt. Diese Stute hält uns alle auf Trab. Selbst Dan hat seine Versuche aufgegeben, sie in den Stall zu führen. Marwani rast einfach los ohne nachzudenken und tritt reflexartig aus, wenn sie sich erschreckt.«

»Ich glaube, Sie unterschätzen meine Tochter.« Mira fühlte sich ertappt, als ihr Vater bei diesen Worten zu ihr herübersah. Sie wurde rot. Ihr Vater fuhr fort: »Ich bin mir des Risikos sehr wohl bewusst, aber ich weiß auch, dass ich Mira vertrauen kann. Sie ist sehr vernünftig und kann Situationen gut abschätzen. Das konnte sie schon immer.«

»Ich würde Ihnen wirklich gerne helfen, aber es ist einfach zu riskant.«

Herr Grollmann kratzte sich am Kopf. Er schien trotz seiner Worte mit sich zu ringen. Mira biss sich auf die Lippe und spürte, wie ihr Puls anstieg. Mit jeder Faser ihres Herzens hoffte sie, dass ihr Vater sich durchsetzen konnte.

Johannes Anders änderte seine Taktik. »Sie haben doch neulich erwähnt, dass Sie die Stacheldrahtzäune auf der Grundstücksgrenze gegen einen Weidezaun austauschen wollen.«

»Ja, und?«

»Nun, das ist auch meine Grundstücksgrenze. Ich weiß noch nicht, ob ich bereit bin, mir den Boden aufwühlen zu lassen, geschweige denn, mich finanziell daran zu beteiligen.«

»Drohen Sie mir?« Herr Grollmanns Augen verengten sich zu kleinen Schlitzen.

»Nein, da verstehen Sie mich total falsch. Ich denke nur, es ist wichtig, dass man sich mit seinen Nachbarn gut stellt. Dass eine Hand die andere wäscht.«

»Hm.« Herr Grollmann blickte zu Mira, die schnell den Kopf senkte. Marwani stand friedlich neben ihr, ein Hinterbein entspannt angewinkelt. Ein Windhauch spielte mit ihrer Mähne und ein paar einzelne Haare wehten senkrecht in die Luft.

»Ich habe keine Ahnung von Pferden, aber für mich sieht das nicht so aus, als führt Marwani Böses im Schilde.«

Johannes Anders sagte das so leise, dass Mira es gerade noch verstehen konnte. Aus dem Augenwinkel sah sie, wie Herr Grollmann umständlich ein Taschentuch hervorzog. Er schnäuzte sich laut. Auf Mira wirkte es so, also wollte er Zeit gewinnen. Langsam packte er das Taschentuch weg … und gab sich einen Ruck.

»Den Zaun zahle ich selbst.« Johannes Anders öffnete den Mund, aber Herr Grollmann winkte ab. »Ich lasse mich nicht kaufen. Aber ich bin bereit, Mira für eine Woche auf die Wiese zu lassen.«

»Das ist mehr, als ich mir erhofft hatte. Ich bin Ihnen sehr dankbar. Und wer weiß, vielleicht sehen Sie das am Ende der Woche ja auch anders und wir können die Zeit verlängern.«

»Das werden wir sehen. Es gibt allerdings eine Bedingung.«

»Und die wäre?«

»Nein, wenn ich darüber nachdenke, sind es zwei Bedingungen. Erstens: Sie unterschreiben mir, dass Sie jedwedes Risiko übernehmen und alle eventuellen Kosten im Falle eines Unfalls selbst tragen. Und zweitens: Ihre andere Tochter,

Kathi, die unterstützen Sie in jeder Hinsicht, wenn es um das Thema Reiten geht. Kathi hat ein außerordentliches Gleichgewichtsgefühl und eine ruhige Hand. Aus der kann noch was werden und ich brauche dringend gute Nachwuchsreiter.«

Johannes Anders zögerte nicht. Schmunzelnd hielt er dem alten Mann die Hand hin und nickte ihm zu. Herr Grollmann schlug ein und der Deal war besiegelt.

Mira schloss die Augen und lächelte. Dankbarkeit durchströmte sie und ein schwerer Stein fiel von ihrem Herzen. Sie war so glücklich wie schon lange nicht mehr. Etwas Weiches berührte sie an der Wange. Es war Marwanis Schnauze, die sie vorsichtig streichelte. Ganz so, als hätte die Stute verstanden, was gerade passiert war. Für einen kurzen Moment hatte Mira das Gefühl, als seien sie beide durch ein unsichtbares Band miteinander verknüpft, untrennbar vereint und einander so nahe, dass keine Kraft der Erde reichen würde, sie auseinanderzureißen.

Mira verbrachte nun jeden Tag auf der Koppel. Sie war noch mehrere Monate von der Schule befreit und in ihrem Zimmer hielt sie es nicht mehr aus. Sobald morgens die Sonne aufging, zog sie sich an, rollte in die Küche, schmierte sich ein paar Brote und fuhr zur Pferdekoppel. Über die Einfahrt und den Innenhof des Reiterhofes kam sie problemlos bis zum Gatter. Und der Boden war trocken und hart, sie konnte gut über die Weide rollen.

»Na, klaust du wieder Äpfel?« Kathis Gesicht tauchte in der Speisekammer auf.

»Mhm. Die mag Marwani noch lieber als Möhren.«

»Hast du schon mal Bananen probiert?« Kathi warf ihr eine Banane zu und Mira fing sie geschickt auf.

»Was? Meinst du, das schmeckt ihr?«

»Klar. Amadeus isst die auch, aber der ist sowieso total verfressen. Er mag außerdem Birne, Wassermelone und Salat.« Sie lachte.

Mira zog eine Augenbraue hoch. »Salat?«

»Jep. Genau.«

»Und ich habe mich schon gewundert, warum es in den letzten Tagen nichts Frisches zum Abendessen gab. Ist wohl alles bei Amadeus gelandet.«

Kathi grinste. »Na ja … er braucht nun mal viel Energie.«

Mira packte ein Sortiment an Obst und Gemüse ein. Sie war gespannt, was Marwani davon schmecken würde. Das Wetter war gut und die Stute erwartete sie bereits gut gelaunt am Gatter. »Hey, Süße. Heute gibt's Obstsalat à la Mira.« Sie klopfte auf ihren prallen Beutel. »Alles für dich.«

Marwani schnupperte neugierig an der Tüte.

Mira rollte bis zu dem Baum neben dem Bach. Dahinter wurde es schnell zu sumpfig. Marwani fraß begeistert alle Möhren und Äpfel, probierte eine Birne und ein Stück Salat. Mira saß neben ihr, die Augen geschlossen. Sie sog die frische Frühlingsluft ein. Der Himmel war strahlend blau und es war so warm, dass ein dünnes T-Shirt reichte. Marwani stupste sie an der Schulter an und prustete ihr in den Nacken.

»Was denn?«

Marwani guckte sie durchdringend an. Miras Blick fiel auf die Stelle, wo eben noch Gemüse und Obst gelegen hatten. »Was? Schon fertig? Du isst nicht, du inhalierst das Essen! Na, dann ist ja gut, dass ich mir die hier extra aufgehoben habe.«

Sie zog eine Banane hervor. Marwanis Augen weiteten sich. Kaum hatte Mira die Banane geschält, zupfte Marwani ihr sie schon aus den Fingern.

»He!«

Zu spät. Marwani hatte die Banane unzerkaut heruntergeschluckt.

Eine Zeit lang schnupperte Marwani hoffnungsvoll an dem leeren Beutel. Dann beobachtete sie Mira. Irgendwann gab sie auf, senkte den Kopf und fing an zu grasen. Sie bewegte sich langsam fort und drehte Mira absichtlich den Hintern zu.

Die Stunden verstrichen und Mira genoss das Zwitschern der Vögel und den frischen Wind. Es wurde kühler, die Sonne stand schon tief.

Leise rief Mira nach Marwani. Die Stute horchte auf und kam zu ihr.

»Ich muss gehen. Morgen bringe ich dir wieder Bananen mit. Aber die schneide ich in kleine Stücke, damit du sie langsamer isst. Dann hast du nämlich mehr davon.« Sie streichelte Marwani über das schöne Gesicht, die hohen Wangen und die weichen Nüstern. Nur an die Ohren ließ Marwani sie nicht heran. Sie zuckte und wich einen Schritt zurück, wenn Mira es versuchte.

Es dämmerte und Mira musste sich beeilen, um rechtzeitig zum Abendbrot zu Hause zu sein.

»Bis morgen«, flüsterte sie Marwani zu und rollte von der Wiese.

Die eine Woche, die ihr Vater mit Herrn Grollmann ausgemacht hatte, war längst vorbei. Aber das störte sie nicht. Herr Grollmann verwies sie nicht von der Koppel und Mira versuchte, sich so unauffällig wie möglich zu verhalten.

Manchmal stand Marwani ruhig neben ihr und sie streichelte ihr über die Seite. Die Stute schien jede noch so kleine Berührung intensiv zu spüren. Mira hatte bemerkt, dass sie sogar zusammenzuckte, wenn sich eine Fliege auf ihr niederließ. Ob alle Pferde so sensibel waren?

Heute war das Wetter wechselhaft. Ein kurzer Wolkenbruch und mit einem Schlag war Mira völlig durchnässt. Ihre Jacke hatte sie im Haus gelassen. Entspannt stand Marwani neben ihr, ein Bein angewinkelt. Mira kümmerte es nicht, ob sie nass war. Sie war frustriert. Heute Morgen hatte sie mal wieder versucht, Lena anzurufen und diese war, wie so oft, nicht ans Telefon gegangen. Und Alex hatte sie zwar erreicht, aber der hatte sie nach einer Minute abgewimmelt.

»Mira!« Maria Anders stand am Zaun und winkte. Sie hielt Miras Jacke in der Hand. »Du holst dir noch eine Erkältung.«

Mira formte mit den Händen einen Trichter und rief ihrer Mutter zu: »Kannst du sie mir bringen? Die Wiese ist zu feucht am Zaun, ich will da nicht stecken bleiben.«

Ihre Mutter reagierte nicht. Sie blickte zu Marwani.

»Keine Angst, Marwani tut dir nichts.«

Misstrauisch beäugte Maria Anders das Pferd.

»Wirklich, Mama, das ist ein Pferd und kein Tiefseemonster.«

Maria Anders gab sich einen Ruck. Langsam bog sie den Stacheldraht auseinander und kletterte hindurch. Zögerlich ging sie auf den Baum zu und blieb dann einige Meter von Mira und Marwani entfernt stehen.

»Ich hänge sie dir hier über den Ast, o.k.? Ich weiß, dass du dem Pferd vertraust, aber ich tue es nicht.«

Mira nickte. »Ist gut, Mama. Danke.«

Ihre Mutter ging ins Haus zurück und Mira angelte sich die Jacke vom Ast. Dankbar schlüpfte sie hinein. Die Jacke war weich gefüttert und warm. Plötzlich tauchte Dan in ihrem Blickfeld auf. Er schob eine Schubkarre über den Hof. Alle paar Schritte machte er eine Pause, denn Hund Pumba hüpfte um ihn herum und lief ihm ständig zwischen die Füße. Erwartungsvoll hielt er einen Stock im Maul und schließlich gab Dan nach. Sichtlich genervt nahm er den Stock und warf ihn quer über den Hof. Pumba jagte begeistert und schwanzwedelnd hinterher. Dan nutzte seine Chance und verschwand im Stall. Kurze Zeit später kam er mit einer weiteren Schubkarre wieder in Miras Sichtfeld. Die Schubkarre war voller Stroh und er schob sie zum Misthaufen, wo er sie entleerte.

Er wischte die Hände an der Hose ab und trocknete mit einem Ärmel den Schweiß von seiner Stirn. Seit ihrer ersten Begegnung hatte Mira nicht mehr mit ihm geredet. Nun schaute er zu ihr hinüber und nickte. Sie winkte ihm zu und rollte in Dans Richtung. Der stand unschlüssig vor seiner Karre und blickte abwechselnd zu ihr und den Ställen. Pumba hingegen stürmte auf die Wiese und rannte schwanzwedelnd auf sie zu.

»Hey, Pumba, na, was hast du denn Feines?«

Pumba ließ seinen Stock vor ihr fallen.

»Nee, sorry, da komm ich leider nicht dran. Bring den Stock näher.«

Pumba verstand sie nicht. Mira blickte von dem vierbeinigen Wollknäuel hoch und sah Dan, der seinem Hund gefolgt war und nun verlegen vor ihr stand.

»Hi.«

»Hi.«

»Äh.« Dan kratzte sich am Kopf.

Mira musste grinsen. »Alles gut, Dan. Ich bin nicht nachtragend.«

»Oh, o.k. Es tut mir echt leid, ich wollte dich nicht … also ich hab das anders gemeint.«

Er schaute verlegen auf den Boden. Mira legte den Kopf schräg und verzog den Mund zu einem Lächeln. So verschämt wirkte er viel netter.

»Ist gut. Wirklich. Ich habe vielleicht etwas zu sensibel reagiert. Das ist alles noch sehr neu für mich.«

»Wann ist das passiert?« Er zeigte auf ihre Beine.

»Vor ein paar Monaten.« Sie rechnete nach. »Nee, fast schon ein halbes Jahr. Es … es kommt mir aber immer noch vor wie gestern.«

Sie betrachtete Dan genauer. Seine wilden Locken standen oben in alle Richtungen ab und fielen ihm vorne tief in die Stirn. Das gab ihm etwas Verwegenes. Eigentlich sah er ganz gut aus, fand Mira und spürte, dass ihr Herz etwas schneller schlug. Schnell verdrängte sie den Gedanken.

»Hm.«

Dan hob gedankenverloren Pumbas Stock auf und warf ihn. Wie ein Pfeil schoss Pumba ihm hinterher.

Mira wechselte das Thema. »Der ist ja ganz verrückt danach.«

Dan grinste. »Ja. Pumba kann das den ganzen Tag machen. Es wird ihm nie langweilig. Ich habe nur tagsüber so wenig Zeit für ihn, mit der ganzen Arbeit hier.«

»Ich wünschte, er könnte mir den Stock in die Hand reichen. Ich würde gerne mit ihm spielen.«

»Das sollte nicht so schwierig sein. Ich kann es ihm gerne beibringen.«

»Echt jetzt?«

»Klar, Pumba ist ein kluges Kerlchen. Der lernt schnell. Und wenn es ums Stöckchen werfen geht, sowieso.«

In diesem Moment kam Pumba angeflitzt und brachte Dan den Stock zurück. Dan hob ihn auf und reichte ihn Mira. Für einen kurzen Moment berührten sich ihre Hände und Mira spürte die Wärme seiner Haut. Es war ein schönes Gefühl. Tief in ihrem Bauch fing es an, zu kribbeln. Plötzlich zog ein unangenehmer Duft durch die Luft.

»Bäh, was ist das denn?«

Mira rümpfte die Nase und verzog das Gesicht.

»Das ist der Grund, warum Pumba nach dem Warzenschwein aus *König der Löwen* benannt ist. Wie soll ich es sagen: Pumba lässt halt gerne mal einen fahren.«

Miras Kinnlade klappte herunter und Dan musste lachen. »Tja, ich finde es auch nicht so prickelnd, aber ansonsten ist er ein toller Hund. Treu und loyal und immer gut gelaunt.«

Dan trug eine blaugraue Gummihose und dazu ein ziemlich verwaschenes graues Hemd. Vor langer Zeit war es vielleicht mal schwarz gewesen; Wind, Sonne und unzählige

Waschgänge hatten es ausgebleicht. Jetzt hatte er den Blick auf Marwani gerichtet. Die Stute stand ein paar Meter hinter Mira und als diese den Kopf drehte, merkte sie, dass Marwani sie ruhig, aber sehr konzentriert, beobachtete.

»Ich find's krass, dass ihr so gut miteinander klarkommt. Sie lässt immer noch keinen an sich heran.«

»Mhm. Keine Ahnung. Sie weiß halt, was sie will.«

»Genau wie du, ne?« Dan zwinkerte ihr zu.

»Nee, ich bin einfach nur dickköpfig. Das ist was anderes.«

Sie redeten noch eine Weile, bis Dan sich schließlich verabschieden musste, weil die Arbeit auf ihn wartete. Er ging auf den Hof zurück und stieg auf eine Heupresse, die hinter einen Traktor gespannt war.

Auch Mira verabschiedete sich von Marwani und rollte Dan langsam hinterher. Sie fuhr durch das Gatter und suchte sich eine ruhige Ecke, von der aus sie den Hof überblicken konnte. Einige Reitschüler brachten Pferde von den Koppeln, ein Handwerker reparierte die Regenrinne. Es gab immer viel zu sehen hier. Niemand schien sich für sie zu interessieren und das war gut so.

Mira beobachtete, wie Dan sich tief über das Innenleben der Landmaschine beugte und anfing, an einigen Metallteilen herumzuwerkeln. Pumba versuchte, hinter ihm auf die Heupresse zu klettern. Das klappte erst beim zweiten Anlauf. Als er es geschafft hatte, wedelte er freudig mit dem Schwanz und leckte Dan übermütig das Bein. Mira lachte, als Dan sich irritiert umdrehte.

»Pumba, aus! Runter mit dir.«

Gehorsam sprang der Border Collie vom Traktor herunter und verschwand hinter einer Scheune.

Kathi kam über den Hof geschlendert und winkte Mira, während sie auf Dan zulief. Sie trug einen Reithelm und Stiefel.

»Hi, Dan, na, lässt Herr Grollmann dich wieder den Traktor reparieren?«

»Ja. Irgendwie hat er die Hoffnung noch nicht aufgegeben, mich für Maschinen und Motoren zu begeistern. Dabei habe ich so viel Talent wie ein Elefant fürs Häkeln.« Er zeigte auf den Stall. »Amadeus steht in der ersten Box. Er ist aber etwas dreckig, hat sich draußen gewälzt.«

»Oh nee, nicht schon wieder. Ich bin schon spät dran.«

Sie verschwand im Stall und kam kurz darauf mit Amadeus am Führstrick wieder heraus. Mira bewunderte, wie geschickt ihre Schwester das Pferd an einem Metallring festmachte. »Der sieht ja aus, als hätte er ein Schlammbad genommen.«

Dan nickte. Amadeus war über und über mit einer Schicht Lehm überzogen.

»Warte, ich helfe dir. Herr Grollmann reagiert sehr allergisch darauf, wenn Schüler zu spät zu einer Reitstunde kommen. Auch wenn du bei ihm einen Stein im Brett hast.«

In Mira stieg ein warmes Gefühl auf. Es war rührend zu sehen, wie Dan sich um ihre kleine Schwester bemühte, sie ernst nahm und ihr half. Wie selbstverständlich nahm er einen Hufkratzer und reinigte die Hufe des Wallachs, während Kathi auf einer Holzbox stand und den Rücken des Pferdes striegelte.

Bis vor Kurzem hatte immer sie selbst die Beschützerrolle bei Kathi eingenommen und ihr mit Rat und Tat zur Seite gestanden.

Mira wurde in ihren Gedanken unterbrochen, als Kathi wieder munter losplapperte.

»Ich weiß, Herr Grollmann ist voll streng, oder? Letzte Woche kam ich nur zwei Minuten zu spät, weil ich total die Zeit verpeilt habe, und der ist richtig abgegangen. Na ja, er hat nicht gemeckert, aber er hat sehr streng geguckt und mir einen Vortrag über Disziplin gehalten.«

»Kann ich mir vorstellen. Den Vortrag kenne ich nämlich auch. Den darf ich mir einmal im Monat anhören.«

Kathi bürstete Amadeus mit kreisenden Bewegungen. »Heute gibt's nur Katzenwäsche. Ich dusche ihn nach der Stunde richtig ab.«

In der Zwischenzeit kämmte Dan die Mähne und schließlich holten sie gemeinsam Sattel, Decke und Trense.

Als die beiden in der Sattelkammer verschwunden waren, rollte auch Mira los. Ihr Ziel waren die Reitställe, denn dort stand eine trächtige Stute in einer Box und sie wollte sie kurz besuchen. Als sie an der Sattelkammer vorbeikam, stutzte Mira, als sie Dan durch die offene Tür über sie reden hörte.

»Sag mal, deine Schwester. Hat die echt noch nie mit Pferden zu tun gehabt?«

»Mira? Nee, noch nie.«

»Ich frage mich echt, warum sie so einen guten Draht zu Marwani hat.« Etwas klapperte in der Sattelkammer. Wahrscheinlich hebt Dan gerade den Sattel von seiner Halterung, vermutete Mira. Neugierig blieb sie vor der Kammer stehen.

»Ich meine, ich will Marwani doch auch nichts Böses, aber sobald ich auf sie zugehe, legt sie die Ohren zurück. Ich kümmere mich hier seit Jahren um alle Pferde, aber so einen Fall wie Marwani hatte ich noch nie.«

»Herr Grollmann meinte, sie war mal ein echter Superstar.«

»Ja, das stimmt. Ist aber lange her. Er hat sie allerdings nicht als Springpferd gekauft, sondern für die Zucht. Sie war sehr günstig, weil niemand mit ihrer Verhaltensstörung umgehen konnte.«

»Kanntest du Marwani schon vor dem Kauf?«

Mira spitzte die Ohren. Jetzt wurde es interessant.

In dem Moment trat Kathi aus der Kammer heraus und Mira wurde knallrot. Sie fühlte sich ertappt. Doch weder Kathi noch Dan, der Kathi mit einem Sattel im Arm folgte, achteten auf sie und beide gingen geradewegs auf Amadeus zu.

»Ja, ich kannte sie sogar gut. Ihre Vorbesitzerin war Kader vom Apfelhof.« Er sprach den Namen mit Abscheu aus und ballte die Fäuste. Mira spürte, dass er Kader aus tiefstem Herzen hasste. »Vor dem Unfall haben die beiden viele Turniere gewonnen. Dieses Pferd hat alles für sie gegeben.«

»Ich verstehe das nicht. Wieso hat Marwani sich plötzlich so verändert?«

»Na ja, sie war schwer verletzt. Ihre Wunden waren tief und schmerzhaft. Kader hat sie einfach in eine Box gesperrt und dem Tierarzt die Behandlung überlassen. Sie hat Marwani in der Zeit total ignoriert. Und Marwani hatte es dem Arzt nach dem Unfall ziemlich schwer gemacht. Bei jeder Behandlung musste sie betäubt werden, weil sie sonst ihren Stall zu Kleinholz verarbeitet hätte.«

»Was? Das kann ich nicht glauben. Wie kann man denn ein Pferd einfach im Stich lassen, wenn es verletzt ist?«

»Das habe ich mich auch gefragt. Aber so ist Kader. Sie hatte überhaupt kein Verständnis für Marwanis Unfall. Für sie sind Pferde nur Sportgeräte und in Marwani ist durch den Unfall irgendetwas zerbrochen. Jeder Versuch, sie zu rehabilitieren, ist an ihrer Sturheit gescheitert. Ich habe dem Tierarzt ein paar Mal assistiert und ich kann dir sagen, es hat keinen Spaß gemacht. Mal stand Marwani still und reagierte nicht, sie war regelrecht apathisch, in der nächsten Sekunde explodierte sie und führte sich auf, als hätte sie noch nie einen Menschen gesehen.«

»Und Herr Grollmann wollte sie trotzdem kaufen?«

»Kader hat sie zum Schlachtpreis angeboten.«

»Oh.«

»Für Kader hatte sie keinen Nutzen mehr. Aber für Herrn Grollmanns Zucht ist sie ein Gewinn. Er hofft, dass ihre guten Gene und ihr Talent sich auf ihre Nachkommen übertragen.«

Mira kochte innerlich. Sie konnte ebenso wenig wie Kathi glauben, was sie gerade gehört hatte. Kaders Verhalten widerte sie an. Nach ihrem eigenen Unfall war ihre Familie immer für sie da gewesen. Ihre Mutter hatte das Krankenhaus nur stundenweise verlassen und ihr Vater war jeden Tag vorbeigekommen, mit Büchern, Zeitschriften, Blumen und Snacks. Was für ein schrecklicher Gedanke, wenn ihre Familie sie in diesen Zeiten im Stich gelassen hätte. Wie musste das für Marwani gewesen sein, als sie mit furchtbaren Schmerzen in einer dunklen Box gestanden hatte und Kader sie alleinließ? Auf einmal war es, als könne sie die Welt durch Marwanis Augen sehen, die Boxenwand vor ihr, der Geruch von altem Stroh und ein sengender Schmerz in der Flanke. In der Ferne das Wiehern der anderen Pferde und vor dem Stall Schritte, die nicht näher kommen wollten. Einsamkeit, Hilflosigkeit und Unverständnis. Und dieser unbestimmte Verdacht, dass das Schicksal einen verraten und auf ewig verdammt hätte.

Miras Brust zog sich zusammen und Tränen stiegen in ihr hoch. Sie biss sich auf die Lippe und konzentrierte sich auf ihre Umgebung. Gerade zog Dan Amadeus den Sattelgurt unter dem Bauch durch und machte ihn fest.

»So, fertig.«

Kathi kletterte von der Holzbox auf das große Pferd hinauf. »Danke. Ich bin schon total gespannt, heute arbeiten wir mit Balettis.«

Dan konnte sich ein Grinsen nicht verkneifen. »Du meinst wohl Cavalettis. Ich wünsch dir viel Spaß.«

Kathi und Amadeus trotteten zur Reithalle, während Mira sich von der Wand löste und zu Marwani zurückrollte. Die stand entspannt auf der Wiese unter einem Baum im Schatten und döste vor sich hin. Mira klopfte der Stute den Hals und redete leise auf sie ein.

Es war ein anmutiger Tag, wie gemalt. Der Regen hatte sich verzogen und über ihnen strahlte ein wolkenfreier Himmel. Es war angenehm warm, trotzdem lag ein Schatten über Miras Herzen.

»Das hätte niemals passieren dürfen, Marwani. Das war nicht fair.«

Mira hatte keine Ahnung, wie viel Marwani von dem verstand, was sie sagte, aber die Stute schien immer zu wissen, was sie gerade fühlte. Jetzt rieb sie sanft ihren Kopf an Miras Schulter und lehnte ihre Nase dann sehr vorsichtig an Miras Stirn. Ganz so, also wolle sie sagen: »Ist schon gut. Das ist Vergangenheit.«

Lange blieben sie so stehen und vergaßen die Zeit.

Ein paar Stunden später wurde Mira zum zweiten Mal an diesem Tag Zeuge eines Gesprächs. Dan und Herr Grollmann waren in eine angeregte Diskussion vertieft. Sie fand zwischen der Scheune und dem Gartenschuppen statt und war nicht für die Ohren anderer gedacht. Mira, die sich in den dunklen Schuppen zurückgezogen hatte, um ein paar Minuten für sich alleine zu haben und nachzudenken, konnte die beiden gut hören.

»Du bist der einzige Reiter hier, dem ich voll und ganz vertraue. Du darfst als Einziger jedes meiner Pferde reiten und du solltest dieses Privileg zu schätzen wissen.«

»Es tut mir leid, Herr Grollmann. Ich bin froh über Ihr Vertrauen und wünschte, ich könnte Ihnen in dieser Hinsicht besser gerecht werden. Aber es ist nun einmal so, dass ich mich nicht für Turniere eigne.«

»Das kann und will ich nicht glauben. Wenn ich dich beim Training beobachte, sehe ich einen jungen Mann, der sich in der Turnierwelt leicht behaupten könnte. Dein Reitstil ist hervorragend und die Pferde vertrauen dir. Du könntest in meine Fußstapfen treten und reihenweise Medaillen einholen.«

Mira hörte Dan laut ausatmen. Seine Stimme klang wenig überzeugt, als er antwortete.

»Beim Training ist das was anderes. Da kann man mit

dem Pferd zusammenarbeiten und hat eine Partnerschaft. Auf den Turnieren, da ist viel Druck und Gerede. Man steht unter permanenter Beobachtung und jeder hat was zu meckern. Da gehe ich unter.«

»Früher war dir das egal.«

»Ja. Früher habe ich auch noch nicht verstanden, was Ehrgeiz mit Menschen anrichten kann. Ich sag nur: Kader.«

»Ach, vergiss Kader. Dan, versuch doch, mich zu verstehen. Ich bin zu alt, um mich auf einem Turnier zu behaupten und mir fehlt guter Nachwuchs. Kathi ist die erste Reiterin, von der ich mir etwas erhoffen kann, aber sie ist noch so jung und muss viel lernen. Jedes meiner Pferde ist wertvoll und hat sich seinen Stallplatz mehr als verdient. Sie sind schnell, wendig und haben eine legendäre Sprungkraft. Aber ohne Turnierschleifen bin ich raus aus dem Geschäft. Ich muss immer wieder beweisen, dass meine Pferde was draufhaben, um erfolgreich in die Zucht einzusteigen. Dafür brauche ich Reiter. Du hast schon auf Pferden gesessen, bevor du laufen konntest. Du verschwendest dein Talent und dein Können.«

»Was ist denn mit den Reiterinnen aus der Mittwochsgruppe? Jana, Anna und Helene?«

»Nette Mädels, gute Freizeitreiter, aber an meine Turnierpferde dürfen die nicht ran. Dan, du bereitest die Pferde vor und springst fast täglich mit ihnen. Du hast die ganze Arbeit und andere streichen dann den ganzen Ruhm ein. Stört dich das nicht?«

»Nein. Meine Arbeit bereitet mir Freude.«

Die Stimmen wurden leiser, als die beiden sich entfernten. Schade, dachte Mira, sie hätte gerne noch mehr gehört.

Gleichzeitig schämte sie sich ein bisschen, die beiden belauscht zu haben. Aber es war ja nicht ihre Absicht gewesen. Dans Einstellung zu Pferden gefiel ihr. Für ihn schien das Wohl des Tieres im Vordergrund zu stehen.

Sie wusste, dass Herr Grollmann ein strenger Arbeitgeber und unerbittlich war, wenn es um Dans tägliche Aufgaben ging. Noch vor Sonnenaufgang hatte er alle Pferde zu füttern und die Wassertröge zu reinigen. Der Innenhof hatte immer besenrein auszusehen und wenn irgendwo doch mal etwas Stroh umherflog, pfiff er Dan gleich zu sich. Mira sah ihn Eimer schleppen, Schubkarren schieben, Pferde reiten oder Dinge reparieren. Er war der Erste, der morgens auf den Beinen war, und der Letzte, der abends im Stall das Licht löschte, ohne Pause. Sie bewunderte ihn für seinen unermüdlichen Fleiß.

Nur um Marwani musste er sich nicht kümmern. Das erledigte Mira mittlerweile. Marwani hatte ihre Tage und Nächte bisher ausschließlich auf der Koppel verbracht. Das lag daran, dass sie sich weder striegeln, baden noch führen ließ. Dank des Baches brauchte sie auch keine Wassereimer, aber Mira holte ihr zweimal am Tag eine Handvoll Kraftfutter und eine Ration Heu. Tagsüber war Mira immer bei der Stute, war ihre zuverlässige Begleiterin bei jedem Wetter. Sie trotzten der Hitze und den Regentagen, aßen und ruhten gemeinsam.

Mira fühlte sich wohl auf dem Reiterhof und bewegte sich hier so frei, als wäre es ihr Zuhause. In der Stallgasse hatte sie genug Platz und konnte leicht um die Pferde, die dort angebunden waren, herumnavigieren. Auch in der Scheune, der Reithalle und der Sattelkammer fand sie sich mit dem

Rollstuhl zurecht. Herr Grollmann schien nichts dagegen zu haben, dass Mira fester Bestandteil von Gut Falkental geworden war. Er grüßte sie freundlich und half ihr, wenn sie an etwas nicht herankam.

Nur von seinem Wohnhaus blieb sie fern. Manchmal fuhr sie morgens durch den Reitstall und begrüßte die Pferde, schaute bei den Fohlen vorbei oder parkte für eine Weile neben einer der Boxen. Die Pferde hatten schon längst die Angst vor ihrem Rollstuhl verloren und wussten, dass sie oft einen Apfel oder Möhren bei sich hatte.

Wenn sie konnte, versuchte Mira kleinere Arbeiten zu übernehmen. Schnell lernte sie im Sitzen zu fegen oder mit der Rückseite des Besens Spinnweben über den Boxen zu entfernen. Einmal lieh Kathi sich ihren Rollstuhl aus und versuchte, es ihr nachzumachen. Doch als sie sich nach vorne lehnte, um die Spinnweben im Gebälk zu erreichen, plumpste sie aus dem Rollstuhl heraus. Sie mussten beide lachen.

»Wie machst du das nur? Ich kann mich in dem Ding kaum bewegen«, hatte sie gefragt und Mira hatte mit den Schultern gezuckt und geantwortet: »Übung macht den Meister.«

Mira genoss es, auf dem Hof auf Kathi zu treffen und zu quatschen. Die Schwestern waren sich wieder nähergekommen, es war fast wie früher. Durch ihre freundliche und quirlige Art war Kathi bei allen beliebt und Mira wusste, dass sie die anderen über ihren Unfall aufklärte, was ihr selbst neugierige Blicke oder dumme Fragen ersparte. Einmal hörte Mira, wie Kathi einer anderen Reitschülerin von ihrer Vergangenheit erzählte.

»Mira ist mit ihren Freunden mit dem Fahrrad den Rhein

entlanggefahren, bis an die Schweizer Grenze. Sie war total fit und immer unterwegs. Und richtig abenteuerlustig, hat immer etwas Neues ausprobiert. Dafür habe ich sie sehr bewundert.«

Das andere Mädchen sagte, dass sie sich das schwer vorstellen könnte. Kathi hatte dafür viel Verständnis gezeigt.

»Mira ist um einiges ruhiger seit ihrem Unfall, aber ich bin mir ganz sicher, dass sie irgendwann wieder ganz die Alte sein wird. Sie wird schon einen Weg finden.« Ihre Stimme hatte einen bewundernden Klang.

Mira hatte sich gefreut, dass Kathi so von ihr redete, auch wenn es ihr unangenehm war. Allerdings war sie vor Scham fast in den Boden versunken, als sie bemerkte, dass Dan hinter den beiden Mädels stand und ein Fenster putzte. Er hatte bestimmt jedes Wort gehört. Was Dan wohl von ihr hielt? Er konnte sich bestimmt auch nicht vorstellen, dass in dem stillen, blassen Mädchen ein lebensfroher und aktiver Kern steckte. Falls es diesen Kern überhaupt noch gab.

Manchmal kam es Mira so vor, als hätte sie ihr altes Leben hinter sich gelassen und als sei es weit entfernt, so unerreichbar wie ein fernes Land. Man vergaß so leicht, seine Gesundheit wertzuschätzen – bis es zu spät war. Sie hätte alles gegeben, um nur noch einmal stehen zu können.

In diesem Moment hatte Kathi gesagt: »Mira ist stark. Stärker als jeder andere. Sie hat es nur vergessen.«

Dieser Satz hatte sie zum Nachdenken gebracht. Vielleicht stimmte es. Vielleicht musste sie sich nur daran erinnern, wie es war, Hoffnung zu haben und das Leben zu genießen.

Kapitel 7

Dicke, graue Wolkenberge rollten über die Ebene und auf die Berge zu. Es waren schwere Wolken voller Wasser und Spannung, bereit, sich über dem Tal zu entladen. Der Himmel war gelb und die Luft schwül und dick wie Sirup. Es krachte laut und ein paar Sekunden später zeigte sich der erste Blitz. Ein tosendes Gewitter brach los.

Mira hörte das Rauschen des Windes und die ersten Regentropfen, die auf die Scheibe klatschten. Ohne darüber nachzudenken, rollte sie sich fester in ihre Decke ein und las weiter. Sie hatte sich aus der Bücherei so ziemlich jedes Buch über Pferde ausgeliehen, das sie finden konnte. Bücher über Pferdehaltung, Training, Zucht und Reiten. Bücher über Pferderassen, indianische Reitweisen, Natural Horsemanship und Sattelpflege. Querbeet und wahllos hatte sie alles, was irgendwie nach Pferd klang, aus den Regalen gezogen. Die Bibliothekarin hatte ihr geholfen, die Bücher aus den oberen Regalbrettern herunterzuholen. Kathi hatte den schweren Korb kaum bis zur Ausleihtheke tragen können.

»Da hättest du auch gleich hier einziehen können, wenn du ohnehin die ganze Bücherei mit nach Hause nimmst«, hatte sie sich beschwert.

Manche der Bücher waren alt und rochen nach vergilbtem Papier, andere waren modern, beinhalteten viele schöne

Fotos und gut gezeichnete Abbildungen. Sie saugte die Texte wie ein Schwamm auf, las ein paar Kapitel hier, blätterte dort durch ein paar Seiten, betrachtete Abbildungen und Fotos. Vieles war unverständlich geschrieben wie in einer anderen Sprache. Es gab so einiges über Pferde, das sie nicht wusste.

Ohne anzuklopfen stapfte Kathi ins Zimmer. Wie immer. »Na, was machst du?«

Mira blickte irritiert auf, das Buch in der Hand. »Dir ist langweilig, oder?«

»Ja, voll langweilig. Eigentlich wollten wir heute einen Ausritt machen, aber bei dem Wetter fällt er aus. Wegen der paar Tropfen.«

Draußen schüttete es wie aus Eimern. Mira musste grinsen.

Kathi setzte sich zu Mira aufs Bett und blätterte durch ein Buch über Pferderassen. »Guck mal, der Schimmel hier sieht aus wie Marwani«, sagte sie und zeigte auf eine Abbildung.

Mira schaute immer noch aus dem Fenster und hörte nur halb zu. »Wo ist Schimmel?«

»Mensch, hallo? Jemand bei dir zu Hause? Ich sagte, das weiße Pferd hier sieht aus wie deine Stute. Marwani.«

Sie drehte das Buch um und hielt es Mira unter die Nase, während sie auf das Bild tippte.

»Stimmt, es gibt tatsächlich ein paar Ähnlichkeiten. Aber Marwani hat längere Beine und einen feiner gebauten Hals.«

Während Mira noch das Bild betrachtete, klingelte plötzlich ihr Handy. Miras Herz machte einen kleinen Hüpfer.

»Lena?«

»Hi? Mira? Wie, du jetzt?«

»Ja? Du hast mich doch gerade angerufen.«

»Oh. Äh. Ich hab die falsche Taste gedrückt, ich wollte eigentlich Anne anrufen.«

»Na dann.«

»Ja, äh. Sorry. Ich ruf dich ein andermal an.«

»O.k.« Mira legte auf und schüttelte den Kopf. »Dann halt nicht«, schimpfte sie und Tränen stiegen ihr in die Augen.

Kathi klopfte ihr auf die Schultern. »Guck mal, guck mal, guck mal«, rief sie hektisch.

»Ey, einmal ›guck mal‹ reicht«, maulte Mira und beruhigte sich wieder.

Aufgeregt tippte Kathi auf ein Bild in einem anderen Buch. »Das ist cool.«

Es zeigte eine junge Frau im schwarzen Frack und mit weißer Hose. Sie saß auf einem mächtigen braunen Pferd, das über einen Platz marschierte. Ein Vorderbein des Braunen war weit nach vorne gestreckt, es sah sehr elegant aus. Auf den ersten Blick nicht ungewöhnlich, hätte es da nicht einen entscheidenden Unterschied gegeben: Die Frau hatte keine Arme. Sie hielt die Zügel im Mund. Die Zügel waren etwas länger als gewöhnlich und liefen weit vor dem Widerrist über den Pferdehals. Es wirkte so, als hätte auch sie eine Trense mit Gebissstück im Mund, ebenso wie das Pferd.

»Was ist das?«, fragte Mira fasziniert. Ihre Traurigkeit war wie weggeblasen.

»Das sind die Paralympics, die olympischen Spiele für …« Kathi brach den Satz ab und beäugte Mira.

Die war aber völlig auf das Bild fokussiert: »Ich wusste nicht, dass so etwas möglich ist.«

Es funkelte in ihren Augen. Tief in ihr erwachte eine Hoffnung, so süß wie Zuckerwatte und so verheißungsvoll wie ein See an einem heißen Sommertag.

Mira steckte fest.

»Komm zurück, Mira, das bringt nichts«, rief ihre Mutter verzweifelt von der Eingangstür des kleinen Fachwerkhauses.

Die Einfahrt hatte sich durch den Regen in ein Schlammloch verwandelt und es schüttete immer noch. Die Wolkendecke hing tief, die Luft war drückend schwer und ein gelbes Licht lag über der Landschaft. Es sah nicht danach aus, als wollte der Regen sich bald verziehen. Die Reifen des Rollstuhls waren im Matsch eingesunken und sosehr Mira sich auch abmühte, das Gefährt bewegte sich keinen Zentimeter. Wütend prügelte sie auf die Reifen ein, in der Hoffnung, dass der Rollstuhl es sich irgendwie anders überlegen könnte.

»Nein. Ich muss zu Marwani. Sie wartet auf mich.«

Vor Miras innerem Auge tauchte das Bild von der paralympischen Reiterin ohne Arme auf. In ihr tobte ein Kampf und sie wusste, dass sie ihn gewinnen wollte. Ihre Mutter würde das nicht verstehen.

Maria Anders schüttelte den Kopf. »Du holst dir eine Erkältung. Warte doch bis morgen. Das Wetter soll sich bessern.« Sie trat einen Schritt hinaus in den Regen, überlegte es sich aber sofort anders und verzog sich unter den überdachten Eingang, der Schutz vor dem Regen bot. »Im T-Shirt holst du dir den Tod. Wieso hast du nur so einen Dickkopf? Den hast du nicht von mir.«

Mira kämpfte gegen Wind und Schlamm an. Der Wind brannte auf ihrer Haut und der Regen ließ das Blut in ihren Adern gefrieren. Jedes einzelne Härchen auf ihren Armen stand vor Kälte senkrecht. Das Wasser lief ihr den Nacken hinunter und über den Rücken. Es war unangenehm, aber es war ihr egal. Sie war fest entschlossen, wie immer, wenn sie sich etwas in ihren Kopf gesetzt hatte. Trotzdem wusste sie, wie hoffnungslos ihr Unterfangen war. Selbst wenn sie bis zum Innenhof des Gestütes kam, würde sie es niemals auf die aufgeweichte Koppel schaffen. Mira hörte ihre Mutter resigniert seufzen. Als sie sich umdrehte, um an einem Reifen zu zerren, sah sieh, wie ihr Vater gerade an ihre Mutter herantrat und ihr eine Hand auf die Schulter legte.

»Lass sie«, sagte er mit tiefer, bestimmter Stimme. »Sie muss selbst lernen, was sie kann und was sie nicht kann.« Er nahm seine Frau tröstend in den Arm. »Du kannst diese Entscheidung nicht für sie fällen. Sie würde es nicht verstehen und dich dafür verantwortlich machen.«

Johannes Anders schob sich an seiner Frau vorbei und trat in die Kälte hinaus. Über seinem Arm hing ein gelber Regenmantel, der im Wind flatterte. Er stapfte die paar Schritte zu Mira und legte ihr den Mantel über.

»Hier«, sagte er und nickte Mira aufmunternd zu.

»Danke, Papa. Ich muss einfach zu Marwani. Es ist, als ob sie mich ruft.«

Der Regenmantel war steif und ungemütlich, aber er hielt die Nässe ab. Zitternd zog sie den Reißverschluss hoch.

»Ich weiß, dass du nicht so leicht aufgibst, wenn du dir was in den Kopf gesetzt hast. Da bist du ganz meine Tochter, ohne Zweifel.« Er beugte sich vor, hob ihr Kinn an und schaute ihr in die Augen. »Mira, je steiniger der Weg, umso wertvoller das Ziel. Gib nicht auf. Denk dran, es ist immer zu früh, um aufzugeben. Du schaffst das. Ich hab dich lieb.« Er gab ihr einen Kuss auf die Wange und schritt wieder zurück zum Haus.

Mira wartete ein paar Sekunden und ließ die Worte ihres Vaters auf sich wirken.

»Ich hab dich auch lieb«, murmelte sie leise in den Regen hinein. Mit neuer Kraft zog sie an den Reifen und bewegte sich langsam vorwärts.

Mira schaffte es bis zum Innenhof von Gut Falkental. Aber was nun? Der Steinplatz endete in ein paar Metern und ab dort gab es nur noch matschige Wiese. Durch den dichten Regenschleier sah sie Marwanis Konturen. Die Stute stand unter einem Baum und ihr Kopf zeigte in ihre Richtung, als wüsste sie, dass Mira da war. Mira hörte ein leises Wiehern, wie ein Rufen. Verzweifelt streckte sie den Arm aus. So nah – und doch so weit weg. Sie fühlte, wie die Tränen in ihr hochstiegen, aber sie hatte keine Kraft mehr. Links neben ihr knarrte eine Tür. Der Wind hatte das Tor des Heuschobers geöffnet und drinnen brannte Licht. Entschlossen rollte Mira auf das Tor zu.

In der Scheune war es warm. Es duftete nach Heu und trockenem Holz. Der Regen, der hoch über ihr auf das Dach trommelte, schien weit weg zu sein. Dicke Holzbalken zogen sich unter dem Dach entlang, staubbedeckt und in sich verschachtelt. Eine Katze schlich über einen der Balken und verschwand im Halbdunkel. An der Decke brannte eine einzelne Lampe, die genug Licht spendete, um den

Boden und die ersten Meter der gestapelten Heuballen zu erkennen. In einer Ecke standen Werkzeuge: Harken, Mistgabeln, Schubkarren, Schaufeln und eine Sense. Sie waren uralt, fast wie aus einer anderen Zeit. Nur die Schubkarre hatte glänzende grüne Metallgriffe und Hightech-Reifen.

Hinter ihr schepperte es. Hastig drehte sie ihren Stuhl, um sich Dan gegenüberzusehen, der schrie. Etwas Silbernes blitzte in seiner Hand. Jetzt schrie auch Mira erschrocken auf: »Dan!«

»Meine Güte, du bist es. Ich dachte, du seist ein Einbrecher.« Verlegen lehnte er seine Mistgabel an die Wand. Im Halbdunkel wirkte er größer und seine Augen waren kaum zu erkennen.

»Nee, da muss ich dich leider enttäuschen. Bin nur ich.« Mira zog sich die Kapuze vom Kopf und schüttelte ihre Haare. Sie waren klitschnass. »'tschuldige, es hat so geregnet, ich wollte mich nur kurz ausruhen.«

Wasser tropfte aus ihren Haaren.

»Kein Problem. Ich mache auch gerade eine Pause. Eigentlich sollte ich heute aufs Feld, aber bei dem Mistwetter macht das keinen Sinn.« Er deutete auf ein paar Trensen. »Stattdessen öle ich das Zaumzeug, ist eh an der Zeit.«

Mira betrachtete die Trensen und sog die Luft tief ein, sie liebte den Geruch von Leder. Ölflaschen und Lappen zeugten von Dans Arbeit. In einer Ecke lag Pumba und schlief. Er hatte den Kopf auf seine Pfoten gelegt und zuckte ein paarmal im Schlaf.

»Ein guter Wachhund ist das aber nicht«, lachte Mira und deutete auf den Border Collie.

»Nee, aber er ist ja auch ein Hütehund. Und wenn er zufällig einem Einbrecher begegnen würde, dann würde er ihm ein Stöckchen zum Werfen bringen.«

»Oder ihm das Bein abschlecken.« Wasser lief Mira in die Stirn und sie verzog das Gesicht. »Du hast nicht zufällig ein Handtuch für mich?«

Miras durchweichte Haare hingen in dicken, feuchten Strähnen herunter. Die Kleidung klebte an ihrer Haut und dampfte, als sie sich umständlich aus dem Regenmantel schälte. Sie schüttelte sich wie ein nasser Hund und das Wasser spritzte um sie herum. »Brrr.«

»Handtuch? Ach so, klar. Ähm. Moment, ich hole dir eins.« Er verschwand hinter einer Ecke und reichte ihr dann einen schmuddeligen rosagrauen Lappen, der wohl einst ein Handtuch gewesen war. »Was Besseres habe ich leider nicht«, murmelte er. Betreten rieb er die Handflächen aneinander.

»Danke.«

»Warte mal. Hier, nimm das.«

Mira riss die Augen auf, als Dan plötzlich sein Karohemd aufknöpfte. Darunter kam ein weißes Achselshirt zum Vorschein. Flink zog er das Karohemd aus und hielt es ihr zögernd ihn. Sie schaute vom Hemd zu Dan und wieder zurück. Ihr war nie aufgefallen, wie muskulös er war. Seine Arme waren stark und definiert und passten gut zu seinen breiten Schultern. Die Brust war durchtrainiert und unter dem engen Shirt zeichnete sich ein Sixpack ab.

»Kannst du ruhig annehmen. Ich erzähle es auch keinem weiter.« Dankbar nahm Mira das Hemd, drehte sich um und wechselte es gegen ihr triefendes T-Shirt. Das Hemd roch nach Dan, ein Geruch nach Stall und Pferd und Deo. Tief sog sie die Luft ein, es war ein angenehmer Duft.

Sie schwiegen wieder. Lässig hockte Dan sich auf einen Heuballen, den Kopf in die Hände gestützt. Das ärmellose Shirt stand ihm gut, gab ihm etwas Lockeres und Verwegenes. Verschmitzt grinste er zu ihr hinüber.

Mira wurde sich plötzlich überdeutlich bewusst, dass er sie betrachtete. Was sah er? Ihre langen kastanienfarbenen Haare und die braunen Augen, klar. Früher fand sie sich recht hübsch, war immer zufrieden mit ihrem Aussehen und ihrer Figur gewesen. Nun fühlte sie sich abgemagert und unattraktiv. Sie blickte auf ihre Arme hinab, so weiß wie Porzellan und dünn wie zwei Bohnenstangen. Es kam einem Wunder gleich, dass sie es in dem Regen bis hierher geschafft hatte. Der Rollstuhl war nicht gerade wendig und blieb immer wieder im Matsch stecken. Er war bis zur Sitzfläche mit Schlamm bedeckt. Ihre Haare waren feucht und strähnig und durch den Wind mit Knoten durchzogen, außerdem war ihr Dans Karohemd drei Nummern zu groß. Trotzdem grinste er sie frech und freundlich an, schien ihre Verfassung nicht zu bemerken und ihren Rollstuhl sowieso nicht. Sie konnte sich keinen Reim auf ihn machen.

Dan durchbrach die Stille. »Du wolltest zu Marwani.«

»Ja. Sie … sie wird nicht verstehen, dass ich nicht komme. Sie steht dort draußen ganz allein, völlig durchnässt und es blitzt alle paar Sekunden.«

Dan lächelte. »Du kommst hier herein, zitternd vor Kälte, mit blauen Händen und so nass, als hättest du in einem Schwimmbad geparkt. Und alles, woran du denkst, ist das Pferd.«

»Ich möchte einfach wissen, wie es ihr geht, und bei ihr sein. Von meinem Zimmerfenster aus sah ich sie unter den Bäumen stehen, und sie wirkte unruhig.«

»Ach, die kommt schon klar. Im Regen dösen Pferde meistens vor sich hin. Richten den Hintern gegen den Wind. Ich würde sie ja gerne in einen trockenen Stall bringen, aber sie lässt sich von mir nicht führen. Also eigentlich lässt sie sich von niemandem führen. Ich versuche es alle paar Tage mal, aber sobald ich mich auch nur nähere, sprintet sie los in die andere Ecke des Paddocks.«

»Hm. Ich hoffe, sie hat keine Angst vor dem Donner und den Blitzen.«

»Quatsch. Das verkraftet sie schon. Trakehner lassen sich nicht so leicht unterkriegen.«

»Trakehner«, murmelte Mira.

Sie hatte in ihrem Buch über Pferderassen gelesen, dass sie vielseitige Sportpferde waren. Talentiert, leistungsbereit und beliebt als Springpferd.

»Ja, Trakehner.« Dan hatte einen Heuhalm aus dem Ballen neben sich gezupft und kaute darauf herum. Dann spuckte er ihn aus, verschränkte die Arme hinter dem Kopf und legte sich hin. »Gute Rasse, leider charakterlich oft schwierig.«

»Wie meinst du das?«

»Ach, zicken gerne mal rum. Wir hatten hier mal einen Trakehner-Wallach und der war nicht nur ein gutes Springpferd, sondern gewann auch regelmäßig Dressurturniere. Aber holla die Waldfee, der wusste, was er wollte. Stur wie ein Esel. Wenn im Stall was nicht nach seiner Nase lief, war der stinksauer. Wenn sein Frühstück verspätet kam zum Beispiel. Und wenn ihn jemand ritt, der seine Beine nicht unter Kontrolle hatte, blieb er einfach stehen.« Schuldbewusst brach er ab und blickte zu Mira, aber sie hörte ihm gebannt zu und wirkte nicht beleidigt. »Auf dem Apfelhof, hier die Straße runter, am Feuerwehrteich entlang und beim kleinen Weiher nach links … kennst du den? Na, ist auch egal, die haben ebenfalls einen Trakehner. Einen schwarzen Hengst mit weißem Stern. Er heißt Knockout und tritt bei Vielseitigkeitsturnieren an.«

»Was macht man auf so einem Vielseitigkeitsturnier?« Miras Interesse war geweckt.

»Das ist eine Kombination aus Dressur, Geländeritt und Springen. Daher gilt es als die Königsdisziplin. Dafür braucht man sehr talentierte Pferde.«

»Und dieser Knockout, der ist in allen drei Disziplinen gut?«

»Genau. Sie verkaufen sein … also, man kann dort seine Stuten hinbringen und sie decken lassen, damit machen die eine Menge Kohle. Hat tolle Zuchtlinien, der Junge. Ich habe ihn mal vor vielen Jahren für den alten Wilhelm auf einer Show vorführen dürfen. Mann, was für ein Prachtexemplar.«

»Hat er sich denn auf den Turnieren gut benommen, wenn er so schwierig war?«

»Ach, ist halt ein Hengst. Die sind alle ein wenig balla-balla. Liegt am vielen Testosteron.« Mit einem Finger machte Dan eine kreisende Bewegung an seiner Schläfe. »Aber insgesamt ist der schon in Ordnung. Kein Vergleich zu deiner Freundin. Gegen Marwani ist der ein Schäfchen!«

Mira rollte zum Scheunentor und schob es ein kleines bisschen auf. Kalter Wind wehte herein und Regen schlug ihr ins Gesicht. Sie kniff die Augen zusammen. »Sie steht immer noch am Zaun.« Es war dunkel geworden und Mira konnte nur Schemen erkennen.

Dan stützte sich auf seine Arme. In seinen Augen funkelte es schelmisch. »Hey, ich hab eine Idee. Aber du musst mir versprechen, dass das unter uns bleibt. Ich kann da richtig Ärger für bekommen.«

»Oh, o.k. Was hast du denn vor?«

»Meinst du, Marwani würde zu dir kommen, wenn du sie rufst?«

»Ich weiß nicht. Ich denke schon. Aber sie kann schlecht über den Zaun springen.«

»Das lass mal meine Sorge sein.«

Dan ging zu einer eisenbeschlagenen Kiste, die neben dem Eingang ruhte. Sie knarzte leise, als er den schweren Deckel hob. In der Kiste lagen eine blaugraue Gummihose und ein Regenschirm. Er zog sich die Hose über und griff den Schirm. In diesem Moment wachte Pumba auf und betrachtete sein Herrchen müde. Dan bedeutete ihm, liegen zu bleiben und der Hund rollte sich auf die andere Seite und döste wieder.

»Warte hier, und wenn ich dir Bescheid gebe, dann ruf Marwani.«

Bevor Mira noch etwas entgegnen konnte, schob er sich nach draußen in die Kälte und ließ Mira zurück. Sie sah, wie er schnell über den Hof marschierte, direkt auf Marwanis Gatter zu. Dort angekommen, schob er die beiden Holzriegel zurück und öffnete es.

»Jetzt!«, brüllte er, um gegen das Tosen des Winds anzukommen.

Mira hatte das Scheunentor noch ein Stück weiter aufgeschoben und sah das weit geöffnete Gatter. Marwanis Konturen hoben sich von der Dunkelheit um sie herum ab und sie trottete auf das Gatter zu. Mit jedem Schritt war ihr schöner, heller Körper besser zu erkennen. Sie schälte sich aus der Nacht wie eine mächtige Göttin aus dem Meer.

»Marwani!«

Mira hatte den Namen mehr geraunt als gerufen, aber Marwani war stehen geblieben und spitzte die Ohren. Dann zerschnitt ein Wiehern die Schatten und Marwani galoppierte auf sie zu. Vertrauensvoll schloss Mira die Augen. Sie wusste einfach, dass Marwani sie nicht über den Haufen rennen würde. Ihre Hufe klackerten laut auf den Steinen im Hof und übertönten Wind und Regen. Die Stute preschte an ihr vorbei in die Scheune und blieb zitternd stehen. Wie ein Hund schüttelte sie sich, drehte sich einmal im Kreis und schaute zu Mira herüber. Glücklich lächelte Mira. Marwani schritt zum nächsten Heuballen und fing gerade seelenruhig an zu fressen, als Dan in die Scheune zurückkam.

»Na, das hat ja super geklappt. Wahnsinn, dass sie echt gekommen ist! Ich hatte da meine Zweifel.«

Dan hatte aus dem Nichts eine Thermoskanne mit Tee hervorgezaubert und reichte sie Mira. Es war Pfefferminztee und er duftete unglaublich gut. Gierig trank sie ein paar Schlucke. Erstaunlich, wie lecker ein heißes Getränk sein kann, wenn einem kalt ist, dachte sie.

»Du hast viel Geduld mit Marwani. Andere hätten längst aufgegeben.«

»Das sagt mein Vater manchmal auch über mich.«

Dan lachte. »Dein Vater hat Humor.«

»Na ja.«

»Das klingt jetzt aber nicht begeistert.«

»Ach, er nervt mich etwas. Kümmert sich ein bisschen zu viel um mich.«

»Ich wünschte, ich hätte Eltern, die mich nerven würden.«

»Wie meinst du das?«

»Meinen Vater kenne ich nicht und meine Mum war noch sehr jung, als sie mich bekam, und mit einem Baby überfordert. Sie hat mich direkt nach der Geburt abgegeben und ich bin bei Pflegeeltern aufgewachsen.«

Er sagte es ruhig und ohne Kummer in der Stimme, so als hätte er diese Geschichte schon oft erzählt. Trotzdem tat es Mira in der Seele weh und Mitgefühl breitete sich in ihr aus.

»Oh, das tut mir leid.«

»Das muss es nicht. Meine Pflegeeltern sind in Ordnung, ich hatte nie den Gedanken, etwas zu verpassen. Ich konnte mich immer auf sie verlassen und sie sind beide meine Vorbilder. Wahrscheinlich war es sogar großes Glück, meine biologische Mum hat wohl viele Probleme gehabt. Und Rüdiger und Anja, meine Pflegeeltern, haben Pferde. Oben auf Rügen. Anja ist Reitlehrerin. Sie hat mir viel beigebracht und ich habe oft zugeschaut, um von ihr zu lernen.«

Mira stellte sich vor, wie es wäre, ihre Eltern zu verlieren und bekam plötzlich ein schlechtes Gewissen. Sie wusste, wie sehr sich die beiden bemühten, seit sie ihren Unfall gehabt hatte. Wie viel sie selbst aufgegeben hatten mit ihrem Umzug aufs Land und wie viel Zeit sie in Arztbesuche und andere Termine steckten. Sie rutschte auf dem nassen Rollstuhl hin und her. Es war unbequem, mit ihrer nassen Hose darauf zu sitzen.

»Dan. Könntest du mir bitte einen Gefallen tun?«

»Ja …?«

»Kannst du mir vielleicht auf die Strohballen raufhelfen?«

»Ähhh.«

Dan wurde knallrot. Das ärgerte Mira.

»Das heißt, wenn du dich nicht davor ekelst, mich anzufassen. Ist nicht ansteckend, weißt du.«

Mira regte es auf, dass alle Leute Berührungsängste hatten. Schließlich saß sie lediglich im Rollstuhl und hatte keine ansteckende Krankheit.

»Was? Nein! Wieso sollte ich …? Sag mir einfach, was ich machen soll.«

Mira dirigierte ihren Rollstuhl nah an die Ballen heran und lehnte sich nach vorne.

»Ich lege meine Arme jetzt um deine Schultern. Keine Angst, ich beiße nicht. Dann zieh mich einfach hoch und lass mich aufs Heu gleiten.«

Dan tat, wie ihm geheißen und Mira schlang die Arme um ihn. Mühelos zog Dan sie hoch und für einen Moment schwebte sie über dem Boden. Sie rutschte etwas in Dans Griff und er hielt sie fester. Für einen Moment waren ihre Gesichter auf Augenhöhe und berührten sich fast. Zwischen ihre Nasen passte nicht mal mehr ein Schmetterlingsflügel. Mira bemerkte, wie sich seine Pupillen weiteten, dann hob er fragend eine Augenbraue und Mira drehte den Kopf weg. Sanft ließ er sie auf den Heuballen gleiten. Das Stroh raschelte und einzelne Halme pikten sie, aber es war ihr egal.

»Das riecht so gut hier.«

Dan betrachtete sie nachdenklich.

Marwani war näher gekommen und pustete Mira zur Begrüßung ihren feuchten Atem in den Nacken. Sie hielt Sicherheitsabstand zu Dan und zog sich sofort zurück, als dieser sich aufsetzte und den Arm ausstreckte.

»Nicht«, murmelte Mira. »Er tut dir nichts.«

Aber Marwani war schon wieder weggegangen und kaute ein paar Meter entfernt auf dem Heu herum. Mira drehte sich um und bemerkte, wie Dan sie mit unergründlichem Blick anschaute. Einen Tick zu lange sah er ihr in die Augen, öffnete den Mund, setzte zum Reden an und schloss ihn wieder. Er kam näher, setzte sich dicht neben sie ins Stroh und schwieg. Dankbar, dass er sich nicht scheute, neben ihr zu sitzen, kitzelte sie ihn mit einem Strohhalm im Nacken und lachte, als er danach schlug, weil er es für ein Insekt hielt.

Marwani knabberte noch immer am Heu, Pumba schnarchte und auf das Scheunendach prasselte der Regen. Müdigkeit überkam Mira und sie legte sich flach auf den Rücken, um die friedliche Atmosphäre zu genießen. Dan tat es ihr gleich und einträchtig lagen sie nebeneinander. Seine Nähe war überwältigend und sie genoss den gleichmäßigen Atem, die Wärme, die von seinem Körper ausging und die Ruhe, die er ausstrahlte. Dan hatte die Arme hinter dem Kopf verschränkt und schaute versonnen an die Decke. Glücklich schloss Mira die Augen und wünschte sich, dass dieser Moment niemals vorüberging.

Kapitel 8

Fünf kleine Mädchen saßen auf fünf großen Pferden. Eines davon war prächtiger als das andere und sowohl Reiterinnen als auch Pferde waren fein herausgeputzt. Auf der kurzen Seite des Reitplatzes angekommen, wendeten alle gleichzeitig und ritten über die lange Bahn. Dann teilten sie sich, zwei ritten nach links, zwei nach rechts und eines geradeaus. Das Mädchen in der Mitte galoppierte an. Gekonnt legte es die Schenkel an und schaute nach vorne. Es sah aus, als hätte es das schon hundertmal gemacht.

Es war Kathi, die mit hoch erhobenem Kopf und strahlendem Lächeln auf dem Pferd saß. Sie galoppierte im Kreis, dann trabte sie und brachte das Pferd dazu, gleichzeitig vorwärts und nach links zu laufen. Die Beine des Pferdes kreuzten sich elegant. Die anderen waren stehen geblieben und hatten sich an der Bande aufgereiht, sodass sie eine Gasse bildeten. Kathi galoppierte wieder an und ritt auf ein Hindernis zu. Die Zuschauer hielten den Atem an. Sie wirkte winzig auf dem riesigen Pferd, war hoch konzentriert und achtete nur auf den Weg vor sich. Das Pferd sprang und Kathi beugte sich leicht nach vorne. Die Zuschauer brachen in Applaus aus. Das hier war die Gruppe der ganz jungen Reiterinnen, und so eine Leistung sah man dabei ganz selten. Herr Grollmann war aufgestanden und klatschte ebenfalls. Heute wirkte er freundlich und entspannt, nicht so grimmig wie an den meisten Tagen.

»Sehen Sie, Herr Anders, das ist der Grund, warum Kathi eine besondere Reitförderung von mir bekommt. Die hat das Reiten im Blut.«

Johannes Anders brummte etwas vor sich hin. Es klang wie: »Ihre Hausaufgaben hat sie in letzter Zeit nur selten gemacht.«

»Sie sollten stolz auf Ihre Tochter sein. Sie hat jeden Tag geübt, seit Wochen. Verliert nie die Lust.«

Mira stieß Dan in die Seite und flüsterte ihm zu: »Und das will was heißen …«

Dan grinste. Herr Grollmann war ein strenger Reitlehrer und vergriff sich manchmal im Ton.

»Deine Schwester ist unglaublich. Es braucht normalerweise Jahre an Training, um so ausbalanciert im Sattel zu sitzen. Sie ist jetzt schon ein Star.«

Heute trug Dan ausnahmsweise nicht seine Gummihose, sondern eine Jeans und sein übliches rot-schwarz kariertes Karohemd. Das war seine Vorstellung davon, sich chic zu machen. Er wusste, dass es Mira herzlich egal war, was er trug. Ehrlich gesagt gefiel ihm das an ihr. Sie selbst hatte auch nur ein ausgewaschenes T-Shirt und eine kurze Sporthose an.

Kathi sprang über ein paar weitere hohe Hindernisse, die dicht hintereinander aufgebaut worden waren. Die Zuschauer tobten und trommelten mit den Beinen.

Sie lenkte das Pferd geschickt und es sprang in fließenden und weichen Bewegungen. Dann hielt sie an, verneigte sich und gab dem Pferd den langen Zügel.

»Wahnsinn!«, rief Mira und hielt den Daumen hoch.

Um sie herum waren die Leute aufgestanden und klatschten, bis die Reiterinnen die Arena verlassen hatten. Die anderen vier Reitschülerinnen waren auch gut gewesen, aber keine davon kam an Kathi heran.

Mira wandte sich zu Dan, der sichtlich erfreut über die großartige Vorstellung war. Mira wusste, wie sehr er Kathi mochte und das war ja auch nicht schwer – die Kleine hatte ihr Herz am rechten Fleck. Kathi verhielt sich immer freundlich und hilfsbereit, war authentisch und ehrlich.

»Das war richtig gut«, meinte Dan. »Deine Schwester wird es weit bringen. Das heißt, wenn sie es schafft, dabeizubleiben und sich nicht ein anderes Hobby sucht.«

»Nee, so ist Kathi nicht. Wenn sie was will, dann zieht sie das durch. Ohne Rücksicht auf Verluste.«

Dan lachte auf. »Sturheit liegt wohl bei euch in der Familie.«

»Kann sein. Weißt du, Kathi wollte schon immer reiten. Das war ihr größter Wunsch. Für sie ist ein Traum wahr geworden. Du solltest mal ihr Zimmer sehen. Alles voller Pferdeposter!«

»Und du?«

»Was, ich?«

»Wolltest du nicht reiten?«

Miras Gesicht verdüsterte sich. Sie wirkte plötzlich verloren und verwundbar.

»Nein. Ich … ich … habe früher nie über Pferde nachgedacht. Ich wusste einfach nicht, wie das mit Pferden ist, wie die so drauf sind und … und … jetzt ist es zu spät.« Mit einer hilflosen Geste strich sie über die Armlehne. »Ich würde alles geben, um zu wissen, wie das ist. Auf einem Pferd zu reiten und … frei zu sein. Sich bewegen zu können.«

Dan nickte. Das Lächeln war verschwunden. Jetzt wirkte er betrübt. »Mann, das ist verdammt harter Tobak. Es muss doch irgendeinen Weg geben, dir Pferde etwas näher zu bringen.«

»Marwani und ich stehen uns sehr nahe. Das ist nicht das Problem. Es ist nur so, dass ich Kathi sehe und wie sie beim Reiten mit dem Pferd zu verschmelzen scheint. Sie lernt täglich neue Techniken und verfeinert ihr Können. So gerne ich Marwani habe, eine echte Partnerschaft entsteht doch vor allem dann, wenn man gemeinsam auf ein Ziel hinarbeitet.«

Dan schüttelte den Kopf und Mira sah, wie es hinter seiner Stirn arbeitete. »Na ja, vielleicht kannst du nicht reiten, aber es gibt auch noch andere Möglichkeiten, mit Pferden zu trainieren.«

Mit einer Hand zerdrückte er die Papiertüte, die er gehalten hatte, und warf sie gekonnt in einen Mülleimer, der ein paar Meter entfernt stand.

»Weißt du eigentlich, was Bodenarbeit ist?«, fragte er und grinste schelmisch.

»Und jetzt heb die Hand. Nein, die andere. Gut so. Warte. Langsam den Arm runternehmen. Dreh dich leicht, genau so. Aufrichten, Energie nach links.«

Mira verhaspelte sich. Zu viele Befehle auf einmal und

dieser Drehstuhl raubte ihr die Orientierung. Aber sie musste zugeben, dass es eine geniale Idee gewesen war.

Dan hatte es geschafft, Marwani in einen Longierzirkel zu locken und in der Mitte stand ein erhöhter Drehstuhl. Dort saß Mira nun und konnte sich im Kreis drehen.

Der Longierzirkel war ziemlich klein, er hatte einen Durchmesser von etwa zwölf Metern. Zunächst hatte Marwani sich ausgiebig gewälzt und Mira dabei von oben bis unten mit Sand bespritzt, da der Boden nach dem Regen der letzten Wochen noch nicht ganz trocken war. Mira hatte es schweigend ertragen und sich innerlich auf die Stunde vorbereitet.

Dan thronte auf dem Zaun und beobachtete sie streng. »Dreh dich nach rechts. Nicht so weit. Zurück. Jetzt senk den Kopf.«

Mira gab sich alle Mühe, aber es war unendlich schwierig. Manchmal reagierte Marwani auf Miras Gestik, aber oft war es nicht das Ergebnis, das erzielt werden sollte. Dan hatte ihr erklärt, dass Bodenarbeit anders sei als das typische Longieren, das sie schon beobachtet hatte.

Gerade wies er an: »Nimm dir Zeit und hab Geduld. Alles zu seiner Zeit. Pferde schauen nicht auf die Uhr, das machen nur wir Menschen.« Geduld war nicht gerade Miras Stärke.

Marwani trug kein Halfter und es gab auch keine Longe. Die einzige Kontrolle, die Mira hatte, war ihre Körpersprache. Aber dafür musste Marwani erst einmal hingucken und zuhören. Gerade hatte die Stute aber Besseres zu tun. Sie brach nach links und nach rechts aus, galoppierte oder trabte, wie sie Lust hatte. Marwani war außer Atem, ihre

Flanken bebten und ihr Puls ging schnell. Das war anstrengender, als es aussah. Bald würde sie eine Pause brauchen.

»Links herum, brems sie ab. Heb die Hand. Wo ist deine Energie?« Dan war unerbittlich. »Und entspann dich mal, so verkrampft wie du bist, wird sie dir nicht zuhören.«

»Marwani, links rum, nein! Das andere links!« Mira kam nicht hinterher, der Schimmelstute zu zeigen, was sie sich wünschte. Tief atmete Mira aus. »Jetzt halt!«

Marwani blieb stehen. Na bitte! Ein kleiner Triumph. Im nächsten Moment trottete Marwani wieder los und Mira bewegte den Stuhl verbissen weiter, um ihren Körper parallel zu dem der Stute auszurichten. Ihr wurde übel durch dieses elende Drehen. Vor ihren Augen wurde es schummrig und kleine Sterne tanzten in ihrem Blickfeld.

»Mira? Alles klar?«

Als sie aufwachte, blickte sie in Dans besorgtes Gesicht. Sie war vom Stuhl gerutscht und im Sand gelandet. Marwani stand aufmerksam ein paar Meter entfernt. Mit den Hufen scharrte sie im Sand und wirkte aufgeregt.

»Ich glaube, für heute reicht es.«

»Nein. Lass mich noch einmal. Nur noch einmal. Ich will nicht, dass es so aufhört.«

Dan half ihr in den Stuhl und kletterte zurück auf seinen Platz am Zaun.

»Lass es mich mal auf meine Art machen«, bat sie und konzentrierte sich.

Es dauerte ein paar Sekunden, bis Mira sich entspannen konnte. Erst sah sie nur wirre Bilder vor ihrem inneren Auge. Dann dachte sie an den Sommer und wie schön sich die Wärme auf der Haut anfühlte. Sie stellte sich vor, wie sie auf einer Wiese stand, umgeben von endlosen Hügeln und einzelnen Bäumen. Ein guter Ort. Es wurde ruhig in ihrer Welt. Sie entspannte sich.

»Marwani«, rief sie sanft.

Die Augen immer noch fest geschlossen, versuchte sie, sich vorzustellen, wie die Stute näher kam. Und in der Tat, nach ein paar Sekunden hörte sie ihre Hufe im Sand. Marwani trottete langsam auf sie zu und das unsichtbare Band zwischen ihnen schien stärker zu werden. Als sie nur noch ein paar Schritte entfernt war, drehte Mira sich nach links und richtete sich auf.

»Geh«, sagte sie leise, aber bestimmt.

Ihr Rücken war aufgerichtet und ihr Arm nach links ausgestreckt. Sie hörte, wie der Sand unter den Hufen knirschte, als die Stute sich drehte. Ein Gefühl der Freude durchflutete Mira. Sie hatte es geschafft! Strahlend öffnete sie die Augen und betrachtete Marwani, die artig um sie herum im Kreis schritt. Es war ein entspannter Gang, aber das innere Ohr war ihr zugewandt und Mira wusste, dass Marwani auf ihre nächsten Anweisungen wartete. Die Welt um sie herum war verschwommen, nur Marwani im Zentrum war scharf, und es gab nur noch sie beide. Im Hintergrund sah sie Dan auf dem Zaun hocken, der sie gespannt beobachtete, aber auch er schien weit weg. Tief sog Mira die Luft in ihre Lungen, atmete ein, dann wieder aus.

Etwas lauter rief sie: »Schneller, Marwani!«

Zu ihrem großen Erstaunen trabte Marwani an. Mit ruhigen, gleichmäßigen Schritten lief sie im Kreis und schien auf Miras nächstes Kommando zu warten. Jetzt war der Moment gekommen. Mira hob ruckartig den Arm – und Marwani blieb stehen. Die Muskeln auf ihrem Rücken zuckten leicht und ihre Ohren waren nach vorne gerichtet. Aber sie blieb stehen und rührte sich nicht. Mira lachte auf. Das Eis war gebrochen.

Glücklich ließ sie den Arm sinken und lobte die Stute. Applaus erscholl vom Zaun. Das war Dan, offensichtlich beeindruckt von ihrer Vorstellung.

»Das war super, Mira. Besser als jeder Pferdeflüsterer.« Er sprang vom Zaun, kam zu ihr herüber und legte ihr den Arm um die Schultern. »Ich bin stolz auf dich.«

Mira wurde knallrot, die Schmetterlinge in ihrem Bauch tobten um die Wette und schlugen Saltos.

Herr Grollmann schlenderte über den Hof. Er trug einen Korb mit Eiern, die seine Hühner gelegt hatten. Es war früher Morgen, aber bereits so warm, dass er seinen Janker im Haus hatte lassen können. Die Erdbeeren würden bald reif sein, und das war seine liebste Jahreszeit. Dann konnte er Marmelade einkochen und Kuchen backen. Auch wenn man ihm das nicht unbedingt zutraute, er liebte solche Hausarbeit. Seine Kuchen waren im ganzen Dorf bekannt. Zur Erdbeerzeit schauten die Nachbarn gerne mal zufällig vorbei, vor allem dann, wenn es aus seinem Backofen verführerisch duftete. »Haben Sie heute gebacken?«, hieß es dann in der Hoffnung, Herr Grollmann würde den Kuchen teilen.

Hinter der Scheune schnaubte ein Pferd.

»Was ist denn da los?«, murmelte er.

Die Pferde standen im Stall und fraßen ihre morgendliche Ration Heu. Er stellte den Korb ab und befahl seinem Hund, sitzen zu bleiben. Der Hund würde das Pferd nur aufscheuchen. Im Vorbeigehen griff er ein Seil, das an einem Haken hing. Auf Zehenspitzen schlich er um die Scheune. Dort bot sich ihm ein bizarres Bild. Ihm klappte die Kinnlade herunter.

Im Longierzirkel stand seine Stute Marwani. In der Mitte saß Mira auf einem Drehstuhl und war der Stute zugewandt. Sie hob die Arme und die Stute ging rückwärts. Sie senkte die Arme, die Stute blieb stehen. Sie ließ die Arme kreisen und Marwani fing an, auf dem Boden zu scharren.

»Eins, zwei, drei, vier – Stop!«

Mira nahm die Arme herunter und Marwani hörte sofort mit dem Scharren auf. Was zum Geier war da los? Um nicht gesehen zu werden, drückte er sich in den Schatten vor der Scheunenwand, das wollte er sich näher anschauen. Er beobachtete, wie Mira mit den Fingern ein U bildete.

»Zeig mir dein schönstes Lachen!«

Marwani streckte den Kopf und hob die Oberlippe – das sah aus wie ein Lächeln. Er kannte das von flehmenden Pferden, also Pferden, die den Geruch anderer Pferde besonders intensiv aufnehmen wollten. Das hier war aber etwas anderes, denn Marwani flehmte offensichtlich nicht, um etwas zu riechen. Vielmehr tat sie es auf Kommando, wie ein Hund, der freudig den Worten seines Frauchens folgt.

»Gut gemacht, Süße«, wehte zu ihm herüber. Marwani schnaubte und kam auf Mira zu. Die reichte ihr ein Leckerli. »Das hast du dir verdient.«

So etwas hatte Herr Grollmann in seiner ganzen Pferdekarriere nicht gesehen. Er liebte seine Pferde, aber er war ein ernsthafter Reiter und Spielereien wie diese kannte er nicht. Die Stute reagierte auf jede kleine Bewegung und war total auf Mira fixiert. Als sei sie durch unsichtbare Fäden mit Mira verbunden. Fast schon unheimlich – aber auch faszinierend.

Was dieses Mädchen machte, schien zu funktionieren und wenn sie es schaffen würde, Marwani etwas von ihrer Unberechenbarkeit zu nehmen, dann war es ihm nur recht. Nächste Woche würde Adriano von Trabenberg auf den Hof kommen – ein begnadeter Zuchthengst, der Marwani decken und für Nachwuchs sorgen sollte. Das würde aber nur klappen, wenn Marwani entspannter und zugänglicher war.

Erst vor ein paar Tagen hatte er mit Dan gesprochen, weil er seine Meinung zu Miras Umgang mit Marwani wissen wollte. Dan hatte seine Worte mit Bedacht gewählt und nur Gutes über die beiden gesagt. »Sie hat ihren ganz eigenen Zugang zu Pferden, nutzt ihre eigenen Techniken und geht viel über Gefühl. Ich kann Ihnen aber versichern, dass sowohl Mira als auch Marwani voneinander profitieren.«

»Als ich Mira das erste Mal gesehen habe, war sie ein zerbrechliches, blasses und unruhiges Mädchen im Rollstuhl gewesen. Sie scheint sich sehr verändert zu haben. Wirkt deutlich gelassener und zufriedener.«

»Ja, ich denke, sie ist jetzt mit sich im Reinen.«

Lautlos löste sich Herr Grollmann aus seinem Versteck, schlich um die Scheune herum und griff sich seinen Korb. Marwani war ein wertvolles Pferd und ihn hatte das Schicksal der Stute mehr berührt, als er zugeben würde.

Er wusste, dass manche Leute ihn für hartherzig hielten, weil er seinen Betrieb gut im Griff hatte, aber seine Pferde waren ihm wichtig und Marwani hatte etwas Glück verdient. Es freute ihn, dass die beiden ungleichen Freunde einander gefunden hatten. Was er eben beobachtet hatte, war ein schönes entspanntes Bild gewesen und die Stute hatte nichts mehr von der Wildheit der ersten Tage auf dem Hof. Als er auf die Tür zuschritt, dachte er: »Ich glaube, Marwani ist angekommen.«

»Und hier, dass hier habe ich ihr beigebracht, indem ich eine Banane zerquetscht und auf meinen Hutrand geschmiert habe.«

»Das ist ja ekelig.«

»Schon, aber schau es dir doch erst mal an.«

Mira zog sich einen alten Strohhut auf und pfiff leise. Marwani, die bis eben noch den Kopf in ihrem Futtertrog versenkt hatte, kam freudig angestürmt, und als Mira leicht nickte, zog die Stute ihr vorsichtig den Hut vom Kopf und hielt ihn fest im Maul. Gespannt wartete sie auf das nächste Kommando.

»Gut gemacht. Und jetzt lass ihn fallen.«

Marwani öffnete das Maul etwas und der Hut fiel in den Sand. Mira lachte und streichelte dem Pferd die Schnauze. Ihre langen Haare wehten in der leichten Brise und in ihren Augen leuchtete es.

Dan war beeindruckt: »Wow. Das ist krass. Die hört ja besser als die meisten Hunde. Ich muss euch unbedingt mal filmen. Damit kann man auf YouTube bestimmt Geld verdienen.«

Mira sah ihn scharf an. »Wenn du gut im Editieren bist – gerne. Da musst du nämlich meinen Rollstuhl unsichtbar machen, sonst kriegst du nur Mitleidklicks und böse Kommentare.«

Autsch. Das hatte gesessen.

»Meinst du, sie lässt mich auch mal ran?«

»Versuch es doch mal.«

Dan kam näher und stellte sich neben Mira. Er hob den Strohhut auf und klopfte ihn sauber. Dann strich er etwas von der Bananenpaste auf den Rand.

»Lass mich rufen und du bleibst einfach stehen.«

Es war ungewohnt für Dan, von anderen Kommandos zu bekommen, wenn es ums Pferdetraining ging. Das war schließlich sein Metier, auch wenn es in seinen morgendlichen Trainingssessions um ganz andere Dinge ging.

»Setz den Hut auf.«

Dan hob eine Augenbraue, tat aber, was Mira wollte.

»Marwani, komm.«

Die Stute rührte sich nicht. Skeptisch beäugte sie Dan, der versuchte, möglichst ruhig zu stehen.

»Hm, sie ist sich nicht sicher. Dreh dich leicht seitlich, dann wirkst du weniger bedrohlich.«

Dan drehte sich etwas.

»Mach dich etwas kleiner. Beug dich leicht runter oder geh in die Knie.«

Dan folgte der Anweisung. Geduldig wartete er. Eine Minute verstrich. Dann langsam, ganz langsam, setzte Marwani sich in Bewegung. Dans Puls schoss in die Höhe. Er wünschte sich inständig, dass Marwani ihren Argwohn ablegte und ihm vertraute.

»Komm schon, hol dir den Hut, ich verspreche, ich tue dir nichts«, flüsterte er.

Er unterdrückte ein Niesen und hielt die Luft an. Behutsam hob Marwani den Hut. Für einen Moment hielt sie in der Bewegung inne, dann trat sie einen Schritt zurück und jagte zur Seite weg, den Hut fest im Maul.

»Wiederholen musst du dir den aber selbst«, lachte Mira und pikste den entgeisterten Dan in die Seite. Ihm war das anscheinend etwas zu schnell gegangen und er guckte Marwani verdutzt hinterher.

»Wie, du hast ihr noch nicht beigebracht, den Hut wieder zu dir zurückzubringen?«

»Das kommt noch. Stand dir aber gut, der Hut. Solltest du öfter tragen.«

Dan griff sich in seine Wuschelhaare und antwortete: »Meiner Lockenpracht konnte noch niemand widerstehen.«

Mira kniff Dan in die Schulter und der wehrte sie entrüstet ab. »Hey, wenn du das noch mal machst, muss ich mich wehren.«

»Versuch es doch, wenn du dich traust.«

Das ließ Dan sich nicht zweimal sagen. Entschlossen, aber vorsichtig, schlang er die Arme um sie, hob sie aus dem Rollstuhl heraus, während Mira versuchte, sich zu wehren. Aber seine Umarmung gefiel ihr viel zu gut, um ihn ernsthaft wegzuschubsen. Lachend trug er sie zu Marwanis Trog und hielt sie über das Wasser.

»Und, was sagst du jetzt?«

Dan ging in die Knie und sie kamen der Wasseroberfläche gefährlich nahe. Noch bevor Dan sie im Trog absetzen konnte, zog sie Dan ruckartig mit sich nach unten und er fiel vornüber. Gemeinsam stürzten sie mit einem lauten Platschen in den Trog und zogen sich prustend in eine sitzende Position.

»Du bist unmöglich, Mira!«, schimpfte Dan lachend und schob sich die nassen Haare aus der Stirn. »Aber so ein bisschen nasse Klamotten stehen dir gut, solltest du öfters tragen.«

Kapitel 9

»Was für ein Prachtexemplar von einem Hengst.« Dan war beeindruckt.

Ein Mann mittleren Alters lud einen großen Rappen aus dem Hänger, dessen Fell in der Sonne funkelte.

»Darf ich vorstellen: Adriano von Trabenberg, Zuchthengst und der ganze Stolz von Hof Weidenau.«

Herr Grollmann nickte begeistert. »Optisch macht er seinem Namen alle Ehre. Ich hoffe, er überträgt seine guten Gene auch auf seine Nachkommen.«

»Selbstverständlich. Er hat bisher noch nie enttäuscht.«

Mit stolzem Gang und erhobenem Hals schritt der Hengst über den Hof und seine mächtigen Hufe erschütterten den Boden. Er hatte eine gewellte schwarze Mähne, die weit herunterhing. Sein Leib war durchzogen von Muskelsträngen und seine Brust so breit wie eine Mauer. Dan half, den Hengst in den Stall zu bringen. Das Tier machte mit jeder Bewegung klar, wer hier der Chef war.

»Ich hole ihn morgen wieder ab. Ansonsten verlängern wir auf Tagesbasis, wie besprochen.«

Kathi stand in ein paar Metern Entfernung und ihre Kinnlade war heruntergeklappt.

»So ein Pferd habe ich noch nie gesehen«, murmelte sie vor sich hin. »Respekt.«

Nachdem Adriano in seine Box geführt worden war, lief sie aufgeregt zur Sattelkammer.

»Komm doch raus, Mira, das lohnt sich echt. Du musst dir Adriano anschauen.«

Mira schüttelte den Kopf. Stumm hockte sie im Halbschatten zwischen den Satteldecken und krampfte die Hände zusammen.

»Nein. Ich will Adriano nicht sehen. Marwani ist noch nicht bereit, gedeckt zu werden.«

»Aber woher willst du das denn wissen?«

»Ich weiß es einfach. Marwani hat gerade erst wieder angefangen, Vertrauen zu fassen. Das hier ist nicht gut. Gar nicht gut.«

»Aber Mira, denk doch mal, wenn die Zucht erfolgreich ist, hat Marwani nächstes Jahr ein klitzekleines Fohlen. Das wär doch obersüß!«

Gestern hatte der Hufschmied Marwanis Hufe trimmen dürfen, und das hatte erstaunlich gut geklappt. Mira war ihr die ganze Zeit nicht von der Seite gewichen und hatte sie gestreichelt. Marwani hatte die Prozedur über sich ergehen lassen – ein großer Fortschritt. Der Hufschmied war vorsichtig gewesen und hatte seine Arbeit schnell und präzise erledigt, obwohl die Hufe so lang gewesen waren, dass sie sich vorne schon etwas eingerollt hatten. Sie hatten sich entschieden, Marwanis Hufe nur zurückzuschneiden und ihr keine Hufeisen zu verpassen. Der Hufschmied arbeitete mit Heißbeschlag und das bedeutete Rauch, Feuer und unangenehme Gerüche. Sie konnten froh sein, dass Marwani sich die Hufe wenigstens schneiden ließ – aber Hufeisen waren ein anderes Kaliber. Dafür war sie noch nicht bereit.

Genauso wenig wie für diesen Hengst, fand Mira.

Dan kam in die Sattelkammer und ließ sich auf einen Hocker plumpsen. Er war verschwitzt und hielt eine Cola in der Hand.

»Na, was habt ihr Mädels hier für eine Geheimsitzung?«

Er grinste, aber Mira war gar nicht zum Scherzen zumute. Kathi bedeutete ihm mit einer warnenden Geste, vorsichtig zu sein.

Dan seufzte. »Mira, ich weiß, dass dir das nicht gefällt. Und glaub mir, ich habe mit Herrn Grollmann gesprochen und ihm geraten, noch ein paar Monate zu warten. Aber letztendlich ist Gut Falkental ein Zuchtbetrieb und Marwani eine Zuchtstute.«

»Wenn ihr versucht, Marwani zu decken, gibt es ein Unglück. Ich spüre das. Sie wird es nicht zulassen.«

Dan wirkte nun fachmännisch. »Mira, ich hab das hunderte von Malen erlebt. So was ist ganz normal auf einem Pferdehof, das kannst du mir glauben.«

Kathi unterstützte Dan. »Und das wird bestimmt ein hübsches Fohlen. Mit winzigen Hufen und so.«

Mira schaute durch das staubige kleine Fenster der Sattelkammer auf den Hof. Dort standen Herr Grollmann und der Mann, der Adriano hergebracht hatte. In ihr tobte es.

»Herr Grollmann macht einen großen Fehler.«

»Ach, Mira. Sieh mal, du kannst es auch aus einer anderen Perspektive betrachten. Es wird Marwani guttun, ein Fohlen zu bekommen. Eine Schwangerschaft kann Wunder wirken.«

Mira sah das anders. »Nein, sie wird sich nicht zwingen lassen. Ihr zerstört ihr Vertrauen. Sie ist noch nicht bereit.«

Dan hatte ihr erklärt, dass Marwani in einem kleinen, eingezäunten Bereich den Launen des Hengstes ausgeliefert sein würde. Der Gedanke ließ sie erschaudern. Trotzdem konnte sie sich nicht überwinden, einfach nach Hause zu rollen und nicht hinzusehen. Sie musste bei Marwani bleiben und ihr beistehen, egal, was passieren würde.

Marwani lief unruhig in dem kleinen Pferch hin und her. Sie wieherte leise und senkte den Kopf nahe an den Boden, als würde sie gleich losbuckeln. Adriano von Trabenberg allerdings wirkte gar nicht scheu. Er richtete sich auf, machte den Hals rund und drückte den Rücken nach oben. Augenscheinlich schien er der jungen Stute imponieren zu wollen.

»Ruhig, Adriano.«

Dan hatte alle Mühe, ihn am Führstrick festzuhalten, weil der Hengst seitlich wegtänzelte. Adriano schnappte nach Dan, und Mira hörte, wie er aufschrie. Den Hengst kümmerte das wenig. Er war auf die Stute vor ihm fixiert. Er sog die Luft tief ein und flehmte, um Marwanis Geruch besser aufzunehmen. Pumba war an einem Pfosten angebunden und zog an der Leine. Er bellte, als Adriano den Kopf hochriss und Dan dabei fast aus dem Gleichgewicht brachte.

»Öffnen Sie das Tor!«

Herr Grollmann schob einen Torflügel weit auf und Dan löste den Führstrick vom Halfter. Der Hengst stürmte in den Paddock und ohne zu zögern auf Marwani zu. Diese drehte sich um und trat mit aller Kraft nach dem Hengst. Sie erwischte ihn an der Brust, aber Adriano war wenig beeindruckt.

Herr Grollmann schrie wütend auf: »Verdammte Stute!«

Marwani trat und wieherte und buckelte. Der Hengst jagte ihr nach und die beiden galoppierten in kleinen Runden am Zaun entlang. Mira wurde schlecht. Das konnte nicht gut gehen!

Adriano erwischte Marwani schließlich und warf sich mit voller Kraft gegen sie. Er biss ihr in den Nacken und versuchte, sie zu besteigen. Marwani bäumte sich auf und wieherte. Schweiß glänzte auf ihrem ganzen Körper und ihre Augen flackerten wild. Sie entwand sich und galoppierte wieder los, schneller dieses Mal, gehetzter.

»Die beruhigt sich schon wieder.« Dan war, völlig außer Atem, neben Mira getreten. Ein Riss klaffte in seinem Ärmel, dort wo der Hengst ihn erwischt hatte. »Mach dir keine Sorgen.« Er klang wenig überzeugend.

Mira schüttelte stumm den Kopf. Sie flehte inständig, dass Dan recht hatte. Marwani stieg schon wieder. Dieses Mal aber krachte sie nicht nach vorne, zurück auf ihre Vorderhufe. Sie lehnte sich zu weit nach hinten und fiel auf den Rücken.

Aus Miras Kehle entwich ein Schrei.

Verdammt. Mira kam aus ihrer Deckung und rollte so schnell es ging auf den Paddock zu. Marwani war gegen den Zaun gefallen, der glücklicherweise schon etwas älter war und nachgegeben hatte. Laut fluchend stapfte Herr Grollmann in Richtung Marwani. Diese wand sich hin und her und kam wieder auf die Beine. Sie war wackelig und in ihrem Rücken steckten ein paar Holzsplitter. Die Narbe an ihrer Flanke war aufgerissen.

»Marwani!« Mira schrie, so laut sie konnte. »Marwani, ich bin hier. Alles wird gut!«

Die Stute schaute aufgebracht in ihre Richtung und wieherte so laut, dass es in den Ohren wehtat. Dann stürmte sie einfach davon. Sie jagte über die Wiese und auf den Wald zu. Adriano wollte hinterher, aber Herr Grollmann war schneller. Er packte den Hengst am Halfter und riss ihn herum.

»Willst du wohl …?«, brüllte er das Tier an und wich geschickt einem Tritt aus.

»Neeeeeiiiiinnn!«, schrie Mira und versuchte, hinter Marwani herzurollen. Aber sie kam nicht weit. Dan hielt den Rollstuhl mit aller Kraft fest, er hing fast an den Haltegriffen. Hilflos schaute Mira Marwani nach, die mit Leichtigkeit über die Koppelzäune sprang. Die Stute galoppierte an anderen Pferden vorbei, die überrascht zur Seite stoben und wieherten. Mira lehnte sich nach vorne, streckte die Arme aus und fiel aus dem Rollstuhl. Auf dem Boden liegend hob sie verzweifelt den Kopf und erhaschte einen letzten Blick auf Marwani, die über den Grenzzaun gesprungen war und als kleiner weißer Punkt zwischen den Bäumen des Waldes verschwand.

Die rote Abenddämmerung tauchte die Berge in ein magisches Licht. Sie reflektierte im Bach und brachte ihn zum Glitzern, als sei er aus fließenden Diamanten gemacht. Der

Wald lag bereits im Dunkeln und nur die Spitzen der Tannen erreichten die letzten Sonnenstrahlen. Irgendwo zwischen den Schatten, verloren im Grau der Nacht, ruhelos und ohne Ziel, irrte ein weißes Pferd mit einer Narbe auf der Flanke umher. Die Narbe war aufgeplatzt und ein rotes Rinnsal lief an seinen Beinen hinunter.

Marwani trank aus einem Weiher und erschrak, als ein Frosch zwischen ihre Beine hüpfte und quakte. Sie wich zurück und stieß mit dem Hintern gegen einen Baum. Es war so dunkel, dass sie nicht weggaloppieren konnte. Es gab knietiefe Löcher und sumpfige Stellen. Jeder Schritt konnte ein gebrochenes Bein bedeuten.

Marwani senkte den Kopf und suchte den Boden ab. Langsam arbeitete sie sich bis zu einem dichten Gebüsch vor und brach durch bis in dessen Mitte. Ein paar spitze Zweige streiften sie und hinterließen Kratzer auf ihrer Schulter. Zitternd blieb sie stehen und spitzte die Ohren. Eine Eule weit über ihr rief in der Dunkelheit. Etwas weiter entfernt stakste ein Reh durch das Dickicht.

Die Stute schien zu spüren, dass sie hier nicht bleiben konnte. Unruhig tänzelte sie auf der Stelle, bis sie sich auf der anderen Seite wieder durch den Busch schob. Dort befand sich eine kleine Lichtung, leicht erhöht gelegen auf einer Hügelkuppe.

Der Mond stand hoch am Himmel und spendete etwas Licht. Von hier aus konnte man den Wald überblicken und sie würde sofort bemerken, wenn sich jemand näherte. Marwani blieb stehen und blickte in die Ferne, über die Baumspitzen des dunklen Waldes. Sie war angespannt und jederzeit bereit, um Wegzulaufen.

Mira saß am Fenster. Ihre Finger trommelten so heftig auf den Rahmen, dass sie sich die Haut an den Spitzen aufgescheuert hatte und die Fingernägel abgebrochen waren. Ihr Vater kam herein und stellte eine Tasse Pfefferminztee auf den Schreibtisch. Er schaute ebenfalls aus dem Fenster in die Dunkelheit und Kälte.

»Ich weiß, was du jetzt denkst, Mira.«

»Nein, weißt du nicht.«

»Doch. Du stellst dir vor, wie du mit einer Taschenlampe die Wälder durchstreifst und Marwani suchst. Und du verzweifelst bei dem Gedanken, dass du es nicht kannst.«

Mira schaute ihren Vater überrascht an. »Ja, Papa. Ich würde nicht ruhen, bis ich Marwani gefunden hätte. Ich würde mich durchs Dickicht kämpfen, durch jeden Bach waten und über jeden Holzstapel klettern. Und wenn ich Marwani sähe, würde ich sie rufen und sie käme zu mir.«

»Und dann würdet ihr gemeinsam nach Hause kommen, richtig?«

Mira zuckte mit den Schultern. Sie zögerte für einen Moment, dann nickte sie. »Klar.«

Johannes Anders atmete tief aus und strich seiner Tochter über den Kopf. »Es tut mir leid, Mira. Ich hab gehofft, dass Dan Marwani findet. «

Mira presste die Lippen zusammen. Auch sie hatte alle Hoffnung in Dan gesetzt. Ohne unnötig Zeit zu vergeuden, war er sofort auf einem der Schulpferde losgeritten, um Marwani zu finden. Mit Pumba im Schlepptau wirkte er zuversichtlich, aber am späten Nachmittag war er zerkratzt und müde zurückgekommen. Ohne Marwani. Pumba hatte den Schwanz zwischen den Beinen eingeklemmt gehabt, als würde er sich schämen, in seinem Einsatz als Spürhund versagt zu haben.

»Immerhin kann ihr dort draußen wenig passieren. Es gibt hier keine Raubtiere.«

»Es gibt viel Schlimmeres da draußen«, befürchtete Mira.

Ihr Spiegelbild im Fenster konnte sie kaum ertragen. Sie war bleich, mit traurigen Augen, die in dunklen Höhlen lagen. Ihre Stimme klang hohl, als sie weitersprach: »Es gibt vergessene Stacheldrahtzäune, überwuchert von Ranken und Gräsern und für ein Pferd im Dunkeln unsichtbar. Es gibt Löcher im Boden und auf der anderen Seite des Waldes gibt es Straßen.«

Beim Sprechen hatte sie sich an die Brust gefasst, als ob sie den tiefen Schmerz dort wegmassieren könnte.

»Du hast recht. Ich möchte dir nichts vormachen. Ehrlich gesagt habe ich auch schon darüber nachgedacht, dass Marwani auf die Straße läuft und von einem Lastwagen angefahren wird. Auf der Landstraße ist nachts reger Lkw-Verkehr.«

»Danke, Dad. Dafür, dass du nicht so tust, als sei alles in Ordnung. Das weiß ich zu schätzen.«

Im Spiegel des Fensters sah sie, wie ihr Vater die Augenbrauen hob und den Mund zu einem Lächeln verzog. Er freute sich über ihre Worte.

»Ach, Mira. Das Pferd ist eine Sache. Ich mag Marwani wirklich gerne. Aber noch schlimmer ist der Gedanke, dass du erneut einen Schicksalsschlag miterleben musst.«

Er nahm die Tasse mit dem Pfefferminztee, die er für Mira mitgebracht hatte, und trank einen Schluck daraus. Behutsam stellte er die Tasse wieder ab. Mira kannte diese Geste, er machte das, wenn er verlegen war oder wenn er Zeit zum Nachdenken gewinnen wollte. Er räusperte sich.

»Möchtest du nicht morgen mit Herr Grollmann sprechen, ob du dich mit einem anderen Pferd beschäftigen kannst? Natürlich nur, bis Marwani wieder zurück ist.«

Der Gedanke raste wie ein Donnerschlag in Miras Herz. Ein anderes Pferd? Wie von der Tarantel gestochen fuhr sie herum und schnaubte ihren Vater an. »Das meinst du nicht im Ernst, oder? Mich interessieren keine anderen Pferde. Ich mache mir wahnsinnige Sorgen um Marwani und du schlägst mir vor, mich einfach abzulenken? Wie alt bin ich? Fünf?«

Johannes Anders schüttelte den Kopf. »Nein, so meine ich das nicht …«

Zu spät. Mira wies mit dem Finger auf die Tür. »Bitte lass mich alleine. Ich brauche jetzt Ruhe.«

Ratlos nickte Johannes Anders und ging wortlos zur Tür. Dort angekommen schaute er zurück, öffnete den Mund, überlegte es sich aber anders.

In Mira kochte es. Sie hätte ihren Vater nicht so anfahren dürfen, das wusste sie. Aber der Schmerz in ihr drin zerriss sie und sie konnte keinen klaren Gedanken fassen. Die Angst um Marwani schnürte ihr die Kehle zu und unterdrückte jegliche Hoffnung, dass alles wieder gut werden würde. Sie hatte bereits einmal erlebt, dass manche Geschichten ein schreckliches Ende nahmen und sie wusste, dass sie das nicht noch einmal durchstehen würde.

Durch ihre Zimmertür hörte sie ihre Eltern flüstern. »Und, wie lief es?«

»Unser Gespräch hat gut angefangen, aber ich schaffe es einfach nicht, zu Mira durchzudringen.«

»Oh.«

Mira schnappte sich ein Kissen und drückte es sich vor ihr Gesicht, damit niemand hörte, wie sie zu schluchzen anfing.

Besorgt stolperte Kathi in Miras Zimmer. »Alles o.k.?«, rief sie aufgeregt.

»Hat Papa dich geschickt?«

»Häh? Nee, wieso?«

Kathi guckte so schuldbewusst, dass Mira sofort wusste, wie richtig sie mit ihrer Vermutung gelegen hatte. Steif hielt sie Mira eine Packung Chips hin.

»Willst du welche? Du siehst aus wie eine Wasserleiche. Aufgequollen und blass.«

»Hm.« Mira atmete tief aus und nahm sich ein paar Chips. »Es wird bestimmt alles gut.«

Kathi wirkte ratlos. Sie kratzte sich am Kopf und schaute Mira nachdenklich an. Diese rieb sich über ihre rot verheulten Augen, um die Tränen wegzuwischen. Die Feuchtigkeit drang durch ihren Ärmel und bildete Flecken. Als Mira in den Spiegel blickte, erschrak sie. Ihre Wangen waren vom Weinen aufgedunsen und ihr Gesicht war verquollen. Die Haare standen wirr vom Kopf ab und sie hatte rote Flecken am Hals. Ein Bild des Elends. Sie schämte sich dafür, dass Kathi sie so sah und riss sich zusammen.

»Morgen finden wir sie sicherlich. Dan will sie bei Sonnenaufgang suchen gehen. Weit kann sie nicht gekommen sein, außerhalb der Wege ist im Wald kaum ein Durchkommen.«

Kathi legte die knisternde Chipspackung auf Miras Kommode und nahm sich stattdessen einen Bilderrahmen, der dort stand. Auf dem Foto war Marwani zu sehen, wie sie überrascht in die Kamera schaute. Liebevoll strich Kathi über das Bild und seufzte.

»Du hattest recht, Mira. Also dass es schiefgehen würde. Ich hab dir nicht geglaubt, weil Herr Grollmann so viel Erfahrung hat und eigentlich weiß, was er tut. Und vielleicht auch, weil ich immer an das Fohlen denken musste, das dabei rauskommen würde.«

Für einen Moment erweichten Miras Züge. Der Gedanke an ein winziges weißes Fohlen schlich sich in ihren Kopf und durchflutete sie mit einem Gefühl der Wärme. Der Moment hielt nur kurz an, verschwand und wich einer bleiernen Kälte und einem noch intensiveren Schmerz. Es würde kein Fohlen geben und vielleicht auch keine Marwani mehr. Hilflos unterdrückte Mira ein Schluchzen und schluckte die Tränen herunter.

»Ja.« Mehr bekam sie nicht heraus.

Sie versuchte, Kathi zuzulächeln, brachte aber nur eine Grimasse zustande. Wortlos reichte Kathi ihr den Bilderrahmen und Mira presste ihn so fest an sich, als könnte sie dadurch eine Verbindung zu Marwani schaffen.

»Vielleicht möchtest du ja morgen mit zu Amadeus kommen?«, fragte sie hoffnungsvoll. »Nur um dich abzulenken, bis Marwani zurück ist?«

Anders als bei ihrem Vater reagierte Mira ruhig, sie würde

denselben Fehler nicht zweimal begehen. »Das ist lieb, aber nein danke. Meine Gedanken wären doch nur bei Marwani.«

Kathi umarmte sie und gab ihr einen Kuss auf die Wange. Mit unbewegter Miene ließ Mira es geschehen und als Kathi nicht losließ, klopfte sie ihr unbeholfen auf den Rücken. »Ist gut, Kathi, wird alles wieder in Ordnung kommen.«

Kathi schien nicht ganz überzeugt. »Wenn du mich brauchst, Mira, klopf einfach dreimal an die Wand.«

Sie löste sich von ihrer Schwester und blickte sie ernst an. Dann stand sie auf, schnappte die Chipspackung beim Rausgehen von der Kommode und ging nach nebenan in ihr eigenes Zimmer. Mira hörte, wie sie unruhig im Zimmer herumlief, wie ihre Schranktüren klapperten und sie sich auf das Bett warf. Nach einer Weile drang ein Flüstern durch die Wand, Mira wusste, dass sie gerade jemanden anrief und nicht wollte, dass ihr Gespräch belauscht wurde.

Mira lag auf ihrem Bett und starrte an die Decke. Die Stunden vergingen. Sie fühlte sich endlos leer. In ihr war keine Hoffnung mehr und die Sorge um Marwani zerriss sie innerlich. Wenn Marwani etwas passierte, dann wollte sie auch nicht mehr leben. Das Pferd hatte ihr Hoffnung und Zuversicht gegeben. Sie hatte so viel Zeit mit der Stute verbracht, ruhige, schöne Stunden voller Harmonie und gegenseitigem Verständnis. Sie waren ein Team geworden und das durfte nicht einfach so vorbei sein. Ihr eigenes Schicksal war nun unzertrennlich mit dem von Marwani verknüpft. Mira hörte, wie sich ein Fenster öffnete und etwas auf den Boden plumpste. Aber es interessierte sie nicht, sie würde sich nicht bewegen, bis Marwani zurück war. Und wenn sie nicht kam, dann würde sie hier sterben.

Laute Stimmen rissen sie aus einem unruhigen Schlaf. Sie war schweißgebadet und fühlte sich miserabel. Die tiefe Stimme ihres Vaters donnerte durchs Haus. Es war noch stockdunkel.

»Es reicht, wenn eine Tochter mir Kummer macht. Und jetzt auch noch du? Was hast du dir dabei gedacht?«

Mira hörte, wie Kathi antwortete. Sie verstand die Worte nicht, weil Kathi leise und brüchig sprach, als würde sie weinen.

Ihre Mutter mischte sich ein: »Lass sie doch erst mal. Du weißt genau, warum sie das gemacht hat. Meine Güte, Kathi, meine Kleine. Das ist auch für dich sehr schwierig, komm mal her.«

Nun hörte sie, wie Kathi laut aufschluchzte und ihre Mutter in das unrhythmische Weinen mit einfiel. »Ach Mama, ich wollte nur helfen.«

»Ich weiß, mein Schatz.«

Was hatte Kathi nur angestellt?, fragte Mira sich. Sie hoffte inständig, dass es nichts mit ihr zu tun hatte, aber schon beim nächsten Satz wurde sie eines Besseren belehrt.

Die Stimme ihres Vaters war streng: »Einfach nachts in den Wald gehen, das ist … das ist so unvernünftig, das … Du hast dich in große Gefahr gebracht. Du hättest dich verirren können oder schlimm verletzen. Es gibt steile Abhänge da draußen, die bemerkt man erst, wenn einem der Wind um die Ohren pfeift, weil man fällt. Selbst wenn du die Stute gefunden hättest, was hättest du dann machen wollen? Sie hätte sich niemals von dir nach Hause führen lassen.«

»Dan meinte, sie sei geradewegs nach Westen gelaufen und das ist in Richtung des Aussichtsturms.« Kathis Stimme klang verschnupft, aber klarer als zuvor. »Ich habe mich bis zum Wald an dem Turm orientiert und dann meinen Kompass benutzt. Und ich hatte eine Taschenlampe dabei. Und ein paar Möhren.«

Kathi nieste laut.

»Du gehst jetzt auf dein Zimmer und ziehst dich um. Geh jetzt schlafen. Du hast ab sofort Hausarrest und es gibt auch keine Reitstunden für den Rest der Woche. Und mit Dan habe ich ein Hühnchen zu rupfen. Dass der dich zu so etwas Wahnsinnigem anstiftet, ist einfach verantwortungslos.«

»Aber er hat doch gar nicht …«

»Ab in dein Zimmer! Und kein Wort zu Mira über diese Aktion.«

Mira drehte sich auf die Seite und presste sich das Kissen auf die Ohren. Sie hatte genug gehört. Marwani war immer noch weg, sie hatte Kathi in Gefahr gebracht und Dan würde ihretwegen Ärger kriegen. Ihre Eltern waren enttäuscht von ihr. Alle Freunde waren weit weg und niemand, aber auch wirklich niemand auf dieser Welt verstand sie. Es machte alles keinen Sinn mehr.

Drei Tage später war Marwani immer noch verschwunden. Mira kam alles vor wie im Rausch. Sie verweigerte wieder das Essen und das machte es nicht besser. Dadurch fühlte sie sich schwach und krank. Ihre Kehle war wie ausgedörrt, da sie viel zu wenig trank. Nur hin und wieder zwang sie ein paar Schlucke hinunter, wenn Hustenkrämpfe sie schüttelten, weil ihr Hals so trocken war. All die neue Energie, die sie durch Marwani gewonnen hatte, war wie weggeblasen. In ihr gab es nur Dunkelheit und alles kam ihr hoffnungslos vor.

Dan versuchte ein paar Mal sie zu besuchen, aber sie wollte ihn nicht sehen. Selbst als ihre Mutter sich neben sie auf ihr Bett setzte und Mira die Haare aus dem Gesicht strich, rührte sie sich nicht.

»Mira, meine Mira«, murmelte sie hilflos und streichelte ihre Tochter. »Alles wird gut.«

Mira reagierte nicht, schaute nur mit leerem Blick an die Decke. Ihre Mutter gab ihr einen Kuss und schüttelte ihr Kissen auf, bevor sie ging.

Sie blieb stumm, als Kathi sich ins Zimmer schlich und fragte, ob Mira vielleicht etwas von ihrer Schokolade abhaben wolle. Und als Dan klingelte und fragte, ob er Mira sprechen könne, drehte sie sich zur Wand und tat so, als schliefe sie.

Mira hörte, wie ihre Mutter den Arzt anrief und ihn bat, am Abend vorbeizuschauen. Das hatte ihr gerade noch gefehlt. Aber eigentlich war es auch egal. Selbst wenn sie ins Krankenhaus gebracht werden sollte, konnte sie niemand zwingen zu essen.

Ein neuer Tag war angebrochen und die Sonne schickte kleine Strahlen in ihr Zimmer, die sie an der Nase kitzelten. Mira wünschte sich, diese verdammte Jalousie wäre nicht rausgebrochen. Jetzt war sie der Sonne und deren Launen ausgesetzt. Der Kies auf der Einfahrt knirschte, weil jemand auf das Haus zugelaufen kam. Es war erst kurz nach sechs, das war ungewöhnlich. Dann klingelte es Sturm und Mira zuckte vor Schreck zusammen. Im Schlafzimmer ihrer Eltern rumpelte es und Johannes Anders fluchte. Schwere Schritte tappten durch den Flur und dann wurde die Haustür geöffnet.

»Herr Anders. Es tut mir leid, Sie geweckt zu haben. Es ist … es ist …«

»Morgen, Dan.«

»Oh. Ähm. Guten Morgen. Es ist …«

»Komm erst mal zu Atem, Junge. Und rein in den Hausflur.«

Mira lauschte, wie Dan ins Haus trat. Er atmete heftig.

»Und zieh dir die Schuhe aus.«

»Oh, Entschuldigung. Ich … es ist wegen Marwani.«

Beim Namen ihrer geliebten Stute fuhr Mira hoch. Sie saß kerzengerade im Bett. Alle Müdigkeit war schlagartig von ihr gewichen. Was war mit Marwani?

»Sie ist … der Apfelhof … könnten Sie vielleicht Mira wecken? Es ist wichtig.«

»Mira schläft noch. Und ihr geht es sehr schlecht. Sie kann keine Aufregung gebrauchen. Was ist denn los?«

»Bitte, ich muss es ihr selbst sagen.«

»Dan, was ist mit Marwani?«

Die beiden Männer fuhren herum. Mira hockte zusammengekrümmt im Rollstuhl vor ihnen. Sie trug ein weißes Nachthemd. Mit dem blassen Gesicht und den langen offenen Haaren, die weit über ihre hängenden Schultern reichten, sah sie aus wie ein Gespenst. Sie hatte die Hände so fest auf die Lehnen gepresst, dass ihre Knöchel weiß hervortraten.

»Mira?« Ihr Vater hatte die Augen aufgerissen.

Mira ignorierte ihn.

»Dan! Was ist mit Marwani?«, fragte sie etwas leiser.

Sie kam einen weiteren Meter auf die beiden zugerollt und wirkte so ernst, dass Dan erschrocken einen Schritt zurücktrat und dabei fast den Garderobenständer umstieß. Geistesabwesend hielt er ihn mit einer Hand fest.

»Ähm. Ja. Wilhelm Wennberg, der Gutsbesitzer vom Apfelhof, hat angerufen. Marwani ist dort aufgetaucht.«

»Was? Wie geht es ihr? Ist sie verletzt?« Langsam kam Mira auf Dan zugerollt und schaute ihn dabei so durchdringend an, dass er einen Kloß im Hals bekam. Er schluckte.

»Sie, ja, sie ist o.k. Aber sie hat ordentlich für Furore gesorgt. Wir müssen sofort hin, um sie abzuholen. Wilhelm hat Herrn Grollmann angedroht, Marwani zu erschießen, wenn sie nicht umgehend von seinem Grundstück verschwindet. Er sagt, sie sei gemeingefährlich.«

»Erschießen? Warum denn, was ist passiert?«

»Na ja, sie ist einfach über den hohen Grenzzaun gesprungen, der sein Grundstück vom Wald abtrennt. Dann hat sie mehrere Zäune niedergetrampelt, bis sie zur Heuraufe und dem Wasserbecken kam. Leider hatte Wilhelm seine Pferde über Nacht draußen und die laufen jetzt wohl alle wild auf dem Hof herum und wollen sich nicht einfangen lassen.«

»Wir müssen sofort dahin.«

»Nein.« Herrn Anders Stimme war scharf. »Du gehst nirgendwohin. Du brauchst Ruhe.«

»Ähm, Herr Anders. Ich sehe das genauso wie Sie. Ganz bestimmt. Also, dass Mira Ruhe … dass sie … also …« Er machte eine kurze Pause und holte Luft. »Aber da gibt es ein Problem. Wir brauchen Mira, um Marwani einzufangen. Alleine kriegen wir sie niemals in den Hänger.«

Johannes Anders öffnete den Mund und wollte losschimpfen, aber in dem Moment legte seine Tochter eine Hand auf seinen Arm. Er schaute Mira in die Augen und bemerkte, wie aufgebracht sie war. Gleichzeitig strahlte sie eine innere Ruhe aus und eine Selbstsicherheit, die keinen Zweifel an ihren Wünschen ließ. Herr Anders war beeindruckt. Seine Tochter erinnerte ihn manchmal an sich selbst als jungen Mann. Er hatte immer genau gewusst, was er wollte. Und so war Mira eben auch.

»Papa, vertrau mir. Mir geht es gut. Wenn ich da jetzt nicht hinfahre, dann verzeihe ich mir das niemals.«

Johannes Anders hörte ihre Worte, und auch die, die sie nicht laut ausgesprochen hatte, »… und dir verzeihe ich das auch niemals.«

»Na gut. Ich sage deiner Mutter Bescheid, sie hilft dir beim Anziehen. Dan, renn zu Herrn Grollmann rüber und sag ihm, wir sind in zehn Minuten abfahrbereit. Wir fahren alle.«

Auf dem Apfelhof sah es aus wie auf einem Schlachtfeld.

»Guck mal da«, rief Kathi und zeigte auf ein Pferd, das wie eine groteske Statue auf einem Misthaufen thronte und sich vergnügt umsah. Mira stimmte ihr zu: »Ich habe ein mulmiges Gefühl im Bauch. Marwani hat ganze Arbeit geleistet – Chaos wohin man auch blickt.« Entsetzt deutete sie auf den Hof, auf dem es von Pferden aller Rassen und Altersklassen wuselte.

Ein braunes Pferd trabte aus einem Stall heraus, im Maul einen halb geöffneten Sack, aus dem Getreide rieselte. Pferdeäpfel lagen auf der Veranda des malerischen Landhauses, das das Gestüt überragte. Die traurigen Überreste eines Zaunes säumten den Weg zu einer Koppel, Holzlatten lagen auf dem Boden verstreut.

Ein Wallach stand inmitten von Pfefferminzpflanzen in einem Beet. Wilhelm Wennberg hielt sich in der Mitte des Steinplatzes auf, marschierte auf und ab und erteilte Befehle. Ein paar Teenager in Reitklamotten, zwei Stallburschen und sämtliche Bewohner des Hofes liefen um ihn herum, zogen Pferde hinter sich her oder versuchten, die Vierbeiner in eine Ecke zu treiben und einzufangen.

»Schneller, ihr lahmen Ratten! Du da, bring die zwei Stuten in den Stall. Verdammter Mist, Jens, hol den Jährling aus dem Beet.«

Wilhelm Wennberg sah wütend aus. Sehr wütend. Sein dichter Schnurrbart wippte auf und ab, seine Wangen waren puterrot und er wedelte wild mit den Armen. Der junge Mann namens Jens hatte bereits ein Pferd am Führstrick und versuchte, dem Jährling mit einer Hand ein Halfter anzulegen. Es klappte nicht.

Miras Vater war mit dem Auto Herrn Grollmanns Hänger gefolgt und sie hielten am Rande des Hofes. Die beiden Vordertüren des schwarzen Jeeps öffneten sich und Dan und Herr Grollmann sprangen zeitgleich heraus. Dan machte eine Handbewegung in ihre Richtung, die wohl bedeutete, dass sie erst mal im Auto bleiben sollten. Mira verfolgte gespannt, wie die beiden auf Wilhelm Wennberg zugingen.

Der fing an wild zu gestikulieren.

»Schauen Sie sich das an! Ihre verdammte Stute ist daran schuld. Meine Tochter hat recht gehabt – wir hätten sie einschläfern sollen.«

»Das tut mir leid. Lassen Sie uns die Sache vernünftig regeln«, setzte Herr Grollmann an, aber sein Gegenüber unterbrach ihn.

»Wenn Sie die Stute nicht sofort mitnehmen, knalle ich sie ab.« Er fuchtelte mit den Händen, zeigte hierhin und dorthin. An der Wand hinter ihm lehnte eine Flinte.

Dan trat vor. Er schien unbeeindruckt von dem tobenden Mann. Mit ruhiger Stimmte sagte er: »Niemand wird hier abgeknallt. Zeigen Sie uns einfach, wo Marwani ist. Wir bringen sie nach Hause und sorgen dafür, dass sie nicht mehr ausbricht. Alles Weitere regeln wir später.«

Wilhelm Wennberg schaute Dan abschätzend an. »Du …« sagte er gedehnt und mit drohendem Unterton. »Du kannst froh sein, dass Kader gerade nicht hier ist.«

Dan ballte die Hände zu Fäusten. Er atmete tief aus und selbst vom Auto aus konnte Mira erkennen, wie sehr er sich zusammenriss.

Johannes Anders schaute vielsagend in den Rückspiegel. »Geduldet euch«, sagte er und machte das Radio an. Er wechselte ein paar Kanäle, dann schaltete er es wieder aus. Seine Hände hatten sich um das Lenkrad gekrampft. Es kostete sie alle viel Überwindung, ruhig zu bleiben und abzuwarten.

Kathi war am meisten aufgeregt. Unruhig rutschte sie auf ihrem Sitz herum und spielte mit dem Türknopf. Klack klack – klack klack.

»Lass das bitte«, bat Mira sie. Es ging ihr mächtig auf den Zeiger.

Wilhelm Wennberg beruhigte sich ein wenig. Er wies mit dem Finger in eine Richtung und Dan nickte. Schnellen Schrittes kam er zum Jeep.

»Ihr könnt aussteigen. Ich weiß, wo Marwani ist.«

Johannes Anders stieg aus dem Wagen und begutachtete prüfend den erdigen Boden.

»Der Boden ist hier zu weich, der Rollstuhl wäre nutzlos. Ich werde Mira tragen müssen.«

Marwani stand seelenruhig unter einem Baum. Ihr weißes Fell war kaum zu erkennen, so schmutzig war sie. Sie sah aus wie ein braunes Pferd mit wenigen hellen Flecken. Aus ihrem Maul ragten ein paar Grashalme. Neben ihr standen zwei weitere Stuten mit ihren Fohlen. Die beiden knabberten sich gegenseitig am Widerrist.

»Wow, schaut euch den mal an.«

Kathi zeigte auf ein prachtvolles, schwarzes Pferd, das etwas abseits stand. Es war größer als die anderen Pferde, hatte kräftige Beine und einen muskelbepackten Hals. Auf seiner Stirn prangte ein Stern.

Dan entfuhr ein Ausruf der Entzückung. »Das ist Knockout. Mira, das ist der legendäre Hengst, von dem ich dir erzählt habe.«

Knockout hob den Kopf in einer bedrohlichen Geste, als wolle er darauf hinweisen, dass dies seine Herde sei. Die kleine Truppe blieb stehen. Marwani schaute in ihre Richtung, mit hellwachem Blick. Ihre Ohren zuckten leicht.

Mira löste einen Arm von den Schultern ihres Vaters. »Geht nicht weiter. Mum, warte mit Kathi hier. Dan, bitte, bleib du auch hier.«

Nach außen hin klang Mira selbstsicher, aber sie hatte einen Tränenschleier vor den Augen und konnte kaum etwas erkennen. Die Tränen waren gegen ihren Willen einfach hochgestiegen. Die Angst um Marwani und die innere Anspannung lösten sich gerade.

»Papa, setz mich dort ab.«

Ihr Vater ließ sie vorsichtig auf den Boden gleiten, als könnte sie dabei zerbrechen. Sie wickelte sich das Seil von der Hüfte, das sie mitgenommen hatte und legte es neben sich. Als ihr Vater sich skeptisch entfernte, rief sie Marwanis Namen.

Marwani setzte sich in Bewegung. Zwei, drei Schritte, dann schaute sie zu Miras Familie.

»Zieht euch weiter zurück«, zischte Mira ihnen zu und ihr Vater setzte sich widerwillig in Bewegung und zog die anderen mit sich.

Dan hatte seine Augen auf Knockout gerichtet und konnte den Blick nicht abwenden. Er war total begeistert von dem Hengst. »Was für eine Hinterhand« murmelte er.

»Ey, du frisst den gleich mit deinen Blicken auf«, witzelte Kathi, aber Dan hörte es nicht.

Marwani senkte den Kopf und kam auf Mira zu. Unruhig beobachtete Knockout die Szene, aber Marwani ließ sich nicht beirren. Schnurstracks marschierte sie auf Mira zu und legte ihren Kopf auf deren Schulter. Zur Begrüßung pustete sie ihr auf die Wange, so wie immer. Als sei nichts passiert und alles ganz normal. Wie an jedem gewöhnlichen Tag, an dem die beiden sich auf der Koppel trafen.

»Meine Marwani. Meine süße, liebe, wundervolle Marwani.«

Mira fiel ein Stein vom Herzen. Sie küsste die Stute auf die schlammverschmierten Nüstern und zupfte ein paar Klumpen aus ihren Tasthaaren. »Du kannst nicht einfach in mein Leben kommen, mir wichtig werden und wieder gehen«, hauchte sie. In ihrer Stimme war kein Vorwurf zu hören, nur Liebe und Vertrauen. »Ohne dich macht alles keinen Sinn.«

Es war, als gleite ein schwerer Rucksack von ihrem Rücken, den sie die letzten Tage mit sich herumgeschleppt hatte. Die Stute machte ein leises, blubberndes Geräusch und senkte dann den Kopf auf Miras Jackentasche. Mira holte eine halbe Möhre heraus.

»Ja, Marwani, natürlich. Das habe ich nicht vergessen.«

Entspannt kaute Marwani auf der Möhre herum.

Sie wartete ein paar Minuten. Knockout gefiel das Ganze nicht, er schnaubte und richtete sich auf. Mira stellte fest, dass Dan sich ein paar Meter von ihrer Familie wegbewegt hatte. Er stand nun zwischen ihr und Knockout. Im Notfall würde er Mira beistehen können. Aber Knockout blieb ruhig.

Kathi machte große Augen und wippte nervös auf und ab. Für sie war das Ganze sicher wie eine Szene aus einem Abenteuerfilm. »Gleich geschafft, gleich geschafft«, sprach sie wie ein Mantra vor sich hin.

Mira zog Marwani näher an sich heran und legte ihr wie in Zeitlupe das Seil um den Hals. Sie knotete eine lockere Schlaufe. Mit einem einzigen Ruck hätte Marwani sich daraus befreien können. Aber sie tat es nicht.

»Bitte, Marwani, mach jetzt keinen Unsinn. Wir müssen hier weg. Nach Hause.« Sie sah die Stute an und diese schien zu verstehen. »Ich kann dich nicht wegführen. Du musst Dan Vertrauen. Tu es für mich.«

Marwani schaute sie an, als wisse sie genau, was Mira von ihr wollte.

Behutsam winkte Mira Dan heran und reichte ihm das Seil. Sie sah ihm an, wie erstaunt er war, dass Marwani sich von ihm ohne Widerstand zurück zum Hof und in den Hänger führen ließ. Nicht einmal an der Rampe des Hängers blieb die Stute stehen, sondern marschierte schnurstracks hinein, als warte sie nur darauf, endlich nach Hause fahren zu können.

Als sie kurze Zeit später in der kleinen Kolonne vom Hof fuhren, blickte Mira zurück. »Das wäre geschafft.«

Kathi blickte aus dem Autofenster und deutete auf einen Berg aus schmutzigen Halftern, Futtertüten und Seilen, die ein Arbeiter gerade sortierte.

»Was für eine Verwüstung«, raunte sie.

Ihr Vater schaute in den Rückspiegel. Sein Blick war besorgt. »Das wird ein Nachspiel haben, da bin ich mir sicher.«

Mira schluckte.

Kapitel 10

Mira wusch Marwani. Herr Grollmann beobachte sie und wirkte erstaunt, als sie den Wasserstrahl auf die Pferdebeine richtete und Marwani nicht einmal zuckte. Als Dan das vor ein paar Wochen versucht hatte, war Marwani bereits beim Anblick des Gartenschlauchs gestiegen und hatte sich losgerissen. Jetzt ließ sie die Dusche einfach so über sich ergehen. Mira summte *I follow Rivers* von Lykke Li. Die Arbeit an der frischen Luft tat ihr gut. Langsam kam Marwanis weiße Farbe wieder zum Vorschein. Und mit ihrem Fell wurden auch die Hautabschürfungen sichtbar. Marwani war über und über mit blutigen Rissen und Kratzern bedeckt. »Meine arme kleine süße Marwani, *you're my river running high*«, summte sie in der Melodie des Liedes.

Die meisten Kratzer waren nicht besonders tief, aber einige waren lang und voller Schmutz. Die Narbe an ihrer Flanke schimmerte rosa, fühlte sich warm an und war leicht geschwollen. Die Stelle hatte sich entzündet. Marwani schnaubte, als Mira sie vorsichtig reinigte, aber sie ließ es geschehen.

»Es geht gleich vorbei, Baby«, sang sie weiter und drückte leicht einen Schwamm auf die Narbe. Aufmerksam hatte Marwani die Ohren nach oben gerichtet und beobachtete alles, was Mira machte.

In diesem Moment kam Dan vorbei und selbst dann noch blieb Marwani ruhig. Als er sie am Rücken anfassen wollte, drehte sie sich langsam, aber entschieden, weg.

»He«, rief Mira, die nun nicht mehr an die Narbe herankam. »Ich bin noch nicht fertig.«

»'tschuldige.« Dan trat ein paar Schritte zurück. »Das ist ja alles noch mal gut ausgegangen. Die paar Kratzer heilen wieder.« Er schielte zu Herrn Grollmann herüber, der mit übertrieben starken Bewegungen den Hof kehrte. Leise sagte er zu Mira gewandt: »Er hat schlechte Laune. Die ganze Sache hat ihn sehr mitgenommen. Außerdem ist er etwas beleidigt, weil Marwani ihn noch immer nicht in seine Nähe lässt. Er wollte sie heute Morgen untersuchen und sie hat es nicht zugelassen. Sie hat sich jedes Mal sofort versteift und sah aus wie eine Bombe, die darauf wartet, gezündet zu werden.«

Pumba hüpfte ausgelassen zu ihnen hinüber und drängte sich dicht an Mira. Er hatte keine Angst vor Marwani und die Stute akzeptierte den schwarz-weißen Border Collie. Freudig schleckte er Miras Hand ab und sah sie erwartungsvoll an. »Jetzt nicht, Pumba.« Der Hund setzte sich und seine Augen schienen immer größer zu werden. Er legte den Kopf schief. »Ach, guck mich doch nicht so an, Pumba, du Süßer. Ich spiele ein anderes Mal mit dir. Versprochen.«

Seufzend richtete sie sich wieder an Dan. »Hm. Ich glaube, Marwani weiß genau, was Herr Grollmann mit ihr vorhat. Und sie hat ihm die Aktion mit diesem Hengst, Adriano, noch nicht verziehen.«

»Na, aus seiner Perspektive sieht das wahrscheinlich völlig anders aus. Er hat sein Leben lang mit Pferden gearbeitet und bei Marwani stößt er an seine Grenzen. Und dann kommt so ein aufmüpfiger Teenager daher – und zack – das Wildpferd verwandelt sich in ein Schäfchen.«

»Fang!«, rief Mira und warf Dan etwas zu. Er fing es auf und guckte verdutzt. Es war der triefnasse Schwamm. Wasserspritzer waren auf seinem Shirt und Armen.

»Ey, was sollte das denn?«

»Das war für den aufmüpfigen Teenager.« Mira grinste breit. »So ein bisschen Konditionierung, damit du mal lernst, mehr Respekt vor mir zu haben.«

Dan öffnete den Mund. Dann lachte er und tunkte den Schwamm in den Eimer.

»Dan – boah, mach das bloß …« Weiter kam sie nicht. Dan drückte ihr den vollgesogenen Schwamm ins Gesicht. Mira spuckte. »Bäh, ist das ekelig. Schmeckt nach Pferdehaar.«

»Tja, selbst schuld. Ist nur so ein bisschen Konditionierung, damit du lernst, mich nicht mit nassen Schwämmen zu bewerfen.«

Mit großen Schritten kam Miras Vater auf den Hof und hielt mit einem gequälten Gesichtsausdruck direkt auf Herrn Grollmann zu. Mira versuchte zu lauschen. Die Worte »rossig« und »Hormone« wehten in ihre Richtung. Die beiden Männer liefen an ihnen vorbei und Johannes Anders fragte gerade nach Adriano von Trabenberg.

»Der kommt so bald nicht wieder. Total ausgebucht, er ist sehr gefragt. Der nächste freie Termin ist erst in ein paar Monaten, aber das Timing ist schwierig, Marwani muss dann auch empfangsbereit sein.«

Mira und Dan sahen sich erleichtert an. Ein paar Monate Gnadenfrist.

Johannes Anders folgte dem Alten in die Reitstube, wo

sich vor und nach den Stunden die Reitschüler aufhielten. In einer Wand war ein breites Fenster eingebaut, von dem aus man einen Blick in die Halle hatte. Es gab ein paar knautschige Ohrensessel und einen Ofen, der den Raum wärmte.

Mira war den beiden Männern gefolgt und presste jetzt ihr Ohr gegen die Latten. Dan tat es ihr nach. Dumpfe Stimmen klangen heraus, aber es war nichts zu verstehen. Mira schluckte.

»Die reden bestimmt über mich. Und Marwani.«

»Dein Vater will sicherlich nur das Beste für dich.«

»Das Beste? Mein Vater hat überhaupt keine Ahnung, was das sein soll.«

»Hm.«

Gemeinsam gingen sie zu einer kleinen Mauer, die den Hof an einer Seite einfasste, und Dan half Mira aus dem Rollstuhl. Er hatte schon längst keine Berührungsängste mehr, denn er wusste, wo er sie stützen musste und wie er sie am sichersten absetzte. Mira liebte die Augenblicke, wenn er ihr nahe kam und schmiegte sich eng an ihn.

Heute umarmte sie ihn ein wenig zu stürmisch und er beschwerte sich: »Hey, nicht so fest, du Würgeschlange.«

»Seit wann bist du aus Zucker?«, fragte sie frech zurück, lockerte aber ihren Griff.

Die bemoosten Steine waren kalt und glitschig. Feuchtigkeit drang in ihre Kleidung und Dan zog wie selbstverständlich seine Windjacke aus und legte sie für Mira auf die Mauer.

»Das wäre nicht nötig gewesen«, sagte Mira und als sie sah, wie er die Augenbrauen hob, schob sie nach: »Aber trotzdem vielen Dank. Du bist ein echter Gentleman.«

Das schien ihn zufriedenzustellen und er rückte ein Stückchen näher zu ihr.

»Sicher, dass dir nicht kalt ist?« Fragend hob er den Arm und in Miras Hals bildete sich ein Kloß. Als sie nicht sofort reagierte, legte er ihr den Arm um die Schultern. Langsam und behutsam, als könnte er sie zerbrechen. In Mira brodelte es vor Aufregung und sie konzentrierte sich auf das Atmen. Erst nach einer ganzen Weile konnte sie sich wieder entspannen. Einträchtig hockten sie nebeneinander und schwiegen. Aus der Ferne sahen sie Marwani, die seelenruhig auf der Koppel graste.

»Und was jetzt? Wird Marwani nun verkauft?«

»Nein.« Dan schlang die Arme um seine Knie und nestelte mit einem Zweig in dem Mauerwerk herum. »Herr Grollmann hat die Hoffnung nicht aufgegeben. Wenn er Marwani jetzt verkauft, kriegt er so gut wie kein Geld für sie. Er wird einfach abwarten und dann wieder versuchen, sie decken zu lassen.«

»Und wenn sie noch gar nicht bereit ist für ein Fohlen?«

»Mira, versteh das doch. Nur wenn Herr Grollmann einen Nutzen in Marwani sieht, wird er sie behalten.«

Mira konnte und wollte das nicht verstehen. Wieso konnte man Pferde nicht einfach so halten … weil sie wundervolle Wesen waren, die einem Freude bereiteten?

»Nach allem, was du von Marwani erzählt hast, wurde sie schon mal als nutzlos erklärt und hängen gelassen.«

»Das war was anderes. Die Frau hat kein Herz. Oder es ist gefroren und kühlt alles in ihr herunter. Sie ist … lassen wir das.«

Mira beobachtete ihn scharf. Immer wenn er von Kader

sprach, verhärteten sich seine Gesichtszüge und alles an ihm verkrampfte sich. Etwas stimmte da nicht. Sie musste es einfach wissen.

»Dan? Was war mit dir und Kader?«

Dan sah sie überrascht an. »Gehst du jetzt unter die Detektive?« Er lehnte sich zurück und winkelte ein Bein an. »Ach, das ist lange her. Kader und ich … also wir … damals waren wir …«

»… ein Paar?«, half Mira aus.

»Ja, so in etwa. Wir waren irgendwie zusammen. Ich habe auf dem Apfelhof öfters ausgeholfen und hab mich von ihr blenden lassen. Sie kann sehr charmant sein, wenn sie etwas haben will.«

»Und sie wollte dich?«

»Ähm, ja. Aber ich habe schnell erkannt, wie sie wirklich ist. Hat alle um sich herum schikaniert und sich immer wie die Prinzessin verhalten. Und ihr Vater stand hinter ihr, egal, was sie gemacht hat. Sie konnte alles haben, was sie wollte. Deswegen läuft sie mir auch immer noch hinterher. Nicht weil sie mich mag, sondern weil ich der Einzige bin, der sie jemals vor den Kopf gestoßen hat.« Dan schaute Mira an und ein Mundwinkel verzog sich zu einem traurigen Lächeln. »Sie ist oberflächlich, gemein und hat keinen echten Bezug zu Pferden. Für sie sind das nur Sportgeräte. Nicht so wie bei dir und Marwani. Das ist echte Pferdeflüsterei.«

Mira wurde knallrot. Verlegen spielte sie mit einem Steinchen. Dan merkte es und verstummte. Schweigend saßen sie eine Weile nebeneinander, dann setzte er wieder an. Dieses Mal ruhig und gefasst.

»Du musst Herrn Grollmann verstehen. Er ist nicht so

kaltherzig, wie er manchmal tut. Er lebt für diesen Hof und seine Pferde. Er hatte nie Interesse an einem Familienleben oder Kindern. Die meisten seiner Verwandten sind tot oder leben weit weg. Seine ganze Energie und Leidenschaft fließt in Gut Falkental. Aber so eine Anlage ist nur nachhaltig, wenn Geld reinkommt. Er hat in letzter Zeit ein paar Einnahmequellen verloren. Die Pensionspferde wurden weniger, weil einige junge Leute aus der Umgebung in die Städte gezogen sind und die Heuernte im letzten Jahr war miserabel wegen des vielen Regens. Er will Marwani nichts Böses, aber ein Fohlen von ihr würde sich gut verkaufen lassen.«

Mira nickte resigniert. Auf ihren Wangen schimmerte es feucht. Ihre Schultern bebten. Dan seufzte und legte eine Hand auf ihren Arm. In seinen Augen blitzte es und Mira ahnte, dass nun etwas Bedeutsames kommen würde.

»Sag mal«, setzte Dan an. »Wie gut ist eigentlich dein Gleichgewichtsgefühl?«

Er hatte ein breites, schelmisches Grinsen aufgesetzt.

»Bist du dir sicher?«

»Klaro. Das schaffst du locker.« Dan war die Selbstsicherheit in Person. Er hatte Mira zum Wald gebracht und sie dort warten lassen. Zwanzig Minuten später war er mit Pico aufgekreuzt. Pico war ein Fuchswallach mit einer blassen dünnen Blesse und treuen Augen. Mira hatte ihn sofort sympathisch gefunden.

Das Pferd trug einen staubigen Sattel. Es war ein amerikanischer Westernsattel mit Horn.

»Den habe ich in der Sattelkammer im Schrank gefunden. Cool, oder?«

Mira nickte. Pico sah aus wie aus einem Cowboy-Film. Zumindest, mit etwas Fantasie. Das Pferd war ein Warmblut mit langen Beinen und hohem Hals.

»Ein bisschen schäbig und das Leder ist auch etwas abgewetzt. Aber wir sind hier ja auf keiner Modenschau.«

Dan hatte drei Satteldecken verwenden müssen, damit der Sattel richtig saß.

Pico war bereits etwas älter. Er wurde gerne als Voltigierpferd eingesetzt, weil er ruhig und zuverlässig war, einen rollenden Galopp hatte und es ihm egal war, wenn er eine halbe Stunde monoton im Kreis laufen musste.

Mira wäre ein etwas kleineres Pferd lieber gewesen, denn je kleiner das Pferd, desto näher war man dem Erdboden.

»Eins, zwei, hopp – zieh dich rauf!«

Es war schwierig. Mira konnte ja schlecht die Steigbügel benutzen oder in einer Räuberleiter auf das Pferd klettern. Dan hatte sie auf seine Schultern genommen und sie hielt sich am Horn fest und wuchtete sich hoch in den Sattel.

Dan half ihr von unten.

»Sag mal, hast du zugenommen? Du bist schwer wie ein Sack Zement.«

»So etwas fragt man keine Dame.« Nur Dan durfte so mit ihr reden. »Das ist alles Muskelmasse, ich mache immer mein Training zu Hause.«

»Jetzt halt dich gut fest. Schau geradeaus und spann die Muskeln in deinem Allerwertesten an. Denk geradeaus und richte deine Energie dorthin.«

Mira versuchte es. Im ersten Moment kam sie sich vor

wie auf einem wackligen Balken und verkrampfte sich. Aber schon nach ein paar Minuten spürte sie, dass sie auf dem breiten Rücken des Pferdes keinen Halt hatte. Immerhin konnte sie die ersten Zentimeter ihrer Beine fühlen. Das war genug, um sie vor dem Fallen zu bewahren.

Sie war frei.

Schwerelos schwebte sie über einem Abgrund und bewegte sich vorwärts. Es gab keine Mauern und Hürden mehr, nur noch sie und den massigen Körper unter ihr. Glücksgefühle durchströmten Mira.

Pico setzte gemächlich einen Fuß vor den anderen. Sie waren bisher nur zwei Meter weit gekommen, aber für Mira war es, als sei sie gerade den Kilimandscharo hochgeklettert. Vor Aufregung war sie völlig außer Atem. Mit aller Gewalt krallte sie sich in der Mähne fest.

»Entspann dich, Mira«, rief Dan.

Von hier oben sah er klein und weit weg aus. Na gut, nicht ganz, aber mit seinen 1,70 Meter Widerristhöhe war Pico ein beeindruckender Wallach.

»Versuch, deinen Körper nach unten zu drücken, als würdest du dich in den Boden bohren wollen.«

Mira verlagerte ihr Gewicht und das Pferd blieb stehen. Einfach so, ohne Nachdruck.

»Wow«, entfuhr es ihr. »Das war ja einfach.«

Dan schaute sich um. Sie waren in einem Waldstück hinter den Koppeln. Hier wurden Holz und Traktorreifen gelagert. Herr Grollmann kam selten her, aber man wusste ja nie. Er würde sicherlich nicht gutheißen, welches Risiko Mira gerade einging. Mira wusste, was Dan aufs Spiel setzte, und sie verspürte ihm gegenüber eine tiefe Dankbarkeit.

Hier oben war sie frei. Kein Rollstuhl mehr und keine Hindernisse. Sie konnte sich in alle Richtungen bewegen und musste nicht mehr an Stufen haltmachen. Zumindest theoretisch. Momentan hielt Dan sie am Zügel fest und führte Pico im Schritt.

»Schließ die Augen«, befahl Dan. »Versuch, deinen Körper bewusst zu spüren und ins Gleichgewicht zu kommen. Vertrau mir, wir bleiben im Schritt. Und jetzt breite die Arme weit aus.«

Mira zögerte nicht. Sie hob die Arme und saß bombenfest im Sattel. Es fühlte sich an, als würde sie fliegen. Wie ein Adler über der Prärie. Das hier war richtig, das hier war gut.

»Das machst du richtig klasse«, hörte sie Dan sagen. In seiner Stimme schwang Erleichterung mit.

Nach einer Weile nahm Dan sie an die Longe. Er stand etwa drei Meter von ihr entfernt und hielt das Longierseil locker in der Hand. »Mach einfach genau so weiter. Wenn du denkst, du rutschst, halt dich am Sattelknauf fest.«

Aber Mira rutschte nicht. Ganz im Gegenteil. Selten hatte sie sich so sicher gefühlt. Sie hörte den rhythmischen Atem des Pferdes unter sich, spürte, wie die stählernen Muskeln des Pferdes arbeiteten. Sie war vollkommen eins mit sich und eins mit dem Pferd.

»Du sitzt gut im Sattel. Tief und ausbalanciert.«

»Lass mich traben.«

»Bist du sicher?«

»Ja.«

Dan schnalzte mit der Zunge und der Wallach trabte an. Mira lachte leise und versuchte, sich dem Rhythmus des Pferdes mit ihrem Sitz anzupassen. Es fiel ihr leicht, sie fühlte sich so unbeschwert.

»Dan?«

»Mhm.«

»Ich will galoppieren.«

Dan atmete kurz durch und musterte den Wallach. Der trabte locker und gelöst im Kreis, entspannt und unerschütterlich.

»Na gut, halt dich fest.«

Er hob den freien Arm und gab dem Pferd ein Zeichen. Pico fiel in einen langsamen, aber großräumigen Galopp. Mira hielt sich am Knauf fest, um nicht zu fallen.

»Alles o.k.?«

»Bloß nicht aufhören. Gib. Mir. Eine. Minute«, keuchte sie.

Sie sammelte sich und horchte auf den Takt. Eins-Zwei-Drei. Eins-Zwei-Drei. Sie presste sich fester in den Sattel und versuchte, dabei gerade zu sitzen. Eins-Zwei-Drei. Die Bewegungen waren immer gleich und fühlten sich an, als würde der Körper in kleinen Kreisen vorwärts geschleudert. Wie bei einer Spirale. Eigentlich ganz einfach. Ihr Körper wurde weicher und die Verkrampfung wich. Das war besser. Die frische Waldluft pfiff ihr um die Nase und ihre Haare wehten im Wind.

»Ich will hier nie wieder runter«, rief sie Dan zu. Das Gefühl war einfach unglaublich.

Beide sahen den Schatten nicht, der hinter den Bäumen stand und sie beobachtete. Sie merkten nicht, wie der Schatten sich hinhockte und die Äste auseinanderbog, um einen besseren Blick zu bekommen.

Dan versetzte Pico für eine Weile wieder in Trab und zeigte Mira ein paar Übungen.

»Das Wichtigste ist, dass du nie runterfällst. Weil du, na, weil du halt nicht wieder alleine raufkommst.«

Das machte Sinn. Dan zeigte ihr, wie man sich verhielt, wenn das Pferd in eine Kurve ging, wenn man einen Hügel hochritt und wie man sicher stehen blieb. Zwischendurch schwang er sich selbst auf Pico und zeigte ihr, wie man seinen Körper in verschiedenen Situationen ausrichtete.

»Siehst du, Schritt, Trab, Schritt, Halt. Alles ruhig und mit Gefühl.«

Dan war ein toller Reiter. Mira bewunderte, wie selbstsicher und gelöst er auf dem Pferderücken aussah. Ihr Herz schlug schneller.

Dann ritt Mira wieder.

Morgen würde sie einen furchtbaren Muskelkater haben. Aber das war morgen und weit weg. Heute flog sie und nichts würde sie aufhalten können. Die Sonne wanderte unentwegt über den Wald und der Nachmittag neigte sich dem Ende zu. Schaum stand auf Picos Hinterbeinen und Mira wurde auch langsam müde.

»Es reicht für heute.« Dan brachte Pico zum Stehen und half Mira herunter. Er sattelte Pico ab und versteckte den Sattel im Gebüsch. »Den brauchen wir noch.«

Auch der Schatten zwischen den Bäumen verschwand so still und heimlich, wie er gekommen war.

Kapitel 11

Maria und Johannes Anders standen am Küchenfenster und betrachteten ihre Tochter.

»Mira ist braun geworden und sie ist nicht mehr so abgemagert.«

Johannes Anders nickte bestätigend. »Ihre Arme sind richtig kräftig.«

Er umarmte seine Frau. Maria Anders kuschelte sich an ihn.

»Das liegt daran, dass sie frisst wie ein Scheunendrescher«, krähte Kathi vom Küchentisch herüber. Sie machte Hausaufgaben.

»Es liegt wohl eher daran, dass sie endlich ihr Rehabilitationsprogramm ernst nimmt. Macht brav jeden Abend ihre Übungen.«

»Ja, sie benutzt dabei sogar die Gewichte, die ich ihr mitgebracht habe.«

Kathi biss lustlos auf ihrem Füller herum. Sie hasste Mathe. Plötzlich sprang ihre Mutter zur Seite und ihr Vater ging auf Tiefgang.

»Was ist denn los?«, rief sie erstaunt.

Maria Anders murmelte: »Mira hat bemerkt, dass wir ihr bei den Übungen zuschauen. Das mag sie gar nicht.«

Kathi lachte. »Und das war jetzt mal gar nicht auffällig,

oder was?« Sie stand auf, ging zum Fenster und öffnete es. »Hallo, Mira!«, rief sie vergnügt hinaus.

Mira saß auf einem wackligen Gymnastikball, wo sie beharrlich versuchte, die Balance zu halten. Mit einer Hand hielt sie sich an der Hauswand fest.

»Hi, Rumpfübung für Körperspannung«, presste sie hervor.

Der Ball wackelte bedrohlich, aber Mira hielt ihr Gleichgewicht. Nach einer Weile ließ sie sich sanft vom Ball gleiten und saß auf dem Boden. Sie war nass geschwitzt, aber mittlerweile fielen ihr die Übungen leichter. »Sind Mama und Papa noch in der Küche?«

Kathi schüttelte den Kopf. »Nee, sind eben gegangen.« Sie lachte. »Fühlten sich beim Spannen erwischt.«

Mira angelte sich eine Wasserflasche und trank mit gierigen Schlucken. Dann wischte sie sich über den Mund. »Die denken immer, ich merke das nicht.«

»Ach ja, sind halt Eltern. Die sind alle so.« Kathi setzte sich auf die Fensterbank und ließ ein Bein herunterbaumeln.

»Wie war das Turnier am Samstag?«, fragte Mira in ihre Richtung.

»Es war sehr interessant. Herr Grollmann hat mir die Regeln erklärt und alles live kommentiert. Er war wie immer mit nichts und niemandem zufrieden, aber ich denke, ich habe viel vom Zuschauen gelernt.«

Kathi hatte Herrn Grollmann auf ein lokales Springturnier begleitet, wo er sich ein paar junge und vielversprechende Pferde anschauen wollte.

»Und wie sieht es bei dir aus? Darfst du auch bald antreten?« Mira fing ein Handtuch aus der Luft, das Kathi ihr zugeworfen hatte. Dankbar wischte sie den Schweiß aus dem Gesicht.

»Er meinte, es würde nicht mehr lange dauern, bis ich starten darf. Wir üben ja jeden Tag vor und nach der Schule, ich glaube, das würde ich schon packen.«

»Klar packst du das.« Sie hatte Kathi schon öfters beim Reiten zugesehen. Sie saß souverän und fest im Sattel und lenkte das Pferd geschickt in jedem Parcours.

»Und bei dir? Ich weiß, dass du jeden Tag mit Dan und einem Pferd im Wald verschwindest. Was treibt ihr da?«

Mira bekam große Augen. »Erzähle das bloß niemandem, Kathi. Hörst du, weder Mama und Papa, noch Herrn Grollmann oder sonst wem. Das ist sehr wichtig.«

»Kein Thema. Mich interessieren eure Liebeleien eh nicht.«

Mira atmete erleichtert aus. Sollte Kathi ruhig denken, sie hätte was mit Dan. Hauptsache, sie verriet sie nicht. Sie mochte sich nicht vorstellen, was passieren würde, wenn ihre Eltern herausbekamen, dass sie jeden Tag im Wald auf einem Pferd saß, im Kreis galoppierte und irgendwelche Verrenkungen machte, um ihre Balance zu verbessern.

Heute hatte Dan eine Überraschung für Mira. Er hatte sie wie gewöhnlich auf die Lichtung gebracht und gebeten, dort zu warten. Er verschwand und Mira schaute versonnen in die Wolken und träumte vor sich hin. Nach einer Weile kam Dan zwischen den Bäumen hervor und führte zwei Pferde. Pico und eine Stute, die Mira schon ein paar

Mal gesehen hatte. Es war Starlet, Dans Lieblingspferd. Als Mira ihn fragend ansah, grinste er über das ganze Gesicht.

»Lust auf einen Ausritt?«

»Ja!«

Mehr brachte sie einfach nicht heraus. Ihr Herz klopfte so laut, dass sie sich selbst kaum hören konnte. Ein angenehmes Kribbeln breitete sich in ihrem Bauch aus, ein Gemisch aus Aufregung und Vorfreude. Dan hielt ihr Picos Zügel hin.

»Halt mal kurz.«

Als sie danach griff, berührten sich ihre Finger und augenblicklich flatterten Tausende von Schmetterlingen in ihr auf.

Gegen dieses übermächtige Hochgefühl konnte sie nichts machen, es überrannte sie einfach. Wie gerne hätte sie die Berührung ausgedehnt, aber stattdessen unterdrückte sie den Impuls.

In der Zwischenzeit hatte Dan den Sattelgurt festgezogen. Zu ihrer Belustigung trug er eine weite Reithose und dazu passende, schwarze Stiefel. So herausgeputzt hatte Mira ihn noch nie gesehen. Sie verkniff sich einen Kommentar und betrachtete erwartungsvoll die beiden Warmblüter.

»Reite mir einfach hinterher. Und wenn ein Reh oder sonst ein Tier aus dem Dickicht bricht, bleib einfach ruhig, o.k.? Pico ist das gewohnt, wenn du dich nicht erschrickst, ist auch er gelassen.«

Er half Mira auf Pico und schwang sich in Starlets Sattel. »Auf geht's.«

Im Wald war es wunderschön. Es roch nach Holz, Moos, Waldblumen und frischer Erde. Dieser Duft floss tief in Miras Seele hinein und schien sie von innen heraus heilen zu wollen. Vögel kreuzten ihren Weg und landeten auf Ästen neben ihnen. Pico trottete brav Starlet hinterher, die den Ausritt sichtlich genoss. Nur einmal blieb Pico stehen, hob den Schweif und ließ ein paar Äpfel fallen.

Dan zeigte Mira einen Felsen, der in bizarrer Form aus dem Boden ragte. Er war wie ein Pilz geformt, eine steile, schmale Säule mit einer Kappe.

»Es liegt daran, dass die Kappe aus einem anderen Gesteinsmaterial ist. Die Säule erodiert schneller als die Kappe.«

Der Fels wirkte magisch, wie aus einer anderen Zeit. Unter so einem Felsen könnten Kobolde und Elfen leben, dachte Mira. Der Ausritt tat ihr gut und sie genoss jede Sekunde in vollen Zügen. Die Pferde, Dan, das war alles fast zu schön, um wahr zu sein. Das Rauschen der Blätter in den Wipfeln paarte sich mit dem rhythmischen Stampfen der Hufe zu einer wundervollen Melodie, die nur für die beiden geschrieben zu sein schien. Sie ritten an einem Weiher vorbei und Mira entdeckte ein paar alte Hufspuren im weichen Uferbereich.

»Schau mal!«, rief sie aufgeregt und deutete auf die Vertiefungen im Schlamm. »Das sind bestimmt Marwanis Spuren. Hier ist sie entlanggekommen, als sie weggelaufen ist.«

Dan sah das genauso und fügte hinzu: »Die Größe der Abdrücke stimmt jedenfalls und sonst kommt hier wohl kaum ein Pferd zum Trinken vorbei. Wir müssen uns etwas beeilen.« Dan schaute besorgt zur Sonne hoch. »Es wird in einer Stunde dunkel und der Rundweg hat noch ein paar Kilometer.«

Sie trabten an, mussten aber schon bald wieder langsamer werden, weil der Boden steinig und Starlet nicht beschlagen war. Ein leichter Wind kam auf und eine Gänsehaut bildete sich auf Miras Armen. Es wurde ruhiger im Wald, doch der Weg nahm kein Ende.

»Bist du sicher, dass wir noch richtig sind?«, fragte Mira zweifelnd.

Die Landschaft hatte sich verändert. Hier standen hauptsächlich Stieleichen und Hainbuchen. Der Boden war mit einer artenreichen Krautschicht aus Gräsern und Kräutern bedeckt. Der Wald war insgesamt zwar lichter, aber Mira stellte mit Schrecken fest, dass es schon ziemlich dunkel geworden war.

Dan zügelte Starlet und schaute sich um. »Mist. Nein, sind wir nicht. Das ist ein Rundweg, aber wir haben die Abzweigung verpasst. Komm, lass uns zurückreiten.«

»Wir hätten Pumba mitnehmen sollen, der kennt sich hier doch gut aus.«

Sie wendeten die Pferde und ritten zurück. Ein Eichhörnchen huschte über den Weg und kletterte an einem Stamm hoch. Neugierig schaute es die Reiter aus seinen Knopfaugen an. Die Hainbuchen wichen vereinzelten Tannen. Endlich fanden sie die Abzweigung, die zum Teil von Himbeerranken überwuchert war. Es war leicht gewesen, den Weg zu übersehen. Dan glitt vom Pferd und beeilte sich, die stacheligen Zweige wegzubiegen und abzubrechen. Die Schatten auf dem Weg wurden immer breiter und die Temperatur sank um ein paar Grad. Die Bäume wiegten sich sanft in der aufkommenden Abendbrise, als wollten sie dem weichenden Sonnenlicht folgen. Es würde nicht mehr lange dauern, bis es vollends finster war.

»Du hast nicht zufällig dein Handy dabei?«

»Doch, aber hier ist bestimmt kein Netz.«

»Nee, ich meine wegen der Taschenlampe.«

Mira reichte Dan ihr Handy. »Wollen wir hoffen, dass es nicht so weit kommt. Mit der kleinen Funzel können wir nicht viel reißen.«

Mira suchte den Boden ab: Es gab weder Löcher noch Wurzeln. Der Boden war hier weich und erdig und nur vereinzelt lagen ein paar kleinere Steinchen herum.

»Lass uns traben. Wir schaffen das sonst nie.«

Dan nickte und legte die Beine an. Starlet trabte los und Pico blieb dicht hinter ihr. So kamen sie gut voran. Miras Hintern schmerzte ein wenig, aber das war ihr herzlich egal. Wenn sie nicht rechtzeitig nach Hause kam, dann würde alles auffliegen. Es gäbe nicht nur einen Riesenkrach mit ihren Eltern, auch Dan würde ein Problem haben.

Keuchend schloss sie zu Dan auf.

»Sag mal. Warum machst du das eigentlich für mich? Ich meine, du riskierst deinen Job und jede Menge Ärger.«

Dan zog die Stirn in Falten. Er brauchte ein paar Sekunden, um zu antworten. Dann zügelte er sein Pferd, damit Mira zu ihm aufschließen und neben ihm reiten konnte.

»Vielleicht mache ich das gar nicht für dich, sondern für mich.«

Er lächelte sie so liebevoll an, dass ihr ganz warm ums Herz wurde.

»Danke, dass du das so siehst«, hauchte sie und räusperte sich, um ihre Stimme wiederzufinden. »Ich habe inständig gehofft, dass du nicht das Wort Mitleid benutzen würdest.«

Dan lachte. »Mitleid? Nee, abgesehen davon, dass du das nun mal gar nicht gebrauchen kannst, wüsste ich auch nicht, warum. Du bist einer der stärksten Menschen, die ich kenne. In jeder Hinsicht. Mitleid habe ich mit denen, die sich nicht zu helfen wissen.«

Die Worte hallten in Mira nach und taten unendlich gut. Fast wäre sie mit dem Kopf gegen einen niedrigen Ast gestoßen, der über dem Weg hing. Im letzten Augenblick duckte sie sich und ihr Helm streifte ein herunterhängendes Blatt. Verlegen schaute sie zu Dan, aber der schien nichts bemerkt zu haben. Er wirkte nachdenklich und zupfte geistesabwesend einige Blätter aus Starlets Mähne.

Mira nutzte die Situation, um sein Gesicht näher zu betrachten. Seine hohen Wangenknochen, die makellose Haut, die weichen Züge und die vollen Lippen. In ihren Augen sah er umwerfend aus. Wie es wohl sein mochte, ihn zu küssen? Gedankenverloren bemerkte sie nicht, dass Dan sie bereits seit mehreren Sekunden eindringlich ansah.

»Was ist?«, fragte er und brachte seine Stute zum Stehen.

Mira wollte antworten, aber ihr fehlten die Worte. Sie sah ihn einfach nur an und wünschte sich aus tiefstem Herzen, ihm einmal nahekommen zu dürfen. Nur ein einziges Mal.

Dan klopfte seiner prachtvollen Stute den Hals und legte das äußere Bein an. Die Stute bewegte sich seitwärts und stand nun direkt neben Pico. Sie saßen sich auf gleicher Höhe gegenüber und Mira fühlte sich wie eingefroren, unfähig zu sprechen oder sich zu bewegen. Alles in ihr war verschwommen und jeder Sensor auf Dan eingestellt.

»Du bist anders als die anderen Mädchen, die auf dem Hof ein- und ausgehen. Nicht wegen deiner Beine.« Er verstummte kurz und schielte auf Miras Beine, die gefühllos vom Sattel herunterbaumelten. »Du bist witzig, tiefsinnig und unglaublich eigenwillig. Und du hast einfach diese unglaubliche Verbindung zu Pferden, fast schon magisch. Obwohl du so viel mehr zu verlieren hast als jede andere, ziehst du dein Ding knallhart durch.«

Seine Worte rissen Mira aus ihrer Erstarrung. »So knallhart bin ich gar nicht. Ich gebe nur nicht gerne auf. Und ich bin dir unendlich dankbar. Seit du mir Reitstunden gibst, merke ich gar nicht mehr, dass ich nicht laufen kann, weil das Pferd für mich läuft und meine Beine ersetzt.«

Dan beugte sich zu ihr und legte eine Hand auf ihre. Sie ließ es geschehen. Fragend schaute er ihr in die Augen und lehnte sich noch etwas weiter vor. Sein Mund öffnete sich leicht und er kam ihrem Gesicht ganz nahe. Mira spürte die Wärme, die von ihm ausging, und schloss die Augen. Seine Lippen berührten ihren Mund, sie waren weich und feucht und schmeckten nach mehr. Plötzlich rutschten seine Lippen von ihren und Dan fluchte. Starlet war einen Schritt nach vorne gegangen und jetzt hing Dan schief im Sattel.

Obwohl Mira etwas enttäuscht war, musste sie doch grinsen, es sah einfach zu komisch aus. Der magische Moment war verflogen und Dan räusperte sich verunsichert. Ein andermal, ging Mira durch den Kopf. Laut sagte sie: »Es wird dunkel, Dan. Wir sollten uns merken, wo wir aufgehört haben, aber jetzt sollten wir uns beeilen.«

Vielleicht bildete Mira es sich ein, aber Dan wirkte bedrückt, als er antrabte. Sie gab Pico die Zügel und überließ dem Pferd die Kontrolle. So legten sie eine gute Strecke zurück. Der Wallach folgte brav Starlet und das gab Mira Zeit zum Nachdenken. Sie fühlte sich verwirrt, aber auch glücklich wie nie zuvor. Ein Feuer brannte in ihr, so lodernd und heiß, dass sie Schwierigkeiten hatte, das Gleichgewicht zu halten. Der Wald lichtete sich langsam und eine Wiese schimmerte durch die Bäume.

»Da vorne endet der Wald.«

»Stopp.« Dan bremste ruckartig ab.

Mira hielt und wunderte sich. »Was ist los?«

»Verdammt, verdammt«, murmelte Dan.

Er musste keine Erklärung abgeben, als Mira aufschloss, war die Antwort offensichtlich. Ein Gluckern und Sprudeln durchdrang die Stille des Waldes. Vor ihnen lief ein breiter Bach über den Weg.

»Mist, den habe ich total vergessen.« Dan glitt vom Pferd und hängte die Zügel locker über einen Ast. Missmutig stapfte er ins Wasser und sank ein. »Ach du Scheiße.« Seine Stiefel steckten bis zum Schaft im Bach und Wasser lief hinein. »Bah, ist das unangenehm. Das Bachbett ist total matschig. Da können die Pferde nicht durch.«

»Was sollen wir denn machen? Es ist viel zu spät, um umzukehren. Gibt es hier irgendwo eine Brücke?«

»Mitten im Wald? Nee.«

»Ich dachte, du kennst den Weg. Wie kommst du denn sonst immer durch den Bach?«

»Na ja, eben nicht durch, sondern drüber. Ich springe.«

Mira schaute ungläubig zum Bach hinüber. Er war fast

vier Meter breit. Ein kurzer Spaziergang zu Fuß. Aber ein weiter Sprung für ein Pferd. Sie riss sich zusammen.

»Dann lass uns springen.«

Dan schüttelte ungläubig den Kopf. »Du redest Unsinn. Du kannst überhaupt nicht springen. Ein Unfall ist jetzt das Letzte, was wir gebrauchen können.«

»Ich habe bei den Springstunden auf dem Reitplatz zugeschaut. Es sah ganz einfach aus. Ein wenig nach vorne lehnen und hinter das Hindernis schauen.«

»Ja, in etwa. Aber so leicht ist das nicht. Es gehört viel Gefühl und Erfahrung dazu.«

Dan stampfte missmutig aus dem Bach heraus und das Wasser schwappte aus seinen Stiefeln. »Vielleicht haben wir hier ja Empfang. Ich rufe Herrn Grollmann an. Das gibt zwar Ärger, aber er wird uns bestimmt helfen können.«

Er holte Miras Handy heraus, das er noch immer in der Tasche hatte. »Kein Netz. Hm, vielleicht, wenn ich auf einen Baum klettere.«

»Mach das nicht. Ärger ist untertrieben. Herr Grollmann wird stinkwütend sein und irgendwie auch zu Recht.«

Dan ignorierte sie und zog sich an einem Ast hoch. Er rutschte ab und riss sich den Ärmel auf. Fluchend setzte er wieder an, stieß sich mit mehr Kraft ab und hatte dieses Mal Erfolg. Zufrieden hangelte er sich zum nächsthöheren Ast und merkte nicht, wie Mira mit Pico langsam rückwärts gewichen war. Oben angekommen, blickte Dan sich suchend nach Mira um und entdeckte sie weiter hinten auf dem Weg. Erst stand sie still, wie zu einer Statue erstarrt, dann lehnte sie sich leicht nach vorne und bewegte die Arme. Sofort ahnte er Miras Gedanken und kletterte blitzschnell hinunter. In einer schnellen Bewegung riss er die Zügel vom Ast und sprang auf Starlet.

»Nein, Mira, neeeeiiin!«

Er trieb die Hacken in den Pferdebauch und galoppierte auf Mira zu, aber es war zu spät. Pico mit Mira auf dem Rücken galoppierte ihm bereits entgegen. Auf ihrem Gesicht war ein finsterer Ausdruck der Entschlossenheit. Sie schoss an ihm vorbei, ihren Körper gespannt wie ein Bogen, die Hände leicht nach vorne gelegt. Entsetzt riss Dan Starlet herum und raste hinter ihr her.

»Mira, nicht! Du bringst dich um.«

Zu spät.

Pico sprang in einem hohen Bogen über den Bach, geübt und ruhig. Auf der anderen Seite landete er sicher und Mira glitt etwas nach vorne, rutschte nach links und klammerte sich in der Mähne fest. Sie spannte die Arme an und drückte sich zurück in den Sattel. Wie auf ein Kommando blieb Pico stehen.

Ohne zu zögern setzte Dan mit Starlet hinterher, doch die Stute landete mit den Hinterhufen im Wasser. Dan fluchte. Mühsam zog sich Starlet die kleine Böschung hinauf. Sowohl Reiter als auch Pferd waren von oben bis unten nass gespritzt. Wütend stellte Dan sich neben Mira.

»Wie kannst du nur so was Dummes tun?«, fauchte er sie an.

Mira schaute an ihm vorbei, ihr Mund klappte auf. Etwas verstörte sie, ihre Pupillen hatten sich geweitet und fixierten einen Punkt hinter Dan. Entsetzt hob sie die Hand.

»Was denn?«, fragte Dan verwirrt. Er wollte ihr eigentlich gerade eine Standpauke halten.

Sie nickte mit dem Kinn in die Richtung, in der sie etwas gesehen hatte.

Auf dem Weg stand eine Gestalt mit ineinander verschränkten Armen. Sie trug braune Cordhosen, eine dunkle Jacke und eine Baskenmütze. Obwohl das Gesicht der Gestalt im Schatten lag, erkannte Dan sofort, wer da vor ihnen stand.

»Ach du Scheiße. Herr Grollmann. Mister Schlechte-Laune-in-Person«, flüsterte Dan so leise, dass Mira es gerade noch so hören konnte.

Herr Grollmann ging langsam auf die beiden zu.

»Der wird mich hochkant rauswerfen«, zischte Dan und Mira antwortete: »Es ist meine Schuld, ich nehme das auf mich.«

Noch ein paar Schritte und Herr Grollmann war nahe genug heran, um Mira und Dan zu verstehen.

Demütig verstummten sie. Dans Wut auf Miras Unvernunft war verflogen und er hatte lediglich einen dicken Kloß im Hals.

Herr Grollmann kam zielstrebig auf Pico zu und griff nach den Zügeln. Beruhigend klopfte er dem Wallach den Hals.

Ohne sich zu Dan umzudrehen, sagte er leise: »Du hast mich belogen, Dan. Du hast Mira und meine Pferde in Gefahr gebracht. Ich bin zutiefst enttäuscht von dir. Das einzig Vernünftige, was ich jetzt tun kann, ist, dich zu entlassen und Mira den Umgang mit meinen Pferden zu verbieten. Das ist die einzig logische Konsequenz.«

Dan stockte der Atem. »Das habe ich nicht gewollt …« setzte er an, brach aber ab, als Herr Grollmann eine abwehrende Geste machte.

Dans Magen zog sich zusammen und ihm wurde schlecht. Ratlos blickte er zu Mira, die fieberhaft nachzudenken schien. Endlich gab sie sich einen Ruck und räusperte sich.

»Herr Grollmann, bitte lassen Sie mich sprechen. Ich möchte mich für unser beider Verhalten entschuldigen. Allerdings muss ich darauf hinweisen, dass das alles gar nicht Dans Schuld ist, sondern ganz allein meine. Dan wollte mir nur helfen, aber ich war es, die das Risiko auf mich genommen hat. Es war meine eigene Entscheidung, nicht Dans.«

»Mira, ich war noch nicht mit Dan fertig. Und zu dir komme ich gleich.« Seine Stimme klang kalt.

Mira verzog das Gesicht, sie hatte sich mehr von ihrer Entschuldigung erhofft. Dans zusammengesunkener Anblick traf sie tief. Von seiner sonst so selbstbewussten Art war nicht viel übrig. Aber verstehen konnte sie es, denn Dan mochte seinen Job, liebte die Pferde und hatte auch den alten Mann in sein Herz geschlossen. Trauer durchflutete sie und ein übermächtiges Gefühl der Hilflosigkeit.

Herr Grollmann indessen gab ihr die Kontrolle über die Zügel zurück. Er drehte sich um und auf seinem Gesicht lag ein merkwürdiger Ausdruck der Zufriedenheit.

An Dan gerichtet, sagte er: »Du erinnerst mich an jemanden, der Zeit seines Lebens die Regeln und Erwartungen der Gesellschaft nicht als Gesetz, sondern als Richtlinien angesehen hat. Der immer auf sich selbst, seine Instinkte und Wertvorstellungen geachtet hat. Du erinnerst mich an einen jungen Mann, der genau das tat, was ihm richtig erschien. Du erinnerst mich an mich selbst.«

Dan horchte auf. Inständig hoffte er, dass vielleicht doch nicht alles verloren war.

Herr Grollmann fuhr fort: »Und du, Mira – auf dich kann ich mir keinen Reim machen. Du bist das außergewöhnlichste Mädchen, dem ich jemals begegnet bin. Dein Sprung eben … das war große Klasse. Im M-Springen ist der Wassergraben vier Meter breit. Das entspricht in etwa diesem Bach hier. Du hast unglaubliches Talent. Wie deine Schwester.« Er seufzte, schob sich die Baskenmütze in den Nacken und kratzte sich am Kopf. »Tja, was soll ich machen? Dan, du wirst die nächste Woche Überstunden schieben. Der Misthaufen muss umgeschichtet werden und die Fenster im Stall werden alle fein säuberlich auf Hochglanz poliert. Damit wäre das geklärt. Beim nächsten Mal kommst du mir nicht so leicht davon.«

Dan atmete auf. Die Erleichterung stand ihm ins Gesicht geschrieben. Mit dieser Entscheidung konnte er leben – Hauptsache, er verlor seinen Job nicht.

»Vielen Dank, Herr Grollmann. Ich habe wirklich nur gute Absichten gehabt. Aber ich verspreche Ihnen, dass ich in Zukunft mit Ihnen vorher über meine Pläne spreche, wenn es Ihren Hof und Ihre Pferde betrifft.«

Die beiden Männer fixierten sich und damit schien alles geklärt.

»Mira, du wirst bei mir Reitstunden nehmen. Ich weiß, wie wir einen Sattel so umarbeiten können, dass du beim Springen besser sitzt. Kommt jetzt, bevor es hier noch ganz dunkel wird.«

Er griff seinen Spazierstock, der an einem Baum lehnte, und schritt los in Richtung Hof.

Als die Pferde abgesattelt und versorgt waren, rief Herr Grollmann Mira noch einmal zu sich.

»Morgen um acht Uhr erwarte ich dich in der Halle. Erzähl deinen Eltern, was du willst.« Er schaute geringschätzig auf Miras weites und sehr ausgewaschenes Shirt hinab. »Und trag bitte etwas Vernünftiges, Mädchen. So nachlässig gekleidet kann man nicht ordentlich arbeiten.«

Kapitel 12

»Wie breit war der Bach, sagtest du? Vier Meter? Mann, Mira, das ist oberkrass. Das musst du mir unbedingt mal zeigen. Warum hast du mir denn nichts erzählt? Ich hätte dir doch helfen können.«

Das war so typisch für Kathi. Sie war einfach immer begeistert und hilfsbereit. Ihr Mund stand weit offen und sie saugte jedes Wort in sich auf. Mira hatte sich entschlossen, mit ihrer Familie reinen Tisch zu machen, und ihre kleine Schwester löcherte sie seitdem mit Fragen. Mira schielte zu ihren Eltern hinüber. Ihre Mutter schüttelte immer wieder den Kopf und ihr Vater bearbeitete sein Steak mit Gewalt. Er zerschnitt es in so feine Streifen, dass am Ende eine Art Fleischspaghetti auf seinem Teller lagen.

Es dauerte eine Ewigkeit, bis die beiden sich zunickten und ihre Mutter entschlossen sagte: »Na gut. Wir können dich eh nicht abhalten. Du bist alt genug, deine Entscheidungen selbst zu treffen. Mir gefällt das nicht, das kann ich dir ganz ehrlich sagen. Aber wenn es dich glücklich macht, dann versuch es. Pass bitte auf dich auf und geh kein allzu großes Risiko ein.«

»Danke, Mum! Das bedeutet mir echt viel. Und ich verspreche auch, vorsichtig zu sein und wenn ich mich verletzen sollte, was aber nicht passieren wird, aber wenn es doch passiert – dann war es das wert. Also, es wird schon nichts passieren, ich meine …«

»Ist gut, Kleines«, unterbrach ihr Vater sie. »Wir verstehen das schon.«

Mira strahlte ihren Vater dankbar an.

In dieser Nacht schlief Mira tief und fest. Keine Träume störten ihren Schlaf, weder gute noch schlechte. Die Aufregung und die Erschöpfung hatten sie eingeholt und nahmen sich, was sie verlangten.

Brrrrrnnnnng.

Mira schlug schlaftrunken auf den Wecker.

»Nicht«, brummelte sie. Eine Sekunde später war sie hellwach. »Die Reitstunde!«

In Windeseile schob sie sich an den Bettrand und angelte nach ihren Klamotten. Sie hielt einen ausgeblichenen Kapuzenpulli in der Hand. Ach nee, »was Anständiges« hatte Herr Grollmann gesagt. Na gut, konnte er haben.

In der Kommode lag fein säuberlich gefaltet und schon etwas eingestaubt eine beigefarbene Bluse. Das würde ihm gefallen. Dazu passte die schwarze Stretchhose, die fast als Reithose durchgehen konnte. Nur Schuhe hatte sie keine passenden. Seit sie ihre Füße nicht mehr nutzen konnte, hatte sie sich auch keine Schuhe mehr gekauft. Im Gegenteil, sie hatte aus Frust den Großteil weggeworfen. Normalerweise trug sie immer ihre abgewetzten Turnschuhe, weil man leicht hineinschlüpfen konnte. Die mussten auch jetzt wieder herhalten. Sie bürstete sich die Haare und flocht sie in zwei gleichmäßige Zöpfe. Zufrieden betrachtete sie sich.

»Vorzeigbar!«, teilte sie ihrem Spiegelbild mit.

Herr Grollmann wartete bereits in der Halle auf sie und schaute mehrfach auf die Uhr, als sie sich ihm näherten. Vor ihm stand ein anmutiges, schlankes Pferd, das wie ein poliertes Goldstück im Sonnenlicht glänzte. Ihr Vater schob Mira bis an den Sand und begrüßte ihn verhalten.

»Passen Sie gut auf meine Tochter auf.«

Herr Grollmann wies auf die Fensterscheibe. »Sie können es sich dort gerne gemütlich machen und uns zuschauen.«

Johannes Anders nickte unwillig. Er wäre lieber hier bei seiner Tochter geblieben, aber in der Halle würde er nur im Weg stehen.

»Wir machen eine Mischung aus Springtraining und Dressur. Und meinem eigenen Programm.«

Das Pferd hieß Windspiel und war mit seinem Stockmaß von 1,65 Meter um einiges kleiner als Pico. Mira konnte sich problemlos in den Sattel ziehen und ergriff beherzt die Zügel. Am Sattel waren Schlaufen befestigt, die sie um ihre Beine legen konnte. Die würden ihre Beine in Position halten, und sie am Rutschen hindern. Eine gute Idee. Sie wusste von Kathi, dass Herr Grollmann ein forscher Lehrer war, der jeden Fehlgriff korrigierte und oft die Stirn in Falten legte und dabei die Augenbrauen hochzog. Sie war bereit und gewappnet für jede Kritik.

Herr Grollmann war tatsächlich sehr streng. Die ersten

zwanzig Minuten gingen sie im Schritt. Nie saß sie ihm mittig oder gerade genug, mal waren die Hände zu weit oben, unten oder auseinander. Es ging Schlag auf Schlag.

»Hände zusammen, runter. Geradeaus schauen. Becken nach links. Schultern zurück. Lächeln. Hände runter!«

Einmal rief er »Hacken runter!«, aber Mira ignorierte es einfach. Sie hatte kein Gefühl in den Füßen und konnte die Fersen nicht runterziehen.

Irgendwann ließ er sie antraben. Mira freute sich, auf den Moment hatte sie die ganze Zeit gewartet. Aber nach ein paar Metern war der Spaß auch schon wieder vorbei. Er ließ sie gehen, wieder antraben und wieder gehen.

»Den Übergang zwischen den Gangarten zu beherrschen, ist eine Kunst!«, rief er. »Ein wahrer Reiter beherrscht das in Perfektion. Springen muss man sich erst einmal verdienen. Und wieder Trab. Einen halben Kreis bitte und dann zurück in Schritt.«

Mira gab sich die größte Mühe, hatte aber das Gefühl, es Herrn Grollmann nicht recht machen zu können. Als sie wieder einmal am Reiterstübchen vorbeikam, sah sie, wie ihr Vater angespannt an der Fensterscheibe klebte. Seine Nase war am Glas platt gedrückt wie bei einem Kind vor einem Süßigkeitenladen. Sie musste sich noch mehr anstrengen. Gehen, Körper aufrichten, geradeaus schauen – antraben. Eins, zwei, das Pferd trabte. Ein symmetrischer Kreis.

»Du musst lernen, auf der Kreislinie zu bleiben. Dein Kreis ist unförmig wie ein eingedelltes Ei. Präzision ist der Schlüssel zur Perfektion. Zack-zack – noch einmal.«

Es klang so einfach, war aber schwieriger als gedacht. Immer wieder driftete Windspiel nach außen weg. Irgendwann klappte es einigermaßen und Mira lobte den Wallach immer wieder und klopfte ihm den Hals.

»Wir testen jetzt deinen Galopp. Tief im Sattel sitzen, entspannen, ausatmen. Äußeres Bein nach hinten, ach, nein, geht ja nicht.« Herr Grollmann dachte kurz nach. »Mach dich schwer, innerer Zügel leicht nach oben und schnalz mit der Zunge. Sollte klappen.«

Mira versuchte es und in der Tat, Windspiel galoppierte an. Jetzt verstand sie auch, wie das Pferd zu seinem Namen gekommen war. Der Galopp des Pferdes war so leicht und flüssig, als würde er sich wie ein Halm im Wind bewegen. Seine Hufe schienen den Boden kaum zu berühren und Mira konnte sich entspannen.

»Genug für heute.«

Herr Grollmann half ihr vom Pferd und in den Rollstuhl, den ihr Vater eilig brachte. Der Helm klebte an Miras Kopf und sie hatte einige Mühe, den Verschluss unter dem Kinn zu lösen.

Stolz stand in Johannes Anders' Augen.

»Das sah super aus, Mira.« Er drückte ihr einen Kuss auf die verschwitzte Wange und wuschelte ihr durchs Haar. Das hatte er das letzte Mal gemacht, als Mira noch in die Grundschule gegangen war.

Sie grinste ihn an und zwinkerte.

Herr Grollmann war verhaltener. »Für das erste Mal in Ordnung. Viel Potenzial zur Verbesserung. Morgen um dieselbe Zeit.«

Damit verließ er die Halle und drückte dem verdutzten Dan, der gerade mit einem Sack durch den Eingangsbereich lief, die Zügel in die Hand. »Absatteln.«

Am nächsten Morgen stand ein kleines Paket vor Miras Tür. Sie beugte sich weit nach vorne, um sich das braune Päckchen zu angeln. Auf der Vorderseite waren weder Briefmarken noch Stempel. »Für Mira« stand in krakeliger Schrift darauf.

»Oha.«

Mit dem Päckchen rollte sie zurück in ihr Zimmer. Sie zog an der Schnur, die um das Packpapier gebunden war, und ein Karton kam zum Vorschein. Sie öffnete ihn und staunte nicht schlecht. Es waren funkelnagelneue schwarze Reitschuhe. Auch wenn sie ihre Füße in den Schuhen nicht bewegen konnte, war das eine unglaublich nette Geste. Stolz zog sie sie an und rollte zur Reithalle. Von wem die Stiefel wohl sein mochten? Wohlwollend betrachtete Herr Grollmann ihre Füße, sagte aber kein Wort.

Die Reitstunde lief nach demselben Schema ab wie am Tag zuvor. Unermüdliche Wiederholungen, jedes Detail wurde kritisiert und korrigiert. Trotzdem machte es Mira riesigen Spaß. Gerade das Technische, die Feinheiten – sie spürte, dass ihr das lag. Windspiel war ein gutes Pferd, er reagierte auf jede noch so kleine Bewegung, manchmal glaubte sie, er könne ihre Gedanken erahnen. Sie übten die Übergänge zwischen den Gangarten und danach lernte Mira ein paar Hufschlagfiguren. Aus der Ecke kehrt, Volte, Schlangenlinie durch die Bahn in drei Bögen und der große Zirkel. Ihr Kopf rauchte bei all den neuen Begriffen, aber sie biss die Zähne zusammen und versuchte, sich alles zu merken.

»Lächeln!« Das war eines von Herrn Grollmanns Lieblingskommandos. »Nur ein Turnierreiter, der lächelt, kann zeigen, wie einfach ihm seine Performance fällt. Einfacher Trick, um Eindruck zu schinden.«

Mira war sich sicher, dass ihr Lächeln vollkommen bescheuert aussah, weil es nicht sehr echt wirken konnte, und als sie am Spiegel vorbeiritt, sah sie, dass das auch stimmte. Es sah so steif aus, als hätte jemand ihre Mundwinkel an die Wange getackert.

Nach der Reitstunde pfiff Herr Grollmann Dan heran. »Absatteln und waschen. Extraportion Heu.«

Mira war noch zu sehr mit ihren Gedanken beschäftigt und versuchte, sich das neu Erlernte einzuprägen. Als sie zu Dan hochsah, merkte sie, wie es in ihm arbeitete. Von einem kleinen Raum, der neben der Halle lag, holte er ein silbergraues Halfter. Er drückte es ihr in die Hand.

»Wenn du das nächste Mal zu Marwani gehst, leg ihr das an.«

Mira nickte. Marwani trug seit dem Zwischenfall mit dem Hengst kein Halfter mehr und ließ genau wie vorher niemanden an sich heran. Sie flitzte zwar nicht mehr davon, aber sobald sich ihr jemand näherte, wich sie zurück und ging in Abwehrhaltung. Wahrscheinlich wollte Herr Grollmann sie langsam wieder gesellschaftsfähig machen.

»Es heißt, es sind die schwierigsten Pferde, die am meisten zu geben haben. Marwani gehört mit Sicherheit in diese Kategorie«, sagte Herr Grollmann noch, bevor er davonstapfte.

Aber Mira wusste schon längst, dass Marwani etwas Besonderes und jede Mühe wert war.

Eine Katzenwäsche später war Mira auf der Koppel. Marwani stand an der Baumgruppe am Bach und galoppierte los, als das Gatter beim Öffnen knarrte. Vor Mira machte sie eine Vollbremsung, schnaubte vor Freude und rieb ihren Kopf an Miras Wange. Dann schnupperte sie neugierig am Jutesack, den Mira auf dem Schoß liegen hatte.

»Du bist so verfressen, Marwani«, neckte Mira sie. »Da sind Äpfel drin, die brauchen wir heute fürs Training. Aber du musst noch etwas geduldig sein.«

Eine halbe Stunde und viele Übungen später fraß Marwani einen Apfel aus Miras flacher Hand. Mira machte mit dem Zeigefinger eine Drehbewegung und die Stute drehte sich einmal im Kreis.

»Sehr gut.«

Marwani reagierte sowohl auf ihre Stimme als auch auf ihre Gesten. Je konstanter sie Kommandos verwendete, desto entspannter reagierte die Stute.

In Miras Schoß lag das silbergraue Halfter und Marwani schnupperte daran. Liebevoll tätschelte Mira der Stute den Hals. Langsam hob sie das Halfter an und Marwani wich zurück. Mira ließ das Halfter sinken und wartete, bis Marwani sich genähert hatte. Aber sobald sie das Halfter anhob, war Marwani wieder weg.

»Hab doch keine Angst, meine Süße«, flüsterte Mira.

Sie versuchte es noch ein paar Mal, aber Marwani ließ sich nicht umstimmen. Mira war etwas enttäuscht, aber sie wusste auch, dass es nicht an ihr lag. Marwanis Kratzer waren verheilt, aber ihre inneren Wunden noch nicht. Sie hatte das Vertrauen verloren und sosehr sie Mira auch liebte, sie wollte sich nicht mehr beugen.

Mira ließ sie in Ruhe und gab der Stute die Zeit, die sie brauchte, um alles zu verarbeiten.

Vorsichtig zog Mira Marwanis Kopf zu sich und gab ihr einen Kuss auf die Nüstern. »Wer dich nicht mag«, flüsterte sie der Stute zu, »der muss halt noch ein bisschen an sich arbeiten.«

Kapitel 13

Die Tage vergingen und Mira wurde immer sicherer. Sie lernte schnell und Herr Grollmann war zufrieden. Manchmal unterrichtete er sie gemeinsam mit Kathi. Kathi, die Mira eher als Morgenmuffel kannte, hatte kein Problem damit, morgens noch vor Sonnenaufgang zur Reitstunde zu erscheinen.

Jede der Schwestern hatte eine andere Stärke: Kathi fiel das Springen sehr leicht, Mira hatte ein besseres Gefühl für Dressur. Beide lernten beides und setzten alles daran, ihre Reittechnik zu perfektionieren. Es war schön, gemeinsam reiten zu lernen, obwohl der Unterricht manchmal einem militärischen Drill glich. Doch Herr Grollmann war auch etwas aufgetaut und hatte mehr Vertrauen in Mira als zuvor.

»Du kannst mit Dan ausreiten, wenn du mir versprichst, dass ihr draußen nicht springt und euch an die Wege haltet«, hatte er ihr zugestanden.

Das tat sie gerne.

»Halle oder Wald?« Mit dieser Frage begrüßte Dan sie täglich. Meistens entschied sich Mira für den Wald. Oft nahmen sie Pumba mit, der voller Energie hinter ihnen herlief. Die Ausritte schienen den Border Collie nie zu ermüden, denn sobald sie den Hof wieder erreichten, schleppte Pumba das erste Stöckchen zum Werfen an.

Heute nieselte es leicht und Dan trug eine Regenjacke, die bei jedem Schritt knisterte. Das und der Hufschlag der beiden Pferde waren die einzigen Geräusche im Wald. Es roch nach Moos und altem Holz.

»Das mag ich an dir«, sagte Dan plötzlich. »Mit dir kann man reden, aber mit dir kann man genauso gut schweigen.«

»Ja, ich weiß.«

»Ich kenne sonst niemanden, mit dem man sich ohne viele Worte versteht. Das ist viel wert.«

»Wobei ich anfügen möchte, dass du auch eine ganz schöne Labertasche sein kannst.«

»Witzel du nur rum. Ich meine das ernst.«

Mira hatte angetrabt und er holte auf.

»Wer zuerst an der alten Hütte ist – der Verlierer spendiert das nächste Kilo Möhren für die Pferde.«

»Gebongt.« Mira galoppierte an und jagte los. Als sie keuchend an der Hütte ankam, schaute sie sich triumphierend um. Heute ritt Dan Donaldo, der Anfang zwanzig war und so langsam galoppierte, dass Mira lachen musste.

»Ich glaube, du musst deinen Rentner mal ein bisschen anschieben. Der ist ja langsamer als eine Schnecke beim Sonntagsausflug.«

Mira fühlte sich fit und voller Energie und das Reiten fiel ihr leicht. Zu Hause machte sie täglich ihr Sportprogramm – jeden Tag, egal wie müde sie war. Der Gedanke an Marwani motivierte sie und gab ihr Kraft. Dieses wundervolle Pferd mit den weichen dunklen Augen verlieh ihr die Flügel, die ihr fehlten. Allein der Gedanke an die Schimmelstute ließ ihr Herz höher schlagen. Ihr Hufschlag war zu ihrem Herzschlag geworden. Marwani hatte ihr beigebracht, dass man seine Grenzen erst kennenlernt, wenn man über sie hinauswächst.

Nach und nach gewöhnte Marwani sich sogar an den Anblick des Halfters und endlich schaffte es Mira, zu Herrn Grollmanns großer Freude, ihr das Halfter anzulegen. Mit der Zeit akzeptierte Marwani auch eine leichte Satteldecke auf ihrem Rücken. Sie schien sich zu erinnern, dass dies vor gar nicht allzu langer Zeit zu ihrem Alltag gehört hatte. Die Narbe auf ihrer Hinterhand wurde etwas kleiner und schlanker, aber sie würde für immer deutlich zu sehen sein.

»Meinst du, Marwani wird eines Tages wieder reitbar sein?«, fragte Mira Dan eines Tages.

Der zuckte mit den Schultern. »Vielleicht, ist nicht unmöglich. Ihre große Sprungkarriere ist vorbei, aber einen leichten Reiter könnte sie schon tragen. Die Frage ist eher, ob sie jemals wieder einen Reiter auf ihrem Rücken akzeptieren wird.«

Mira stellte sich vor, wie es wäre, auf Marwani durch den Wald zu reiten und mit ihr gemeinsam im Dickicht zu verschwinden. Was für ein Gedanke – zu schön, um wahr zu sein.

Die Uhr schlug sieben. Es war ein kalter Sonntagmorgen und Mira wärmte fröstelnd ihr Pferd auf. Herr Grollmann betrat die Reithalle und Mira fiel sofort auf, dass er sehr angespannt aussah. Während der Reitstunde wurde es nicht besser, er wirkte fahrig und unkonzentriert. Zwischendurch vergaß er sogar, Mira Kommandos zu geben und sie trabte fünf Minuten im Kreis um ihn herum, bis er sich besann. Nach dreißig Minuten brach er die Stunde ab, murmelte eine Entschuldigung und verließ die Halle. Mira saß hilflos auf dem Pferd. Na toll, hier würde sie niemals alleine herunterkommen. Vorsichtig ritt sie an die Bande heran und versuchte, mit einer Hand den oberen Rand zu erreichen. Vielleicht konnte sie sich hier abstützen und am Pferdehals hinuntergleiten.

»He, was machst du da?« Eine forsche und sehr unhöfliche Stimme hallte zu ihr herüber.

Mira richtete sich im Sattel auf. Vor ihr stand eine schlanke, junge Frau, vielleicht siebzehn. Sie hatte lange blonde Haare, hohe Wangenknochen und eisblaue Augen. Eigentlich hätte sie ganz hübsch sein können, hätte sie nicht diesen verbissenen Gesichtsausdruck gehabt. Sie trug eine weiße Reithose und ein schwarzes Jackett, in der linken Hand hielt sie eine Gerte mit Goldbeschlag. Mira musste zweimal hinsehen. Jep, Goldbeschlag. Außerdem war ein Name in den Stiel graviert, den sie nicht lesen konnte, weil die Frau die Gerte in unregelmäßigen Abständen auf die rechte Handfläche klatschen ließ.

»Hörst du schlecht? Ich hab dich was gefragt!«

Mira war so baff, dass ihr nichts Gescheites einfiel.

»Äh, wie bitte?«, brachte sie mit viel zu hoher Stimme heraus. Mist, diese eingebildete Schnepfe hatte sie total aus dem Konzept gebracht. Sie hatte diese Frau mit ihrem affektierten Verhalten noch nie gesehen. Normalerweise war der Umgang auf dem Hof freundlich und offen.

»Komm sofort von Windspiel herunter! Dass ihr Kinder euch immer so aufspielt. Auf den dürfen nur Turnierreiter – und das bist du wohl kaum.«

Mira war sprachlos. Sie hatte das Pferd wie selbstverständlich geritten und einfach angenommen, dass es eins aus dem Schulbetrieb war. Trotzdem behielt sie die Tatsache für sich, dass Herr Grollmann persönlich ihr das Pferd für die Reitstunden ausgesucht hatte. Doch selbst wenn Mira etwas hätte sagen wollen, sie kam nicht dazu, denn ihr Gegenüber hatte gerade die Schlaufen an ihren Beinen entdeckt.

»Was ist das denn? Hast du dich auf dem Pferd etwa angeschnallt? Das ist ja totaler Wahnsinn.«

Sie fing an, rücksichtslos an den Schlaufen zu zerren. Windspiel wollte seitlich ausweichen, aber er stand so nahe an der Bande, dass es keinen Ausweg gab.

»Nicht!«, rief Mira verzweifelt. »Die brauche ich.«

»Wer so etwas braucht, sollte auf keinem Pferd sitzen.«

Die junge Frau riss fest an der Schlaufe. Mira war so überrascht von ihrer Dreistigkeit, dass sie nicht schnell genug reagieren konnte. Die Schlaufe öffnete sich und die junge Frau zog noch einmal kräftig am Leder, dabei stieß sie Windspiel den Ellenbogen in die Schulter und der hopste erschrocken zur Seite. Mira geriet aus dem Gleichgewicht und versuchte, sich an Windspiels Mähne zu klammern.

»Hör auf!«, schrie sie verzweifelt und richtete sich langsam auf. In dem Moment hob die Frau die Gerte und Mira spürte, wie das Pferd unter ihr sich verkrampfte. Windspiel war ein gutes, zuverlässiges Pferd, aber er hatte eine Heidenangst vor Gerten.

»Komm vom Pferd runter«, antwortete die Frau trocken und Miras Augen weiteten sich, als sie die Gerte in der Luft knallen ließ.

Windspiel stieg. Voller Panik richtete er sich kerzengerade auf und tanzte auf den Hinterbeinen. Es ging so schnell und ohne Vorwarnung, dass Mira keine Chance hatte. Sie versuchte noch, sich nach vorne zu lehnen, aber es war zu spät. Sie rutschte aus dem Sattel und fiel. Hart schlug sie auf dem Sand auf und faltete sich instinktiv zusammen wie ein Blatt im Wind.

Der Helm war ihr ins Gesicht gerutscht und ihr Rücken tat weh. Die Frau fluchte laut und fing den Wallach wieder ein. Windspiel zitterte am ganzen Körper.

»Stop! Das reicht. Was ist das für ein Zirkus hier? Raus aus der Halle!«

Das war Dan und er schrie fast. So kannte Mira ihn gar nicht. »Du spinnst ja wohl. Du kannst deine Spielchen auf dem Apfelhof treiben, hier hast du nichts zu sagen.«

Mira schob den Helm zurück und blickte erleichtert in Dans Richtung. Hilflos wie ein Käfer lag sie auf dem Rücken. Puterrot im Gesicht kam Dan auf sie zugeschossen, seine Hände waren zu Fäusten geballt. Außer sich vor Sorge zog er Mira hoch und setzte sie auf.

»Hallo, Dan.« Die Stimme der jungen Frau klang nun zuckersüß. Mit einer aufreizenden Geste warf sie die Haare zurück und klimperte mit den Wimpern. »Ich glaube, du verstehst nicht. Das Mädchen hier wollte eins eurer Turnierpferde reiten – und dann noch mit Hilfsschlaufen.«

Dan ignorierte sie. »Alles o.k., Mira?«

»Ja, ich glaube schon.« Sie hatte Mühe, nicht einfach nach hinten umzukippen, weil alles wehtat. »Nichts passiert.«

Dan drehte sich wütend um. »Und du verschwindest jetzt, und zwar sofort. Mira hat von Herrn Grollmann persönlich die Erlaubnis, Windspiel zu reiten. Das hier ist nicht dein Reich, *Prinzessin*. Und wenn ich dich hier noch einmal sehe – dann gnade dir Gott.« Das Wort »Prinzessin« hatte er vor Verachtung regelrecht gezischt.

Die Frau schaute ihn unbeeindruckt an. »Ach, macht doch, was ihr wollt. Ich bin hier ohnehin fertig.«

Mit erhobenem Kopf verließ sie die Halle. Die Zügel ließ sie einfach los und Windspiel trottete langsam in eine Ecke. Am Eingang drehte sie sich noch mal um und rief ihnen zu: »Dass du dich neuerdings mit Kindern abgibst, Dan, das ist echt unter deiner Würde.«

Dan ignorierte sie und hockte sich stattdessen neben Mira. Er nahm ihr den Helm ab und strich ihr eine Strähne aus dem Gesicht. Voller Sorge blickte er in ihr blasses Gesicht.

»Bist du sicher, dass du dich nicht verletzt hast?«

»Ja, aber sprich bitte nicht so laut. Alles paletti.«

Sanft klopfte ihr Dan den Staub und Sand vom Rücken.

»Autsch«, entfuhr es ihr.

»Also hast du dir doch wehgetan?!«

Mira antwortete nicht. Es fiel ihr schwer, einen klaren Gedanken zu fassen, alles wirkte irgendwie verschwommen. Wie durch einen Nebel hindurch betrachtete sie ihre Arme und Beine. Dabei bemerkte sie, dass neben ihr im Sand etwas lag. Es kostete sie Mühe, den Blick darauf zu fokussieren. Es war eine schwarze Gerte mit Goldbesatz. Sie las den eingravierten Namen, den sie vorher nicht hatte erkennen können: *Kader Wennberg.*

»Das war Kader, Marwanis frühere Besitzerin? So eine eingebildete, selbstverliebte, arrogante, fiese, gemeine …«, Mira gingen die Adjektive aus, »… Kuh?«, beendete sie den Satz.

Sie konnte nicht verstehen, dass irgendein Pferd, geschweige denn Marwani, diese Frau jemals an sich heranlassen würde.

»Na ja, Marwani gehörte nicht ihr, sondern ihrem Vater. Wilhelm Wennberg hast du neulich auf dem Apfelhof kennengelernt. Der ist auch nicht gerade die Freundlichkeit in Person. Arroganz und Selbstverherrlichung scheint bei denen in der Familie zu liegen.«

Dass Dan sich ganz selbstverständlich auf ihre Seite schlug und für sie einstand, tat gut. Außerdem fand Mira es attraktiv, dass Dan so viel Rückgrat hatte.

Er klopfte ihr etwas Dreck von den Schultern. »Du bist total staubig.«

Erst jetzt bemerkte sie, dass er ernsthaft besorgt aussah. Sein Blick wanderte über ihr Gesicht, den Hals und die Haare. »Ich wünschte, ich hätte Kader vor der Halle erwischt.«

»Ist schon o.k. Hat mich nicht so sehr mitgenommen, wie du vielleicht denkst.«

Dan beäugte sie skeptisch. »Du kannst ruhig sagen, wenn dir was wehtut. Mir brauchst du nichts vorzumachen.«

Sanft strich er ihr über den Arm, als suche er ihn nach Kratzern ab. Die Berührung entschädigte Mira etwas für den Schreck und es ging ihr sofort besser. Es war wie Magie, wenn er sie streichelte und sie hoffte, er würde damit nicht so schnell aufhören. Zärtlich strich er mit den Fingerspitzen über ihre Ellenbeuge und es fing an zu kitzeln. Sie zuckte zusammen, kicherte und eine Welle der Erleichterung durchfuhr sie. Die Situation war vorbei und das nächste Mal, wenn Kader ihr über den Weg lief, würde sie besser vorbereitet sein.

»Ach, nee, schon gut. Es kam nur so plötzlich und hat mich überrumpelt. Mit so viel Dreistigkeit rechnet man einfach nicht. Trotzdem, Kader kann mich nicht beeindrucken. So ein Verhalten ist armselig, aber egal.« Natürlich war ihr der Zwischenfall nicht egal, aber sie wollte jetzt nicht drüber reden.

Dankbar schlang sie die Arme um Dan, als er sie so vorsichtig hochhob, als sei sie aus Porzellan. Die Nähe zu ihm tat gut und beruhigte sie. Unauffällig schmiegte sie ihren Kopf an seine Brust, um seinen Herzschlag zu hören. Tief in seinem Inneren konnte sie das rhythmische Klopfen vernehmen und sie entspannte sich. Am Rand der Halle befand sich eine kleine Zuschauerloge, von hier aus konnten die Eltern den Kindern bei den Reitstunden zuschauen oder Besucher die Verkaufspferde bewerten. Dan setzte sie auf einem Stuhl ab und sie ließ ihn unwillig los. Als er sie schief anschaute, wechselte sie das Thema.

»Was hat sie hier gewollt?«, fragte sie. »Kader ist bestimmt nicht nur gekommen, um uns zu demütigen, oder? Es gibt einen wichtigeren Grund.«

»Leider ja. Sie hat Herrn Grollmann die Rechnung gebracht. Wilhelm Wennberg hat den Schaden zusammengerechnet, der durch Marwani entstanden ist, und sie hat sich die Gelegenheit nicht nehmen lassen, die Rechnung persönlich zu überbringen. Sie ist so der Typ, der Freude daraus zieht, wenn andere leiden. Total ekelhaft.«

»Das klingt aber gar nicht gut. War das der Grund, warum Herr Grollmann heute Morgen nicht ganz bei der Sache war?« Sie wurde misstrauisch.

»Ja, ich denke schon.«

Sie nagte auf ihrer Unterlippe herum. Zu gut erinnerte sie sich an die zertrümmerten Zäune, die Farbkleckse und das Durcheinander auf dem Apfelhof, als sie Marwani abgeholt hatten.

»Wie hoch ist der Schaden?«

»Es geht. Ungefähr zwölftausend Euro. Einigermaßen bezahlbar, aber natürlich ist das trotzdem eine stattliche Summe.«

Mira riss die Augen auf. Mit so einer Zahl hätte sie nicht gerechnet. Unruhig rutschte sie auf dem harten Stuhl herum.

»Ist Marwani irgendwie versichert?«

»Nicht gegen so etwas. Herr Grollmann wird das aus eigener Tasche bezahlen müssen. Das ist nicht so einfach, im Moment läuft es hier nicht so rund. Zu viele Kosten, zu wenig Einnahmen. Er hatte gehofft, mit Marwanis Fohlen etwas Geld reinzukriegen.«

»Nun, das ist mächtig schiefgegangen. Aber so wie ich ihn kenne, gibt er nicht auf, sondern wird bestimmt wieder versuchen, sie decken zu lassen.«

»Kann sein. Komm, wir vergessen den ganzen Scheiß

jetzt erst mal und gehen ins Reiterstübchen. Hier ist es viel zu unbequem. Ich mach uns einen Kakao.«

Dan hob sie hoch, als sei sie leicht wie eine Feder und trug sie aus der Halle.

Es war warm und gemütlich im Reiterstübchen und Mira kuschelte sich tief in einen der Ohrensessel. Hier ließ es sich aushalten. Dan holte Tassen und eine Kanne hervor und bald zog ein verführerischer Duft nach heißer Schokolade an ihr vorbei. In einer Schachtel lagen ein paar steinharte Kekse, aber sie schmeckten ganz gut, wenn man sie vorher in den Kakao tunkte.

»Die sind wohl noch vom letzten Weihnachtsfest«, scherzte Mira und hielt sich die Wange.

Dan lachte. »Ja, mit Haltbarkeitsdaten hat Herr Grollmann es nicht so.«

Die Wände des kleinen Zimmers waren mit Urkunden und Fotos bedeckt. Auf einem Holzschild war ein Zitat eingebrannt: *Wo immer der Mensch auf seinem langen Weg zur Zivilisation einen Fußabdruck hinterlassen hat, da ist ein Hufabdruck direkt daneben.*

»Das klingt schön und weise, von wem ist der Spruch?«

»Keine Ahnung.« Er zuckte die Achseln. Dann zeigte er auf ein Foto. Ein Mann mittleren Alters stand vor einem Pferd und hielt einen Pokal in die Höhe. Er trug merkwürdige weite Reithosen, die auf Hüfthöhe ausgebeult waren. »Das ist Herr Grollmann. Er hat früher viele Springturniere gewonnen.«

Etwas kratzte an der Tür. Es war Pumba, der zu ihnen wollte. Dan ließ ihn herein und Pumba rollte sich auf dem Teppich zusammen. Er hinterließ Pfotenabdrücke auf dem Weg, anscheinend war er durch eine matschige Stelle gelaufen. Halbherzig schob Dan einen Lappen über den Boden, um den Schaden zu beseitigen. Dabei verschmierte er mehr, als er aufwischte. Gedankenverloren schaute Mira ihm zu und klopfte sich dabei den Staub von ihren Schuhen. Es waren die glänzenden schwarzen Reitschuhe, die jemand in einem Päckchen vor ihrer Tür abgestellt hatte. Ein Kratzer prangte auf dem linken Schuh, den sie sich wohl beim Fallen geholt hatte.

»Ich würde gerne wissen, wem ich die zu verdanken habe«, nuschelte sie und versuchte, den Kratzer mit etwas Spucke wegzurubbeln.

Dan setzte sich auf die Lehne ihres Ohrensessels. »Wahrscheinlich einer deiner zahlreichen Fans.«

»Klar«, grinste Mira. »Ein heimlicher Verehrer.«

»Das kann gut sein.«

Mira hob eine Augenbraue. Das hatte überraschend ernst geklungen. In ihr wuchs eine Ahnung und skeptisch beäugte sie Dan.

»Ich bin ehrlich gesagt davon ausgegangen, dass Herr Grollmann sie mir für die Reitstunden besorgt hat.«

»Fast richtig.«

Jetzt war Miras Neugier geweckt. »Was heißt denn ›fast‹?«

»Na, dass sie für deine Reitstunden waren, das ist richtig, aber bei Herrn Grollmann liegst du falsch.«

»Woher weißt du das?«

Anstatt zu antworten, zog er sich einen gepolsterten

Schemel heran, setzte sich ihr gegenüber und hob ihre Füße auf seinen Schoß. Er betrachtete die Schuhe mit dem Kratzer.

»Den kriegen wir mit schwarzer Schuhcreme wieder weg«, murmelte Mira.

Es war ihr etwas unangenehm, dass ihre Beine auf seinen lagen. Diese Nähe zu ihm, obwohl sie kein Gefühl in den Beinen hatte, behagte ihr nicht. Als Dan sie das nächste Mal ansah, mit tiefgründigem Blick und grüblerischem Ausdruck, verstand sie endlich.

»Die Schuhe sind von dir. Das habe ich wirklich nicht gewusst.« In seinen dunklen Augen konnte sie sich regelrecht verlieren und das tat sie auch für einen kurzen Moment. Sie beugte sich nach vorne und griff seine Hand. »Danke, Dan.« Kurz zögerte sie. »Auch dafür, dass du mir mit Kader geholfen hast. Du hättest die Konfrontation ja auch scheuen können.«

Ihr Rücken schmerzte und sie musste Dans Hände wieder loslassen. Behutsam legte Dan ihre Beine zur Seite und kniete sich vor sie. Er wirkte etwas nervös und Mira verkrampfte sich, als er näher kam. Ihr Herz raste und ihr Mund wurde trocken. Gespannt hielt sie den Atem an. Seine Mundwinkel zuckten, als er ihre Aufregung bemerkte. Sanft strich er eine Haarsträhne aus ihrem Gesicht und stand auf. Mira war erleichtert und gleichzeitig enttäuscht. Irgendwie wurde sie aus Dan nicht ganz schlau. Er kam ihr nahe und entzog sich wieder, sodass sie nie wusste, ob er sie mochte oder nicht.

»Gern geschehen«, murmelte Dan und trat zu dem kleinen Heizofen, von dem eine bullige Hitze ausging. Er öffnete die Klappe und hustete, als dabei Asche aufgewirbelt wurde.

»Sooo, und jetzt heizen wir hier richtig ein.«

Flammen züngelten ihm entgegen. Es roch nach Holz und Rauch, ein schöner, ursprünglicher Geruch. Dans Augen suchten den Raum ab, bis er fand, was er suchte. Entschlossen griff er nach Kaders Gerte, zerbrach sie und warf sie achtlos ins Feuer. Der Duft wandelte sich zu beißendem Plastikgeruch und Dan schloss schnell die Klappe. »Damit wäre das auch erledigt.«

Gemeinsam beobachteten sie, wie die Gerte in dem Flammenspiel verbrannte und sich in Asche verwandelte.

Kapitel 14

Marwani hatte neuerdings einen ungeheuren Appetit. Sie stürzte sich regelrecht auf die Möhren, die Mira ihr mitbrachte, und verschlang sie gierig. Es war deutlich zu erkennen, dass sie kräftiger war als noch vor ein paar Monaten. Auch Mira hatte zugelegt, ihr Oberkörper war athletisch und muskulös.

»Du hast Arme wie ein Kerl«, zog Kathi sie gerne auf und spannte dabei ihren eigenen Bizeps an. »Wenn du so weitermachst, kannst du Bodybuilder werden.«

Mira lachte und machte sich an die letzte Übung ihres Workouts: Liegestützen. Während sie die machte, saß Kathi auf dem Sofa und schaute eine Talkshow.

»… neunzehn, zwanzig. Fertig.«

Erschöpft rollte Mira sich auf den Rücken. Sie hatte sich immer noch nicht daran gewöhnt, dass ihre Beine bei den Liegestützen über den Boden rutschten. Auch wenn sie deutlich mehr Gefühl in der Hüfte und im Hintern hatte als noch vor ein paar Monaten.

Plötzlich spürte sie an den Beinen ein leichtes Kribbeln.

»Was zum Geier …« Entgeistert griff sie sich an die Beine.

Kathi schaltete den Fernseher stumm.

»Ist was?«

Mira kratzte sich am Bein. »Das juckt.«

»Wie jetzt? Ich dachte, deine Beine sind völlig taub?«

»Ja, waren sie bisher auch. Mann, ist das unangenehm.« Mira versuchte, das Gefühl zu ignorieren. Es brachte süße Hoffnung mit sich, die sie nicht zulassen wollte.

Kathi ließ sich neben ihr nieder. Fest kniff sie Mira ins Bein.

»Und?«, fragte sie.

»Es kitzelt.«

»Krass, Mira, einfach krass. Mama und Papa werden begeistert sein.«

»Nichts da. Das behältst du schön für dich, sie machen sich sonst nur Hoffnungen. Halt bloß die Klappe.«

»Aber …«

»Nichts aber.«

Das Kribbeln wurde weniger und verschwand. Ihre Beine waren wieder taub. Mira zog sich in den Rollstuhl hinauf und fuhr in ihr Zimmer, wo sie sich in ihr Bett gleiten ließ und die Decke bis über den Kopf zog. Für einen Moment hatte sie sich wieder daran erinnert, wie es war, laufen und sich frei bewegen zu können. Sie weinte.

Der Winter war gekommen und die Wiesen waren mit einer Schneedecke bedeckt. Die Landschaft sah aus, als hätte ein Riese sie mit Puderzucker bestreut. Die Tannenzweige bogen sich unter der schweren Last. Ein paar fleißige Reitschüler hatten Dan geholfen, den Hof zu schmücken. Die Pferde verbrachten nun den Großteil des Tages im Stall, nur Marwani tollte weiterhin allein auf der Wiese herum. Nichts und niemand konnte sie in einen Stall zwingen. Sie hatte ein leichtes Winterfell bekommen, aber es war in der beißenden Kälte nicht warm genug.

»Trakehner bilden keine dichten Winterfelle«, hatte Dan ihr erklärt. »Im Gegensatz zu anderen Pferderassen.«

Er wies in Richtung der Koppeln, auf der die anderen Pferde grasten. Herr Grollmann ließ seine Pferde zu jeder Jahreszeit nach draußen, also verbrachte Mira viele Stunden damit, Marwani an eine dicke Decke zu gewöhnen, um sie zusätzlich gegen die Kälte zu schützen. Nachts konnte es eisig werden und der Wind pfiff laut über ihre Koppel.

Marwani jedoch schien der Winter überhaupt nichts auszumachen. Sie liebte ihre Koppel bei jedem Wetter. Allerdings hatte Mira einige Schwierigkeiten, längere Zeit bei Marwani auszuharren. Egal, in wie viele Kleiderschichten sie sich packte, früher oder später wurde ihr immer kalt. Sie hatte alles ausprobiert: zwei Unterhemden, dünner Pullover, dicker Pullover, dicker Anorak, Mütze, Schal, Handschuhe - nichts half. Das war schon immer so gewesen. Früher hatte sie oft als Letzte die Winterklamotten in den Schrank gepackt, und zwar erst dann, wenn ihre Freundinnen bereits in kurzen Hosen und T-Shirts in die Schule kamen.

Als Mira mal wieder Marwani Gesellschaft leistete, kam Dan auf die Koppel.

»Mit der Arbeit bin ich fertig fürs Erste. Mitkommen ihr beiden«, befahl er.

Sein Gesicht war ein Pokerface und in Mira erwachte Panik. Ihr Herz klopfte und sie zwang sich ruhig zu bleiben. Sie hatte gelernt, Dan zu vertrauen, aber ab und zu wurde sie noch von dieser Angst überrollt, dass im nächsten Augenblick etwas Schlimmes passieren würde. Sie hatte keine Ahnung, was sie erwarten würde. Dan ließ sich nichts anmerken. Selbstbewusst schob er Miras Rollstuhl bis zum Reitplatz und Marwani trottete hinterher. Auf dem Platz wälzte sie sich ausgiebig im Schnee.

Inmitten des Platzes lag ein Sattel.

»Dan …«, sagte Mira gedehnt.

Erleichterung machte sich in ihr breit und ein Stein fiel ihr vom Herzen. Freudig erregt ahnte sie, was jetzt kommen würde.

»Es ist Zeit für den nächsten Schritt.«

Dan hatte den Sattel seit Wochen immer wieder auf die Koppel geschleppt und neben Mira und Marwani platziert. Ausgiebig hatte Marwani ihn berochen, angeknabbert und einmal sogar abgeschleckt. Der Sattel war keine Gefahr.

Nun hob Dan den Sattel hoch und hielt ihn der Stute unter die Nase. Marwani guckte desinteressiert. Testweise streichelte Dan ihr über den Rücken und Marwani ließ es geschehen.

»Schau mal hierher, ja was ist denn das Feines.«

Mira hielt der Stute eine Möhre hin, während Dan Marwani leicht abklopfte. Als Marwani darauf nicht reagierte, legte er ihr eine Decke auf. Langsam ließ er den Sattel auf ihren Rücken gleiten und befestigte den Bauchgurt. Dann trat er einen Schritt zurück. Marwani drehte den Kopf, stupste den Sattel mit der Nase an und wandte sich dann wieder Mira und ihren Möhren zu.

»Ich fass es nicht«, jubelte Dan auf. »Genau das wollte ich sehen. Marwani hat keine Angst mehr. Und wenn sie den

Sattel akzeptiert, wird sie früher oder später auch wieder reitbar sein.«

Das Eis war gebrochen.

»Neues Sternchen am Reiterhimmel – Jungtalent springt sich durch die Level. Die zehnjährige Kathi Anders wurde auf Gut Falkental unter dem ehemaligen Vielseitigkeitsreiter und renommierten Reitlehrer Albert Grollmann (71) ausgebildet. Am vergangenen Samstag platzierte sich die junge Springreiterin in der Leistungsklasse M in der Altersklasse der Junioren und setzte sich gegen 14 andere Teilnehmer durch, die ausnahmslos älter waren«, las Johannes Anders vor. Er blickte über den Rand der Zeitung hinweg. »Hier ist ein Foto von dir beim Sprung über ein Hindernis.«

»Lass mich sehen, Papa.«

»Ich will auch.«

Kathi und Mira drängten sich neben ihren Vater und betrachteten das Foto.

»Fesch siehst du aus«, meinte Mira. »Tolles Outfit.«

Kathi trug eine helle Reithose und ein dunkles Jackett.

»Ja, aber voll unbequem. Das Jackett hat unter den Armen gedrückt.«

Johannes Anders las weiter aus dem Artikel vor. »Wir befragten Kathi Anders nach dem Turnier und waren von ihrer bescheidenen und bodenständigen Persönlichkeit angetan. Sie kümmerte sich selbst um ihr Leihpferd und beantwortete alle Fragen bereitwillig und freundlich.« Johannes Anders machte eine kurze Pause und schnäuzte sich.

»Lies weiter, Papa«, drängte Mira.

»Ja ja, ein alter Mann ist kein D-Zug. Also: Wir fragten das Nachwuchstalent, welches Vorbild sie habe. Kathi Anders antwortete: ›Das ist ganz einfach. Meine große Schwester Mira. Die kann total gut mit Pferden umgehen und hat einer schwierigen Stute bei uns im Stall ganz viele Tricks beigebracht.‹« Johannes Anders stoppte wieder und sah seine Töchter prüfend an. Kathi strahlte über das ganze Gesicht und Mira war knallrot geworden. Liebevoll drückte er seine jüngere Tochter an sich. »Das hast du gut gemacht. Es ist sehr reif von dir, Mira zu erwähnen. Ich bin stolz auf euch. Auf euch beide.«

Mira las über seine Schulter mit. Mit Erleichterung stellte sie fest, dass Kathi nichts von ihrer Behinderung erwähnt hatte. Es wäre ihr irgendwie unangenehm gewesen.

Sie wies auf eine Stelle. »Das wird Herrn Grollmann besonders gut gefallen: Gut Falkental ist für seine leistungsstarken Springpferde in der Zuchtwelt bekannt. Die Jungpferde erhalten eine klassische Ausbildung, die von Herr Grollmann selbst weiterentwickelt wurde und die von seinem Trainer umgesetzt wird.«

»Schade, dass da nur Trainer steht«, unterbrach Kathi sie, »Dan hätte sich sicherlich gefreut, wenn er auch erwähnt worden wäre.«

»Nee, so ist Dan nicht. Er bleibt gerne im Hintergrund«, entgegnete Mira.

Plötzlich sprang ihre jüngere Schwester auf und umarmte sie stürmisch.

»Ich bin so glücklich, Mira. Der Umzug aufs Land war echt das Allerbeste, was in meinem ganzen Leben passiert ist. Für dich doch auch, oder? Du hast Marwani und die anderen Pferde und Dan.«

Mira nickte. »Ja. Es war ein aufregendes Jahr. Gut, es hat ziemlich mies angefangen, aber dank Marwani gab es Licht am Ende des Tunnels.«

»Und wegen Dan«, fügte ihre Schwester eisern hinzu.

»Ja, auch wegen Dan«, gab Mira zu und legte den Kopf schief. Kathi kannte sie manchmal besser als sie sich selbst.

Es war nicht mehr lange bis Weihnachten und Silvester. Die Pferde hatten alle ein langes Winterfell bekommen und ihre Mutter hatte das Haus weihnachtlich dekoriert. Über dem Esstisch hing ein großer Adventskranz. Mira war zufrieden und festlich gestimmt. Es schien alles gut zu werden.

»Frohe Weihnachten, Marwani!«

Mira stellte eine Schüssel mit Obstsalat auf die Wiese. Es war Heiligabend und Mira hatte keine Kosten gescheut. Etwas tief in ihrem Inneren sagte ihr, dass heute nicht nur wegen Weihnachten ein besonderer Tag war. Ein verheißungsvolles Knistern lag in der winterlichen Luft und selbst der Wind schien ihr etwas zuflüstern zu wollen. In ihrem Bauch kribbelte es und sie war aufgeregt, ohne so recht zu wissen, warum.

Sie beobachtete, wie Marwani zuerst ihr Lieblingsobst herauspickte. Gezielt packte sie die Bananenscheiben mit ihrer weichen Schnute, dann die Möhren, Äpfel und den Salat. Die Erdbeeren kamen zuletzt dran.

»Die kennst du noch gar nicht, was?«

Marwani hatte vorher noch keine Erdbeeren probiert und brauchte immer eine Weile, um sich an neue Leckerlis zu gewöhnen. Mira liebte es zu beobachten, wie die Stute lustvoll das Obst verspeiste. Vom bloßen Zuschauen bekam Mira Appetit. Ihr Magen fing an zu knurren und sie pickte sich selbst eine Erdbeere aus der Schüssel.

»Mit dir macht selbst essen am meisten Spaß«, raunte sie der Stute liebevoll zu.

In ein paar Stunden würde sie mit ihrer Familie zu Abend essen. Das ganze Haus roch bereits am Morgen nach Gänsebraten und Rotkohl. Sie würden gemeinsam Lieder singen und anschließend, wie jedes Jahr, vor dem Weihnachtsbaum sitzen und Geschenke auspacken. Sie hatte Kathi eine Satteldecke gekauft und ihren Namen einsticken lassen und ihre Eltern bekamen ganz besondere Süßigkeiten, das war eine Familientradition.

Auf der Koppel lag Schnee. Marwani hatte ihn gut durchwühlt und sich auch darin gerollt. Sie bekam momentan eine Extra-Ration Heu und Kraftfutter, weil sie in der Kälte so viel Energie verbrannte. Der Bach auf ihrer Weide war völlig zugefroren. Dan musste ihr jeden Tag mehrere Eimer Wasser in einem Trog bringen. Mira wusste, dass er diese Arbeit hasste, aber wenn es um Marwani ging, beschwerte er sich nicht.

»Dan weiß, dass Marwani der Schlüssel zu deinem Herzen ist«, hatte Kathi gewitzelt und sich einen bösen Blick von ihrer Schwester eingefangen.

Gerade bog er mit einem schweren Eimer in jeder Hand um die Ecke und steuerte auf die beiden zu. Ein Beutel hing um seinen Hals, halb verdeckt von einem gestreiften Schal. Unter einer Pudelmütze kringelten sich seine wilden Haare hervor. Allerdings trug er keine Jacke. Mira wusste, wie oft er die Jacke irgendwo ablegte und sie dann vergaß. Hinter ihm kam Pumba angelaufen und spielte im Schnee. Er sprang hoch, um dann wie ein Tiefflieger mit der Schnauze voran im Schnee zu landen.

Dan lächelte Mira so liebevoll zu, dass sie schluckte und während sie den Blick senkte, »Hi« murmelte. Die Aufregung in ihr steigerte sich und ihr Herz klopfte bis zum Hals.

»Frohe Weihnachten, Mira«, wünschte er ihr fröhlich und stellte die schweren Eimer ab. Befreit rieb er sich die schmerzenden Schultern. Zur Begrüßung legte Pumba Mira eine Pfote auf den Schoss. Sie streichelte den Border Collie, der mit seinem Winterfell wie ein schwarz-weißer Mini-Eisbär aussah.

»Dir auch, Dan! Ist dir nicht kalt?«, fragte Mira und deutete auf seinen dünnen Pulli.

»Schon. Ich habe meine Jacke vergessen.«

Dan schob den Schal zurück, fummelte an dem Beutel um seinen Hals herum und holte ein verknautschtes Päckchen heraus. Verlegen reichte er es ihr.

»Für mich?«

»Ja, klar, für wen denn sonst?« Er tat, als schaue er sich suchend um. »Obwohl, bei der riesigen Auswahl an Mädchen hier ...«

Mira nestelte an dem Geschenkpapier herum. Sie konnte ihre Freude kaum unterdrücken und ihre Finger waren viel ungeschickter als sonst. Egal was in dem Päckchen war, sie wusste, dass sie es ihr ganzes Leben lang wie einen Schatz bewahren würde.

»Mann, das mit dem Tesafilm hast du aber ernst genommen. Das ist ja besser verpackt als eine Mumie im Sarkophag.«

»Klar, meine Oma meinte immer, ein Geschenk müsse schon beim Öffnen lange Freude bereiten. Je besser verpackt, desto länger die Vorfreude.«

Für einen Moment sah Mira hoch und bemerkte, wie Dan sie gespannt beobachtete. In seinen Augen brannte ein Feuer, das sie sich nicht erklären konnte und das alles in ihr mit Wärme füllte. Ein Feuer breitete sich auch in ihr aus, wanderte vom Bauch über das Herz in die Wangen, bis diese zu glühen anfingen. Die Welt verschwamm vor ihren Augen und ihre Finger verhedderten sich im Tesafilm. Schließlich siegte die Neugier und sie atmete tief aus, um sich zu konzentrieren.

Unter dem Papier kam eine dunkelblaue Schachtel zum Vorschein. Mira öffnete sie behutsam und der Deckel schnappte zurück. Innen war die Schachtel mit Samt gepolstert und darin lag eine silberne Kette mit einem Hufeisen-Anhänger. Miras Mund klappte auf und sie errötete.

»Ich hoffe, das ist dir nicht zu kitschig. Ich dachte nur, vielleicht, weil, äh …«

»Dan, die ist wunderschön.«

Mira hob die feine Kette behutsam mit den Fingerspitzen heraus. Auf dem Hufeisenanhänger glitzerten ein paar rote Steine. Sie hatte noch nie ein Geschenk von einem Jungen bekommen.

»Könntest du …?« Sie senkte den Kopf und schob sich die Haare aus dem Nacken. Dan zog seine Handschuhe aus und pustete sich auf die kalten Finger.

»Ich will dich ja nicht vereisen.« Er nahm die Kette und

trat hinter sie. Mira schloss die Augen, als er zärtlich ihre Haare beiseiteschob.

»Einatmen, ausatmen«, dachte sie.

Es dauerte etwas, bis er den Verschluss geöffnet hatte und er ihr die Kette um den Hals legte. Sie fühlte sich kalt auf ihrer heißen Haut an und sie genoss den Effekt. Als Dan die Kette schloss, beugte er sich weit zu ihr herunter und sie spürte seinen Atem in ihrem Nacken. Das Gefühl machte sie fast verrückt. Wie ein Zauber, der sich über sie legte und sie in eine andere Welt entführte, in der es nur Dan und sie gab und alles andere keine Rolle mehr spielte.

»Du hast die Augen geschlossen?«

»Oh.« Mira kehrte augenblicklich wieder in die Realität zurück. Dan war sichtlich zufrieden mit seinem Geschenk, beobachtete sie und trat zurück.

»Du bist … das ist sehr hübsch. Steht dir gut.«

Automatisch fasste sie an den Hufeisenanhänger. »Danke. Ich weiß gar nicht, was ich sagen soll. So etwas Wundervolles habe ich noch nie geschenkt bekommen. Womit habe ich das nur verdient?«, wunderte sie sich.

Verschmitzt griff Dan nach ihrer Hand. »Ach Mira, du unterschätzt dich immer. Du bist viel einzigartiger, als du denkst. Und du gibst mir so viel. Ich bin unendlich froh, dass ich dich kennengelernt habe.«

Gebannt hörte Mira zu, was Dan sagte, aber seine Worte machten keinen Sinn. Dan war ein cooler Typ, er konnte jedes zweite Mädchen im Reitstall zur Freundin haben, wenn er wollte. Er sah spitze aus, war gut drauf, fleißig, humorvoll. Und dann sie, das dickköpfige Mädchen im Rollstuhl, mit all dem Ballast des letzten Jahres, ihrer stillen Art und ihrer Leidenschaft für Marwani. In seinen Augen musste sie doch total merkwürdig wirken.

Sie sprach den Gedanken aus: »Dan, ich verstehe das nicht. Ich meine, ernsthaft, was siehst du in mir?«

Nun guckte Dan verdutzt. »Jetzt echt?«

Mira blickte ihn starr an und Dan stieß seufzend die Luft aus. »Na gut. Ich weiß nicht, Mira, ich mag dich eben. Wenn ich bei dir bin, scheint die Zeit immer langsamer zu vergehen und die Welt ist ein schöner Ort.« Er brach ab und spielte nachdenklich mit ihren Fingern, ohne zu merken, wie das bei Mira kleine Explosionen des Glücks auslöste. »Es ist auch so, dass ich mich bei dir nicht verstellen muss. Ich bin wie ich bin, wenn du bei mir bist.«

Versuchsweise drückte Mira sanft Dans Hand und er reagierte instinktiv mit Gegendruck. Sie fühlte sich ihm so eng verbunden wie nie zuvor.

»Danke, Dan. Diese Worte bedeuten mir viel. Ich bin auch heilfroh, dass es dich gibt.« Obwohl alles in ihr schrie, Dan an sich heranzuziehen, ließ sie seine Hand langsam los und wühlte in ihrer Tasche. »Ich … ich habe auch was für dich.«

»Für mich?«

»Ja, für wen denn sonst?« Sie schaute sich suchend um und feixte dann: »Obwohl, bei der riesigen Auswahl an Kerlen hier …« Herausfordernd blickte sie ihn an.

Dan lachte. »Na, dann mal her damit.«

Mira überreichte ihm einen kleinen Gegenstand. Er war in ein Tuch eingerollt. »Sorry, ich weiß, deine Großmutter und so. Wir hatten kein Geschenkpapier im Haus.«

Dan wickelte den Gegenstand aus und hielt etwas Kleines, Schwarzes in der Hand. Seine Augen weiteten sich vor

Freude. »Einen Leatherman! Cool, so einen wollte ich schon immer mal haben.« Gekonnt ließ er die einzelnen Elemente des Multifunktionswerkzeugs auf- und wieder zuschnappen. »Mit allem Drum und Dran. Danke, Mira, das ist genau das Richtige.«

Mira strahlte. Sie fasste sich an die Kette. »Das hier ist auch genau das Richtige.«

Die beiden sahen sich an und Dan ging leicht in die Knie, um sie zu umarmen. Er hauchte ihr einen Kuss auf die Wange, der so zart war, dass sie nicht sicher sein konnte, ob der Wind ihr nur einen Streich gespielt hatte.

»Frohe Weihnachten, Pferdeflüsterer.«

»Frohe Weihnachten, Stallbursche.«

Der Winter wich einem herrlichen Frühling. Die ersten Krokusse steckten ihre Köpfe heraus und bildeten lilafarbene, gelbe und weiße Flecken auf dem Boden. Es würde nicht mehr lange dauern, bis auch die Apfelbäume in voller Blüte standen und Bienen um die weiß gesprenkelten Bäume summen würden. Die Zugvögel kehrten aus ihrem Winterquartier im Süden Europas und aus Afrika zurück. In großen, lauten Schwärmen zogen sie über die Wiesen von Gut Falkental und kündigten die neue Jahreszeit an.

»Raus mit euch!«

Dan trieb die Pferde zum ersten Mal wieder auf die Weide. Die Jungpferde hüpften auf und ab und tollten wie wild herum. Sie freuten sich über ihre wiedergewonnene Freiheit.

»Du nicht.« Er hielt eine hochträchtige Stute zurück. »Du kommst auf die kleine Weide.«

Herr Grollmann öffnete das andere Gatter und Dan ließ die Stute laufen. Zwei Stuten hatten bereits gefohlt und diese war als Nächstes dran.

Vom Zaun aus beobachtete Mira das Spektakel. »Man sieht es ihr kaum an«, fand sie und deutete auf den Bauch der Stute.

»Ja, Cassie zeigt das nicht so. Aber der Ultraschall war eindeutig.«

Dan hatte sich neben Mira an den Zaun gelehnt. Die Ankunft eines Fohlens war jedes Mal ein besonderes Ereignis. Sobald der Euter einer Stute anschwoll und Milch herausfloss, kam sie in einen speziellen Stall und Dan wich nicht mehr von ihrer Seite. Er versorgte sie, beobachtete sie und schlief sogar im Stall. Dafür hatte er extra ein klappbares Campingbett, das er an eine Boxenseite stellte und zur Stute hin mit Heuballen absicherte. Dort war er jederzeit einsatzbereit. Die Stuten waren alle schon etwas älter und hatten bereits mehrere Fohlen auf die Welt gebracht. Die Geburten waren unkompliziert, Dan musste einfach nur zusehen und aufpassen, dass keines der Kleinen stecken blieb.

»Autsch.« Mira griff sich plötzlich an die Beine. »Nicht schon wieder.«

»Was ist denn? Zieht es wieder?« Dan guckte besorgt. Das war schon das dritte Mal diese Woche. »Hast du mit deinen Eltern darüber gesprochen?«

»Ja, wir haben Doktor Reinhard angerufen. Er hatte keine Erklärung dafür, meinte aber, es sei wahrscheinlich so eine Art Phantomschmerz.«

»Hm«, meinte Dan, wenig überzeugt. »Kann es nicht sein, dass sich ein paar Nerven wieder regeneriert haben? Ich meine, ich bin kein Mediziner, aber es fällt mir schwer zu glauben, dass du dir das nur einbildest.«

»Keine Ahnung. Ist auf jeden Fall tierisch unangenehm. Als ob Ameisen durch meine Beine laufen würden.« Sie kratzte auf ihrem Bein herum, bis es ganz rot war. »Zu nichts zu gebrauchen, aber trotzdem wehtun. Das kann man sich echt sparen.«

Kapitel 15

Es war ein besonders schöner Tag, an dem die Meisen in den Apfelblüten zwitscherten und ein tiefblauer Himmel über dem Hof stand. Die Fliederbüsche verströmten einen verheißungsvollen Duft und überdeckten den üblichen Geruch nach Pferd und Stall. Mira spürte, dass heute irgendetwas anders war als sonst: Eine merkwürdige Spannung lag in der Luft; sie schien förmlich zu knistern.

»Heute ist es so weit. Ready to Rock'n'Roll.« Sie simste die Nachricht an Dan.

Der antwortete: *»Ich hole Marwani von der Koppel. In 10 Minuten am Longierzirkel.«*

Mira schrieb zurück: *»Carpe Diem.«*

Es dauerte ein paar Minuten bis Dan antwortete: *»Ja, lass uns diesen Tag genießen. Wo bleibst du denn? Alles bereit für dich.«*

Mira beeilte sich. Sie ignorierte das unangenehme Kribbeln in ihren Beinen, das jetzt mehrfach täglich kam.

Dan hockte gut gelaunt auf dem Zaun des Longierzirkels. Er trug wieder seine blaugraue Gummihose, die mittlerweile ein paar Kratzer und Flecken mehr hatte. Seine Haare waren über den Winter etwas länger geworden und hingen ihm in wirren Locken über die Stirn.

Mira war hingerissen von diesem Anblick. Ihrer Meinung nach sah Dan einfach verboten gut aus. Er konnte tragen, was er wollte, sie fand, dass ihm alles gut stand. Geschickt öffnete sie das Gatter und rollte in den Longierzirkel. Freudig begrüßte Marwani sie mit einem Wiehern. Die Stute trabte auf Mira zu, stupste sie an und zerzauste ihre Frisur.

Mira lachte: »Lass das, du Frechdachs.«

Geschickt kletterte Mira auf den Drehstuhl in der Mitte des Zirkels. Dan hielt den Stuhl fest, damit er in Position blieb, aber den Rest der Arbeit erledigte sie alleine. Es war ihr wichtig, so viel wie möglich selbst zu schaffen. Schnell verzog sich Dan an den Rand und lehnte sich mit verschränkten Armen an den Zaun. Die Hände steckten in seinen Taschen und ein Bein war angewinkelt. Lässig kaute er auf einem Grashalm. Es kostete Mira alle Mühe, den Blick von ihm abzuwenden.

Sie fing an, Marwani zu longieren. Ohne Seil, ohne Gerte, nur mit ihrer Stimme, ihren Gesten und ihrem Körper. Die kleinsten Bewegungen reichten aus, um Marwani antraben zu lassen, zu stoppen oder sie ein paar Schritte seitwärts gehen zu lassen. Die beiden waren ein perfekt eingespieltes Team. Beide vergaßen die Welt um sich herum und hatten nur noch Augen und Ohren füreinander. Das Gatter zum Longierzirkel knarrte und Marwani bremste ab, um Dan nicht über den Haufen zu rennen, der Marwanis Sattel trug.

»Sag mir einfach, wie du es machen möchtest. Ich halte mich im Hintergrund.«

Mira dachte nach. »Am besten, wir fangen so an wie immer. Warte, bis Marwani zu mir kommt, und dann hilf mir, den Sattel anzulegen.«

Das war kein Problem. Marwani stand reglos da, als Dan ihr über den Rücken strich, die Decke und den Sattel auflegte und mit prüfendem Blick den Gurt festzurrte. Geschickt streifte er Marwanis Halfter ab. Die Stute konnte jederzeit wegmarschieren, aber eine unsichtbare Kraft hielt sie zurück, ein Band, das sie und Mira aneinanderknüpfte.

Mira gab der Stute ein Zeichen und Marwani ging ein paar Schritte, um sich seitwärts neben sie zu stellen.

»Gut so, noch einen Schritt.« Sie zeigte auf Marwanis Vorderhuf und Marwani folgte.

»Und jetzt heb mich vorsichtig hoch.« Mira schlang die Arme um Dan und er hob sie aus dem Rollstuhl. Nun war Mira auf Augenhöhe mit Marwani. Sie klopfte ihren Hals und ihre Schulter ab, dann fuhren ihre Hände auf den Sattel und sie klopfte auf ihm herum. Erst sachte, dann etwas fester. Marwani blickte sie aus ihren treuen Augen an. Alles in Ordnung, hieß das.

Mira gab Dan ein Zeichen und er spannte seine Muskeln an, um sie noch etwas höher zu heben.

»Mann, bist du schwer geworden«, beschwerte er sich, »du warst mal so ein Fliegengewicht und jetzt bist du wie eine Sackkarre voller Ziegelsteine.«

Mira zog ihren Oberkörper am Sattel hoch und verlagerte ihr Gewicht vorsichtig nach vorne. Nervös zuckten Marwanis Ohren und ihr Schweif schlug von links nach rechts.

»Alles gut, Süße«, raunte Mira ihr zu. »Alles gut.«

Dan hielt Mira immer noch an der Hüfte fest. Er wollte nicht riskieren, dass Mira fiel, wenn Marwani urplötzlich loslaufen sollte.

»Kannst du mein Bein über den Sattel heben? Wenn ich es selbst mache, ist es zu ruckartig.«

Dan nahm ihr rechtes Bein und schwang es in Zeitlupe

über Marwanis Rücken. Mira richtete sich im Sattel auf. Sie konnte es nicht glauben: sie saß auf Marwani. In diesem Moment sah sie, wie Herr Grollmann hinter der Scheune hervorkam.

»Dan, da ist …«, dann brach ihre Stimme ab. Panik stieg in ihr auf und sie hoffte, dass Herr Grollmann sich nicht aufregen würde. Der alte Mann hatte es nicht eilig und schlenderte langsam zum Longierzirkel. Zu ihrem Erstaunen schaute er den beiden wortlos zu. Dan bemerkte ihn erst, als er sich gegen die Umzäunung lehnte und das Holz knarrte. Zunächst erschrak Dan sich, dann starrte er Herrn Grollmann entgeistert an. Schuld stand in seinem Gesicht geschrieben.

Doch der Alte zuckte nur mit den Schultern. »Meint ihr, ich habe mich noch nicht daran gewöhnt, dass ihr jungen Hüpfer macht, was ihr wollt?«, sagte er ruhig.

Dan sank in sich zusammen und schien eine Nummer kleiner zu werden, aber Mira lächelte nur. Herr Grollmann kam oft ruppig rüber und Dan ließ sich davon beeindrucken. Jedoch wusste Mira, dass unter der harten Schale des alten Mannes ein weicher Kern steckte.

Sie konzentrierte sich nun ganz auf Marwani.

»Und jetzt?«, flüsterte sie der Stute zu. Sie hatte keinen Plan und verließ sich voll und ganz auf ihr Bauchgefühl. Mira schloss die Augen und breitete die Arme weit aus, als wolle sie fliegen. Behutsam setzte sie ihre Gesäßmuskeln ein, um Marwani zum Gehen zu bewegen. Unsicher setzte Marwani einen Fuß vor den anderen. Ein kaum hörbares »Gut so« und Marwani zog den anderen Fuß nach.

Sie drehten ein paar Runden im Kreis und Mira bat die Stute, die Richtung zu wechseln. Kein Problem. Geduldig lief Marwani eine Acht und blieb dann stehen. Sie schaute in Richtung der Wälder, ließ ihren Blick über die Wiesen schweifen und legte den Kopf leicht schräg. Mira hatte die Augen wieder geöffnet und betrachtete den schön geschwungenen Hals der Stute.

»Sie möchte da draußen laufen.«

»Das ist zu gefährlich«, entgegnete Dan.

Zu ihrer beider Überraschung öffnete Herr Grollmann das Gatter: »Raus mit euch. Ihr jungen Leute lasst euch ja eh nicht aufhalten.«

Die Landschaft wurde zu einem verschwommenen Hintergrund, der fließend in den Himmel überging. In der Ferne vor ihnen waren die Berge. Marwani galoppierte rhythmisch und Mira hatte keine Probleme damit, sich auf ihr zu halten. Allerdings war die Stute so schnell und voller Energie, als hätte sie ihr Leben lang darauf gewartet, hier und jetzt alle Fesseln abzustreifen und zu laufen, mit der Natur zu verschmelzen und alles hinter sich zu lassen. Ihre Mähne flatterte im Wind.

Auf der Wiese war es holprig, anders als auf dem ebenen Grund in der Halle. Sie brauchte keine Trense und keine Zügel, um Marwani zu steuern. Stattdessen hielt sie ein breites Büschel von Marwanis Mähne in der Hand, um sich festzuhalten. Die Stute suchte sich ihren Weg und wenn Mira ihr Gewicht leicht verschob, änderte sie die Richtung.

Ein Vogel überholte sie und Marwani legte noch mal an Geschwindigkeit zu, als sei sie im Wettstreit mit ihm, als wolle sie schneller sein als alles und jeder und als die Zeit selbst.

Mira flog. Die ungeheure Kraft schien ein Teil von ihr zu sein, Marwanis Beine waren ihre Beine. Zusammen waren sie frei und wild. Und hier, draußen im vollen Galopp, spürte sie das Kribbeln in den Beinen wieder. Ein seichtes Blubbern, tief in ihr und kaum spürbar, eine Erinnerung daran, dass sie lebte und es irgendwo da drinnen in ihren Beinen auch noch Leben gab. Sie jauchzte auf, als Marwani über einen kleinen Baumstamm sprang, der auf der Wiese lag. Bombenfest saß sie im Sattel. Der Wald kam immer näher und Marwani wurde langsamer. Ihr Galopp war nun raumgreifend und rollender. Sie preschte bis zum Feldweg und lief dann ins Grün des Waldes. Die Blätter und der Duft der Bäume fingen sie ein, der Wald verschluckte sie regelrecht.

Als sie im langsamen Trab zurücktrotteten, stand die Sonne schon tief über dem Hof. Sie waren schweißbedeckt, aber gelöst und von allen Sorgen befreit.

Kapitel 16

Es klingelte an der Tür. Endlich – Mira wartete seit Ewigkeiten auf Dan. Sie hob sich vom Sessel in den Rollstuhl, rollte den Flur entlang und öffnete. Vor ihr standen ein junger Mann und eine Frau in festlicher Kleidung.

»Ja?«, fragte Mira.

»Wann haben Sie das letzte Mal in der Bibel gelesen?«

»Wie bitte?«

Der Mann hielt ihr eine Bibel entgegen. »Im Alten sowohl wie im Neuen Testament finden sich viele Weisheiten, die noch heute Relevanz für unseren Alltag haben.«

»Nein, vielen Dank, kein Interesse«, antwortete Mira und schloss die Tür. Sie fuhr ins Wohnzimmer zurück und ließ sich in den Sessel gleiten. Es klopfte. Das musste Dan sein. Wieder hievte sie sich in den Rollstuhl und fuhr erneut zur Tür. Es waren immer noch die beiden jungen Leute.

Die Frau setzte an: »Wir würden uns gerne mit Ihnen über Galater 1, Vers 4 unterhalten. Es geht um Ihre Seele.«

»Nein wirklich, ich habe meine ganz eigenen Vorstellungen.« Entschlossen warf Mira ihnen die Tür vor der Nase zu.

Gerade im Wohnzimmer angekommen, klopfte es erneut. Glaube in Ehren – aber dreimal war einmal zu viel. Genervt rollte sie zurück, riss die Tür auf und schimpfte los: »Ey, seht ihr nicht, dass ich im Rollstuhl sitze? Oh.«

Vor ihr stand Kathi mit offenem Mund. Von den beiden jungen Leuten war weit und breit nichts mehr zu sehen.

»Ich ... habe meinen Schlüssel vergessen. Was ist denn los?«

Mira starrte Kathi an. »Das war nicht für dich gedacht, 'tschuldige. Ich warte auf Dan.«

»Oh, der kann heute nicht kommen. Herr Grollmann hat ihn dazu verdonnert, das Heu umzuschichten. Er hat mich gebeten, dir Bescheid zu geben. Das dauert wohl länger.«

»Hm«, grummelte Mira, der das gar nicht passte.

Mitleidig sah Kathi sie an und Mira zwang sich zu einem Lächeln. »Danke.«

Enttäuscht fuhr Mira in ihr Zimmer und starrte an die Wand. In ihr drin fing es an zu rumoren und sie fühlte eine tiefe Leere. Aufgewühlt zog sie eine Schublade auf und holte ein unscheinbares Album hervor. Als sie es aufschlug, fielen ihr Kinotickets, Busfahrkarten, Lose und ein paar Event-Flyer entgegen. Immer, wenn sie früher etwas unternommen hatte, das ihr besonders viel bedeutete, hatte sie eine Erinnerung in das Album gepackt. Sie dachte an Lena und ein Kloß bildete sich in ihrem Hals. Die Lose hatten sie auf dem Stadtfest gekauft und Mira hatte einen Stofflöwen gewonnen, den sie ihrer Freundin geschenkt hatte. Lena liebte Löwen über alles. Der Gedanke schmerzte.

Kurz entschlossen holte Mira ihr Handy hervor und rief Lena an. Das Gespräch war ernüchternd. Wie so oft in letzter Zeit hatten sie sich nicht viel zu sagen.

»Möchtest du nicht mal vorbeikommen?«

»Klar, kann ich machen.«

Mira hätte sich mehr Enthusiasmus gewünscht.

Vielleicht müssen wir uns nur alle mal wiedersehen, damit es so wird wie früher, dachte sie hoffnungsvoll. Danach hockte sie auf dem Bett und versuchte zu lesen, aber ihre Gedanken schweiften immer wieder ab. Sie dachte an ihre gemeinsamen lustigen Abende und an Alex. Daran, wie schön es wäre, wenn sie alle wieder zusammen abhängen würden.

Sie musste es einfach versuchen. Zitternd wählte sie Tims Nummer. Es klingelte und er nahm kurz darauf ab.

»Mira?«, fragte er entgeistert.

»Hi, Tim.«

»Wie geht es dir?«

»Gut und dir?«

»Gut.«

Schweigen. Mira suchte nach den richtigen Worten.

»Sag mal, ich habe eben mit Lena telefoniert, weil ich euch alle so gerne mal wiedersehen würde. Ich vermisse die alte Clique und da versuche ich gerade einen Termin zu finden, der allen passt.«

»Klar, ähm. Ich würde dich gerne wiedersehen. Ich kann jedes zweite Wochenende. Hab Schichtdienst.«

»Super.« Sie riss sich zusammen. Jetzt wurde es schwierig. »Ich habe Alex bisher nicht erreicht. Könntest du ihn mal fragen, wann er mal Zeit hätte?«

»Alex?«, hakte Tim nach. »Weiß nicht, ob das so eine gute Idee ist.«

»Warum nicht?« Mira wurde schwach. Sie hatte gewusst, dass etwas nicht stimmte, weil Lena sich am Telefon so merkwürdig verhalten hatte.

»Na, wegen … hm … frag ihn besser selbst. Geht mich nichts an.«

»O.k., schade. Ich versuche ihn noch mal zu erreichen.«

Mehr war aus Tim nicht herauszukriegen. Sie unterhielten sich noch eine Minute, dann verabschiedete Mira sich.

Ihr Herz klopfte wild. Wieder rief sie Alex an, aber der ging wie immer nicht ans Telefon. Sie versuchte es bei Lena.

»Hi, ich bin es noch mal. Tim ist dabei, aber Alex habe ich nicht erreicht. Was ist denn mit dem los?«

Lena druckste herum. »Ach, der ist immer viel unterwegs.«

»Ist es wegen seiner neuen Freundin?«

Das war Mira so herausgerutscht. Sie musste es wissen. Und tatsächlich.

Lena kiekste mit zu hoher Stimme: »Wie? Woher weißt du, dass er mit Anne zusammen ist?«

»Mit Anne?«

»Häh?« Lena war verwirrt. »Ja, wer sonst?«

»Warum hast du mir das nicht erzählt? Du weißt doch, dass ich ihn mochte?«

»Das tut mir total leid. Ich wollte nicht, dass du verletzt wirst. Hier hat sich viel verändert und Anne ist jetzt Teil unserer Clique.«

»Die hohle Nuss?«

»Anne ist schon in Ordnung.«

»Na, super. Danke, dass du mich belogen hast, wäre echt nicht nötig gewesen. Und tschüss.« Mira legte auf.

»Von allen Mädels auf dieser verdammten Welt, ausgerechnet Anne!«, schrie sie ihre Wand an. Tränen schossen ihr in die Augen. Sie nahm sich ein Kissen und warf es gegen den Spiegel. Tim und sie hatten sich nichts mehr zu sagen. Alex hatte eine neue Freundin. Und Lena hatte sie belogen.

»Vergiss die einfach. Die sind es nicht wert, dass du an ihnen klebst.«

»Du hast gut reden, du hast ja tausend neue Freunde.«

Mira und Kathi hingen auf der Couch im Wohnzimmer ab, hörten Musik und aßen Chips.

»Wenn man an den Rollstuhl gebunden ist, ist es nicht einfach, neue Leute kennenzulernen. Außer auf den Reiterhof komme ich doch nicht raus. Kein Handballverein oder Tanzstunde. Ich lerne kaum jemanden kennen.«

»Stimmt auch wieder. Aber du hast mich. Und Dan. Und Mama und Papa.«

»Ja.«

»Dan guckt dich immer so komisch an und wenn ich von dir erzähle, wird er ganz ruhig«, redete Kathi sich in Rage. »Und Mama und Papa sind immer für dich da. Sie kaufen dir sogar einen neuen Rollstuhl. Deswegen sind sie heute bei Doktor Reinhard.«

»Was?!«

»Oh, das sollte ich dir gar nicht erzählen! Ich hab mich einfach verplappert. Mann, vergiss das bitte sofort wieder.«

»Schön, dass hier jeder neuerdings Geheimnisse vor mir hat. Vor was wollt ihr mich eigentlich alle beschützen?«

Kathi brach in Tränen aus. »'tschuldige, es tut mir leid, ich wusste nicht, wie wichtig dir das ist. Das ist mir so rausgerutscht …«

»Ist gut. Wein doch nicht.« Sie reichte Kathi ein Küchentuch. »Hier. Ich wollte dich nicht anschreien. Ist nicht deine Schuld.«

Mira hielt es nicht mehr länger im Haus aus und rollte auf den Hof. Ihre Hände zitterten stark und sie schaffte es kaum, den Rollstuhl zu lenken. Aber sie musste zu Marwani.

Die Stute schien zu wissen, dass etwas nicht stimmte, und ließ sich bereitwillig zum Zaun führen. Mira blickte zur Sattelkammer, wo der Sattel und die Trense hingen. Zu weit weg. Vorsichtig zog sie sich auf die oberste Zaunlatte. Es klappte erstaunlich gut.

»Komm her, Marwani.«

Brav stellte sich Marwani an den Zaun. Mira kletterte auf ihren Rücken und hielt sich an der Mähne fest.

»Lass uns im Wald verschwinden.«

Marwani trabte los.

In diesem Moment kamen Kathi und Dan auf die Wiese gelaufen. »Hey, Mira, lass uns reden«, rief Dan von Weitem. Er hatte rote Flecken im Gesicht und Kathi guckte schuldbewusst.

»Nicht jetzt.« Sie lehnte sich etwas nach vorne. »Lauf, Marwani!«

Die Stute galoppierte an und sie setzten über den Bach hinweg und sprang sofort wieder los über den Grenzzaun zum Wald. Fassungslos schauten Dan und Kathi ihr hinterher.

»Blödes Springtraining«, knurrte Dan. »Jetzt kann sie niemand mehr halten.«

Herr Grollmann kam auf die beiden zu und guckte Mira nach. »Jetzt springt sie doch wieder da draußen herum. Und das ohne Sattel und Trense.« Er fasste sich an den Kopf. »Was soll ich nur mit diesem Mädchen machen?«

Kapitel 17

Ein silberner Mercedes fuhr auf dem Hof vor. Er rauschte durch eine Pfütze und Schlamm spritzte bis zu den Seitenfenstern empor. Abrupt bremste der Fahrer und stieg aus.

»Verdammt, wofür war ich in der Autowäsche?« Er ging in die Hocke und betrachtete den Schlamassel. Prüfend wischte er mit einem Finger über einen Schmutzspritzer. »Das ruiniert den Lack.«

Die Haustür öffnete sich und Herr Grollmann trat heraus. Er sah blass aus im Vergleich zu dem anderen Mann, der anscheinend eine Dauerkarte im Sonnenstudio hatte.

Ein Stück weiter den Hof hinauf ließ Dan seine Schubkarre sinken. Der Mann war ihm direkt unsympathisch. Fragend schaute er in Herr Grollmanns Richtung, doch der winkte nur ab.

Ausgesucht höflich begrüßte er den Ankömmling. »Guten Tag, Herr Schneider. Ich habe Sie erwartet. Kommen Sie doch herein, ich habe Kaffee aufgesetzt.«

Dan schwante nichts Gutes, denn er hatte den Namen schon mehrfach von Herrn Grollmann gehört: Schneider, das war Herrn Grollmanns Bankberater. Pumba knurrte und Dan hielt ihn am Halsband fest.

Schneider sparte sich den Gruß und kam direkt zur Sache. »Dann haben Sie den Brief erhalten?«

»Es war ein Einschreiben.«

Der Bankberater war unbeeindruckt. »Das ist korrekt. Wir müssen uns unterhalten.«

Dan beobachtete besorgt, wie die beiden Männer ins Haus gingen. Als die Tür ins Schloss fiel, schlich er um das Gebäude herum und zog leise die Hintertür auf. Auf Zehenspitzen ging er durch den Flur, bemüht, die alten Dielen nicht knarren zu lassen.

Die Männer saßen im Wohnzimmer.

Mit klopfendem Herzen blieb Dan stehen und hörte, wie Schneider gerade sagte: »Ich kann Ihnen nicht länger Aufschub gewähren. Sie müssen die Rechnung bis nächste Woche bezahlen.«

»Wo soll ich denn so viel Geld hernehmen?«

»Das kann ich Ihnen nicht sagen. Haben Sie denn nichts mehr, was Sie verkaufen könnten? Den Traktor vielleicht?«

»Den brauche ich für meinen Betrieb. Der ist essenziell. Haben Sie mit Herrn Wennberg persönlich gesprochen? Wir kennen uns doch seit unserer Kindheit.«

»Ja, das habe ich. Nun, wie soll ich es sagen, er hat seinen Standpunkt sehr deutlich gemacht. Seine Tochter war auch anwesend und erklärte explizit, dass es keine Ausnahmen gäbe.«

»Kader? Das ist eine verwöhnte Prinzessin, die alles in den Schoß gelegt bekommen hat und keine Ahnung von Pferden hat.«

»Dazu möchte ich mich nicht äußern. Fakt ist, dass Sie für die Schäden am Apfelhof aufkommen müssen. Haben Sie vielleicht ein Pferd, das Sie verkaufen könnten?«

»Hm. Nun ja, ich habe da eine Zuchtstute, mit der ich

nichts anfangen kann. Die verkaufe ich aber nur ungern aus anderen Gründen.«

»Herr Grollmann, die Situation ist ernst. Wenn Sie die Rechnung nicht bezahlen, dann kommt der Gerichtsvollzieher vorbei. Der sucht sich dann selbst aus, was gepfändet wird.«

Schneiders Stimme wurde nun etwas sanfter, aber für Dan klang es schmierig und so, als würde er zu einem kleinen dummen Jungen reden. »Wir sind doch auf Ihrer Seite. Uns geht es nur darum, dass wir die Finanzen im Griff haben und alle Schulden beglichen sind. Ihre Situation ist prekär, das wissen Sie sicherlich auch. Wenn diese Sache nicht geregelt wird, dann kommen Sie früher oder später in die Medien. Das könnte für Ihren Ruf sehr schädlich sein.«

Dan zuckte bei dem Wort »Medien« zusammen. Er wusste, dass Herr Grollmann eine Heidenangst vor Journalisten hatte, die auf seinem Hof für Furore sorgten.

»Was soll ich denn Ihrer Meinung nach machen?«

»Verkaufen Sie das Pferd.«

»Es ist weit mehr wert als diese Rechnung. So schnell müsste ich es weit unter einem fairen Preis verkaufen. Und außerdem würde es …«

Dans Herz klopfte. Draußen jaulte Pumba und fing an, mit den Pfoten an der Tür zu kratzen. Instinktiv machte Dan: »Pscht.« Herr Grollmann unterbrach seinen Satz und Dan hörte, wie er aufstand.

Hastig beeilte er sich, durch den Flur zu kommen, und verschwand gerade rechtzeitig auf dem Hof, bevor der Alte ihn erwischte. Dans Herz schlug bis zum Hals, er musste dringend mit Mira sprechen.

Gemeinsam mit Mira kehrte Dan zurück. Der silberne Mercedes verließ gerade den Hof. Er beschleunigte auf dem Kies und hinterließ dicke Reifenspuren.

»Idiot«, murmelte Dan und Mira stimmte ihm zu.

Herr Grollmann stand in der Tür und blickte dem Wagen nach. Seine Schultern hingen herunter und er sah müde und gebrechlich aus. Mira hatte Mitleid mit dem alten Mann und hielt direkt auf ihn zu.

Abwehrend hob dieser die Hände. Sein Gesicht wirkte faltiger als sonst und die Ringe unter seinen Augen waren zwei tiefe Krater.

»Was immer ihr mir zu sagen habt: Jetzt ist kein guter Zeitpunkt.«

Mira öffnete den Mund, aber Herr Grollmann trat zurück und machte einfach die Tür zu.

Resigniert blieb sie stehen und starrte die Tür an. »Das ist nicht gut, gar nicht gut.«

Sie überlegte, ob sie einfach klopfen sollte, in der Hoffnung, den alten Mann zu einem Gespräch zu bewegen, entschied sich dann aber dagegen. Sie wusste nur zu gut, dass man nach schlechten Nachrichten oft einfach erst einmal Ruhe brauchte, um das Gehörte zu verarbeiten.

Mira und Dan verzogen sich auf Marwanis Koppel und setzten sich unter den Baum in den Schatten.

»Mist, Mist, Mist. Meinst du, Herr Grollmann würde Marwani verkaufen?«

Der Boden unter dem Baum war noch feucht und Dan breitete eine Plane aus. Es roch würzig nach Wiesenkräutern und Gras, so herrlich, wie es nur nach einem Regenschauer duften konnte. Um sie herum flitzten ein paar Vögel hin und her. Die schöne Stimmung hier draußen schien so gar nicht zu Miras düsterer Vorahnung zu passen. Pumba legte ihr einen Stock vor die Füße und sie warf ihn, so weit sie konnte, und freudig sprang der Hund hinterher. Marwani ließ sich von Pumba anstecken und folgte ihm verspielt im Galopp. Auch wenn ihr nicht danach zumute war, musste Mira grinsen.

»Der Bankfutzi hat ihn ganz schön unter Druck gesetzt. Aber ich kann mir nicht vorstellen, dass er Marwani verkauft.« Dan stand auf und schaute abschätzend zum Baum hoch. Gekonnt zog er sich am untersten Ast hoch und hockte sich darauf. »Er weiß doch, wie wichtig Marwani für dich ist.«

Mira nickte ernst. »Ja, schon. Aber wenn die Situation für ihn kritisch wird, dann denkt er bestimmt zuerst an seinen Hof. Das ist sein Lebenswerk.«

Dan kletterte noch etwas höher und machte es sich bequem.

»Kann sein. Ich weiß es nicht, Mira. Aber solange ich hier bin, das verspreche ich dir, werde ich alles tun, damit er Marwani nicht verkauft. Im Notfall drohe ich mit Kündigung. Das kann er sich nämlich erst recht nicht leisten. Noch mal findet er nicht so einen Arbeiter, der sich für ein paar müde Euros von frühmorgens bis spätabends durch den Stall jagen lässt.«

»Danke, Dan. Das bedeutet mir viel. Ich werde es auch nicht zulassen.«

Dan schwang sich wieder vom Ast herunter und landete genau auf der Plane. Vorsichtig zog er Mira an sich heran und sang dann mit tiefer Stimme: »*I can be your hero baby.*«

Mira lachte verlegen. »Das klingt gar nicht mal schlecht. Singen kannst du – jetzt musst du nur noch so gut aussehen wie Enrique Iglesias«, witzelte sie.

Dans Finger glitten über ihren Rücken, als er sie zu sich heranzog. Sie atmete tief aus und ließ es geschehen. Es war ein atemberaubendes Gefühl. Er drückte sie wieder ein Stückchen fort, um sie zu betrachten. »Enrique ist weit über 40 und total out«, murmelte er und strich ihr eine Strähne aus dem Gesicht. Seine plötzliche Nähe ließ ihr Herz rasen und jede Vernunft in ihr schmelzen.

»Du bist so wunderschön, Mira.« Sein Mund öffnete sich leicht und er näherte sich ihr weiter. Sie schloss die Augen. Endlich war der Moment gekommen, auf den sie so lange gewartet hatte.

»Na, ihr Turteltäubchen?«

Kathi stand vor ihnen. Wie aus dem Nichts war sie aufgetaucht. Vor Schreck fiel Dan hintenüber und fluchte, während Mira ihre Schwester entsetzt anschaute und ihr tausend Gedanken durch den Kopf gingen. Kathi ließ sich nicht anmerken, wie viel sie von der Szene gerade verstanden hatte.

»Mira, es gibt Essen, ich soll dich holen kommen. Das heißt, wenn ihr hier fertig seid?« Fragend schaute sie von Mira zu Dan.

Der hatte sich wieder aufgerappelt und guckte schuldbewusst, einen Mundwinkel schräg nach oben gezogen.

»Gibt aber nur Kartoffelpüree mit Ei. Mama will, dass wir

morgen an deinem Geburtstag alle hungrig sind, damit wir ihren Kuchen essen.«

Der Kuchen schmeckte hervorragend. Es war eine Donauwelle mit dicker Puddingschicht. Miras Lieblingskuchen. Sie hatte ihn sich zum Frühstück gewünscht, denn das war die beste Mahlzeit zum Schlemmen, fand sie.

Jetzt wollte sie raus an die frische Luft. Sie hatte sich vorgenommen, mehr unter die Leute zu gehen und im Dorf gab es ein Café und sogar einen Buchladen.

Gut gelaunt rollte sie zur Straße und fuhr dicht neben dem Grünstreifen entlang. Bürgersteige gab es hier draußen nicht. Damit die Autos, die die kurvige Straße entlangfuhren, sie rechtzeitig sahen, hatte sie eine Stange mit einer Fahne an ihrem Rollstuhl befestigt.

Ein paar Autofahrer winkten ihr zu und Mira nickte freundlich zurück. Plötzlich hielt ein Auto neben ihr und jemand ließ das Fenster herunter.

»Mira, bist du es?«

Mira musste zweimal hingucken. Es war Alex. Er hatte sich ein Stück aus dem Fenster gelehnt und grinste sie verschmitzt an. Seine blauen Augen strahlten.

»Ich wollte dich besuchen kommen.«

Seine Haare waren länger und eine verwegene Tolle fiel ihm in die Stirn, aber ansonsten hatte er sich nicht verändert. Auch von seinem Charme hatte er nichts verloren. Mira musste unweigerlich grinsen, als sie seine Grübchen betrachtete.

»Du?«, fragte sie mit einer Mischung aus Verblüffung und Verlegenheit. Sie wusste nicht genau, wie sie den Besuch einordnen sollte. Alex wirkte so vertraut, als hätte sie ihn gestern erst das letzte Mal gesehen. Und doch – es war unendlich viel passiert in der Zwischenzeit, sie hatte einiges mitgemacht, war innerlich gewachsen und ein anderer Mensch geworden.

»Herzlichen Glückwunsch zum Geburtstag.«

Sie lugte in das Auto hinein. Der Rücksitz war leer, Alex war alleine gekommen.

»Das ist echt eine Überraschung.«

Alex schaute sie verwegen an und zwinkerte ihr zu. »Lange nicht gesehen, Mira. Lass uns irgendwo hingehen, wo wir reden können.«

Er ließ seinen Blick über den Rollstuhl gleiten und Mira verstand.

»Der passt nicht in deinen Wagen. Fahr einfach die Straße entlang, bis du Gut Falkental erreichst. Auf dem Hof kannst du parken und auf mich warten. Ich sollte in etwa zwanzig Minuten bei dir sein.«

Alex nickte ihr zu und startete den Motor. Mira fand, dass er beinahe erleichtert ausgesehen hatte. Unsicher sah sie dem Wagen nach und wartete ein paar Sekunden, bis sie umdrehte und ihm hinterherfuhr.

Sie saßen auf Marwanis Koppel unter dem großen Baum. Alex hatte eine Decke ausgebreitet und ihr aus dem Rollstuhl geholfen. Zwar stellte er sich etwas ungeschickt an, aber Mira gab ihm klare Anweisungen. Sie war mittlerweile sehr geübt darin.

»Tim hat mir erzählt, dass du ihn angerufen hast und dass du uns alle mal wiedersehen wolltest. Da dachte ich mir, ich schau bei dir vorbei.«

»Einfach so? Ich meine, ich freue mich total. Es ist nur … dass ich dich … seit … seit dem Unfall nicht mehr gesehen habe. Ich dachte, du hättest mich vergessen.«

»Ach, Quatsch. Wie könnte ich dich vergessen? Es war nur für mich auch alles sehr schwierig. Nach der Sache bin ich direkt in ein Rehabilitationszentrum in Spanien geschickt worden. Das war eine harte Zeit, ich musste sehr mit mir kämpfen.«

Mira sah an ihren Beinen herab. Ob er mich auch mal fragt, wie es mir ergangen ist?, fragte sie sich. In diesem Moment bildete sich in ihrem Kopf die Erkenntnis, dass sie Alex nichts von ihrer Zeit nach dem Unfall erzählen würde. Ihr Schmerz, die Hoffnungslosigkeit, die Hilflosigkeit, das alles ging Alex nichts an. Es war ihre Sache und sie hatte es überstanden und sich da herausgekämpft. Alex sollte sie nicht bemitleiden.

»Tim meinte, du hast dort Surfen gelernt.«

»Ja, das war Teil des inneren Heilungsprozesses. Mira, du machst dir ja gar keine Vorstellungen, wie sehr ich gelitten habe.«

Er schaute sie mit großen Augen und bebender Unterlippe an. »Freust du dich denn gar nicht, mich zu sehen? Du bist so reserviert.«

Mira zwang sich, Alex anzuschauen. Seine Nähe war ihr plötzlich nicht mehr angenehm. Früher hätte sie alles gegeben, um ein paar Augenblicke mit ihm alleine zu sein. Jetzt war in ihr alles taub und sie konnte es sich nicht einmal mehr vorstellen, wie es war, in Alex verliebt zu sein. Er hatte sie hängen lassen und kein Rückgrat gezeigt. Dennoch verspürte sie keinen Hass auf Alex, nur Mitleid.

»Ich? Doch. Es kommt nur so plötzlich. Ist das denn o.k. für Anne, dass du hier vorbeischaust?«

Ein Muskel zuckte in Alex' Gesicht und er verzog den Mund. »Ach, Anne. Mit der ist es vorbei. Ist 'ne blöde Kuh. Konnte einfach nicht mit einem richtigen Kerl umgehen. Meinte, ich würde zu viel feiern und hätte zu wenig Zeit für sie. Total albern.« Er lehnte sich zurück auf die Decke und stützte den Kopf auf einen Arm.

Mira ließ ihren Blick über die Koppel schweifen, und bemerkte in einiger Entfernung Marwani, die ihnen den Hintern zugedreht hatte. Das machte sie sonst nie.

»Aha.«

»Ja und bei dir? Hast du einen Freund?«

»Äh. Nein.« Die Frage kam unerwartet und sie dachte an Dan. Daran, wie nahe sie sich gestern gekommen waren. Wie gut er gerochen hatte. »Ich bin meist mit Marwani zusammen. Das reicht mir vollkommen.« Irgendetwas in ihr riet ihr, Alex nicht von Dan zu erzählen.

»Das Pferd da?« Er sprang auf. »Sieht hübsch aus. Bis auf die Narbe.«

Die Worte lösten in Mira Unmut aus. Es war unsensibel von Alex, darauf hinzuweisen, dass ihm ein Makel wie eine Narbe missfiel. Auf der anderen Seite war das typisch für ihn: Mira erinnerte sich gut dran, dass ihm jeder Mangel an Perfektion zuwider war. Spätestens jetzt wusste sie, dass er sich nicht verändert hatte, er war genauso oberflächlich wie vor dem Autounfall. Alex fing an, ihr auf den Keks zu gehen.

Selbstgefällig ging er auf Marwani zu. Die legte die Ohren an, ihre Hufe bohrten sich fest in den Boden und in ihrem Blick veränderte sich etwas. Mira hätte schwören können, dass sich ihr Fell wie das bei einem verärgerten Hund sträubte, auch wenn das natürlich nicht möglich war.

Im Gehen rupfte Alex ein paar Grashalme ab und hielt sie Marwani hin. Die schnaubte und drehte sich um. Mira wollte ihn warnen, denn das war ein Zeichen von mangelndem Respekt. Pferde zeigten nur ihren Feinden wortwörtlich den Hintern. Sie öffnete den Mund, aber es war zu spät. Missbilligend klatschte Alex ihr auf den Hintern und rief: »Hm lecker, Gras.«

Blitzschnell drehte sich Marwani um und schnappte zu. Das Gras fiel herunter und Alex schrie auf.

»Verflucht, das Scheiß-Pferd hat mich gebissen.« Er stolperte rückwärts und setzte sich auf den Hosenboden.

Mira biss sich auf die Unterlippe und musste sich zusammenreißen, um nicht zu lachen. Dann sah sie, dass Alex' Hand blutete. Sofort siegte das Mitleid in ihr. »Oje, komm mal her und zeig mir das. Ich habe keine Ahnung, was in Marwani gefahren ist, sie ist sonst nicht so.«

Alex kam zurück und zeigte ihr die Hand. Marwani hatte ihn auf der Handaußenseite erwischt. Nur ein kleiner Kratzer, aber er blutete. Wehleidig schaute Alex sie an. Währenddessen spazierte Marwani mit stolz erhobenem Kopf davon. Es schien ihr nicht leidzutun.

»Keine Sorge, das haben wir gleich.«

Mira holte ein paar Taschentücher hervor und reinigte

die Wunde sorgfältig. Seufzend ließ Alex es geschehen. In der Ferne sah Mira Herrn Grollmann, der mit schlurfenden Schritten den Hof kreuzte. Er blieb kurz stehen und schaute in ihre Richtung. Ohne so recht zu wissen warum, bekam Mira ein schlechtes Gewissen.

»Du bist so lieb, weißt du das?« Alex hatte sich vorgebeugt und schaute sie dankbar an. »Du kannst ja nichts dafür, dass das blöde Pferd schlecht erzogen ist.«

Mira schluckte. So nahe war Alex ihr noch nie gekommen. Sie war verwirrt und in ihr arbeitete es. Wie sollte sie Alex nur erklären, dass sie über ihn hinweg und seine Gesellschaft so unangenehm war, dass es selbst für eine lockere Freundschaft nicht ausreichen würde?

»Ich habe dich echt vermisst.« Seine blauen Augen strahlten so unschuldig wie die eines Hündchens.

»Äh.« Mehr bekam sie nicht heraus. Schweiß bildete sich auf ihrer Stirn und sie suchte nach den richtigen Worten.

Alex lehnte sich noch etwas weiter vor. »Ich weiß doch, was du für mich fühlst. Du bist schon viel zu lange in mich verknallt. Lass es zu.« Er fasste sie an den Schultern und küsste sie.

In Mira schrie es und sie wollte ihn wegschubsen, als etwas Schweres neben ihr auf den Boden plumpste. Sie erstarrte zur Salzsäule und Alex war es, der sie wegdrückte. Er stieß sie einfach weg, ohne Rücksicht darauf, dass sie mit ihrem Kopf gegen den Baumstamm schlug.

Dan stand mit hochrotem Gesicht vor ihnen. Eine Ader auf seiner Stirn pulsierte und er guckte so böse, dass Mira ihn kaum wiedererkannte. Ihr Kopf brannte und sie fühlte sich benommen.

»Wo kommst du denn her?«, fragte sie entgeistert und etwas benebelt.

»Ich habe da oben meine Mittagspause gemacht.« Dan zeigte ins Geäst. »Ich wollte auf dich warten, wir müssen dringend reden. Und dann seid ihr aufgetaucht und ich dachte, ich warte, bis sich dein Freund wieder verzogen hat. Aber als es ans Eingemachte ging, dachte ich, ich verzieh mich lieber. Will ja nicht beim Knutschen stören.« Er klang wütend und verletzt.

Auch auf Miras Stirn bildete sich eine Zornesfalte.

»Ach so, ich dachte, du wolltest mir vielleicht zum Geburtstag gratulieren.«

»Das auch.«

Gegen ihren Willen fing Mira an zu zittern. Das war alles zu viel. Sie rieb sich den schmerzenden Hinterkopf und sammelte sich. »Dan, ich will nicht mit dir streiten und ich erkläre dir später alles.« Sie betonte das Wort »später« und hoffte, dass Dan den Hinweis darauf verstand, dass sie Alex erst mal nach Hause schicken musste. »Wir waren gerade dabei uns zu verabschieden. Das ist übrigens Alex. Alex, das ist Dan.«

Alex ließ den Blick an Dan hoch und wieder runter wandern. Er rümpfte die Nase und sagte nichts.

Doch Dan ließ sich nicht beeindrucken. »Freut mich. Und jetzt tschüss. Viel Spaß noch.«

Ohne Alex weiter zu beachten, ging er zum Zaun. Auf dem Weg dahin kam er an Marwani vorbei und tätschelte ihr liebevoll den Hals. Marwani ließ es geschehen und rieb ihre Nase an seiner Schulter. In Mira bildete sich ein Kloß, Marwani hatte einen guten Männergeschmack, fand sie.

»Was ist das denn für einer?«, fragte Alex entgeistert. Er ließ sich wieder zu ihr hinuntergleiten und zog sie an sich. »Egal, lass uns da weitermachen, wo wir gerade aufgehört haben.«

Verschwörerisch ließ er eine Hand durch ihr Haar gleiten. Es ziepte und Mira zog die Schultern hoch.

Sie drückte ihn weg. »Nein, Alex. Ich will das nicht. Ich habe früher mal was für dich empfunden, aber das ist jetzt anders. Du musst jetzt fahren. Mit uns beiden, das wird nichts.«

»Was? Wie bist du denn drauf? Stehst du etwa auf diesen Stallburschen oder was? Der hat seine Klamotten doch aus dem Altkleidercontainer.«

»Nein, Dan hat damit nichts zu tun. Ich habe mich einfach geändert. Andere Prioritäten. Andere Vorlieben.«

Alex stand auf und klopfte sich den Staub von der Hose. Er rümpfte die Nase. Eben noch hatte er sie zärtlich angeschaut, jetzt wirkte er hart und unnahbar. Als könne er nur dann nett sein, wenn alles nach seinem Plan verlief.

»Na, wenn du meinst, Madame. Ist ja nicht so, dass ich keine Auswahl hätte. Dann brauchst du aber nie wieder bei mir angekrochen kommen. Und ich glaube nicht, dass du sonst noch bei irgendwem Chancen hast, in deinem Zustand.«

Das saß. Mira spürte, wie ihre Haut kribbelte und für einen Moment verschwamm alles vor ihren Augen. Die Kopfschmerzen waren unerträglich geworden und ihr Herz sehnte sich nach Dan. Nicht losheulen, beschwor sie sich. Sie atmete tief aus und ihr Blick fiel auf Marwani. Die Stute hatte Alex fixiert und ihr Körper war so angespannt wie der eines Wachhundes, der einen Einbrecher dabei beobachtet, wie er über den Zaun klettert. Dankbarkeit durchströmte ihren Körper, als sie verstand, dass die Stute auf sie aufpasste. Marwani würde es nicht zulassen, dass Alex ihr wehtat. Das Band zwischen ihr und dem Pferd fühlte sich so fest und gespannt an wie noch nie zuvor. Sie waren ein Team geworden, unzertrennlich und füreinander da.

Die Erinnerung an ihre erste Begegnung mit Kader kam hoch und in ihr wurde es plötzlich ganz ruhig. Eigentlich war alles ganz klar und sie wusste, was sie wollte und wer sie war. Ebensowenig wie Kader hatte Alex Macht über sie. Er konnte sie nicht verletzen, weil er ihr egal war.

Sie straffte die Schultern. Laut sagte sie: »Mach's gut, Alex.«

Der guckte sie verächtlich an und zögerte. Er beugte sich hinunter, griff die Decke an einer Ecke und Mira wusste instinktiv, dass er ihr die Decke unter dem Hintern wegziehen wollte. Wie Kader nutzte er ihre verletzliche Situation aus. Eine beleidigte Kurzschlussreaktion, wie bei einem kleinen Kind. Erde und Grasfetzen stoben auf, als Marwani wie eine Furie auf die beiden zugaloppiert kam. Die Ohren angelegt, der Hals vorgereckt und das Maul weit geöffnet. Fassungslos guckte Alex zur Stute hin, schrie, ließ die Decke los und rannte. Im Laufen verlor er seine Sonnenbrille und es knirschte, als Marwanis Hufe sie zerdrückten. In letzter Sekunde erreichte er den Zaun und schwang sich drüber. Marwani bremste ab und stieg. Hoch erhoben stand sie auf den Hinterbeinen und wieherte ihm hinterher. Obwohl er in Sicherheit war, blieb Alex nicht stehen, sondern rannte weiter bis zu seinem Auto. In einer einzigen Bewegung warf er sich auf den Sitz und startete den Motor. Mira hörte, wie der Motor aufheulte und die Reifen durchdrehten, als Alex den Fuß viel zu fest auf das Gaspedal drückte.

Erleichterung durchströmte Mira. Die Sache war furchtbar verlaufen und sie hatte sich ein Wiedersehen mit ihrem ehemaligen Schwarm anders vorgestellt. Aber es kam ihr vor, als wäre dieses Gewitter notwendig gewesen, um die Luft zu reinigen. Etwas in ihr drin war befreit und bereit für die Zukunft.

Sie zog sich zur nächsten Baumwurzel und schloss die Augen. Es dauerte nur ein paar Sekunden, da stand Marwani wieder neben ihr und versenkte ihre weiche Schnauze in ihrem Haar. »Meine Marwani.«

Eine Bö kam auf und sie kam ihr wie ein Versprechen vor, als würde der Wind ihr zuflüstern, dass nun alles gut sei und die Vergangenheit hinter ihr liege.

Mit quietschenden Reifen fuhr Alex vom Hof. Er überfuhr fast Pumba, der schwanzwedelnd in der Einfahrt stand. Fluchend kurvte er um den verdutzten Hund herum.

Immer noch fluchend raste Alex die Landstraße entlang, viel zu schnell und vom Zorn geblendet. Der Wind wurde stärker und ein paar Blätter wehten über die Straße. Er brachte ein paar Kilometer hinter sich, den Fuß stets auf dem Gaspedal. Die Bäume um ihm herum wiegten sich im aufkommenden Wind und Alex hatte das Gefühl, sie wollten ihn alle verspotten.

Er beschleunigte, legte sich in die nächste Kurve und war

für einen Moment abgelenkt. Nicht unweit vor ihm ritt ein hübsches blondes Mädchen auf einem Seitenweg. Den dicken Ast, der vor ihm auf der Straße lag, bemerkte Alex erst, als es schon zu spät war. Es knackte und es gab einen kurzen Widerstand, bevor das Auto ins Schleudern geriet. Blitzschnell reagierte Alex und versuchte das Lenkrad herumzureißen und gleichzeitig zu bremsen. Die Bäume kamen näher und er raste ins Dickicht. Zweige klatschten gegen den sich drehenden Wagen und bremsten die Fahrt. Zwei Eichen tauchten in seinem Blickfeld auf und er riss das Lenkrad in die andere Richtung. Wie durch ein Wunder schaffte er es, genau zwischen den zwei Bäumen anzuhalten.

Schwer atmend stieg er aus dem Auto und betrachtete den Schaden. Die Karosserie hatte ein paar Schrammen und ein Spiegel war abgebrochen, aber ansonsten schien der Wagen in Ordnung. Gerade ritt die gut aussehende junge Frau um die Ecke. Sie stieg vom Pferd, nahm den Helm ab und schüttelte ihre langen blonden Haare. Ihre Hüften wiegten bei jedem Schritt. Das lenkte Alex ab und er betrachtete sie wohlwollend. Genau sein Typ.

»Alles o.k.?«

Alex straffte die Schultern und fuhr sich durch die Haare. »Mich haut so schnell nichts um. Nur ein paar Kratzer.«

Die junge Frau verzog den Mund zu einer Schnute.

»Du hast großes Glück gehabt, dass du nicht gegen einen der Bäume gefahren bist.«

Sie betrachtete das Auto und bemerkte sein Kennzeichen. »Aha, du bist nicht von hier.«

In Alex kam die Wut wieder hoch. Das war sowieso alles Miras Schuld. Die Fahrt hierher hatte ihm nur Ärger gemacht. Seine Stirn legte sich in Zornesfalten, als er sagte: »Nee und das ist auch gut so. Ich war auf Gut Falkental und durfte mich gerade von einem wild gewordenen Pferd jagen lassen.«

Die Frau fuhr herum, wie von der Tarantel gestochen. Mit aufgerissenen Augen starrte sie ihn an, verbittert und erregt zugleich. »Eine Schimmelstute mit einer Narbe, die nicht zu übersehen ist?«

»Ja, das war ein weißes Pferd.«

»Marwani!« Sie schrie das Wort so laut, dass Alex zusammenzuckte.

»Ach, kennst du den Gaul?«, fragte Alex skeptisch.

Die junge Frau klimperte mit den Wimpern und lächelte plötzlich zuckersüß. Eine gut manikürte Hand mit roten Fingernägeln legte sich auf Alex' Arm.

»Das ist sehr interessant, davon möchte ich mehr hören. Ich werde dir jetzt einen Traktor organisieren, der dich hier herauszieht und dich dann auf einen Kaffee einladen. Darf ich mich vorstellen? Mein Name ist Kader.«

Kapitel 18

Kathi hatte zwanzig Minuten lang in der Halle gewartet. Eigentlich hatte sie eine Reitstunde, aber niemand kam. Sie gab auf. Der Hof war wie ausgestorben: Die Pferde waren alle auf der Koppel und weder Herr Grollmann noch Dan waren zu sehen. Kurz entschlossen klopfte sie an der Haustür zum Haupthaus.

»Herr Grollmann?« Sie hüpfte auf und ab, um durchs Küchenfenster zu schauen. Niemand da. Deshalb schaute sie beim Reiterstübchen vorbei und hatte Glück. Dort saß Herr Grollmann in einem Ohrensessel. Die Augen hatte er geschlossen und er hielt einen Zettel in seiner Hand. Mit seinem bleichen Gesicht wirkte er krank.

»Hallo?! Herr Grollmann, alles in Ordnung?«

Der Alte machte die Augen auf.

»Hier«, sagte er kraftlos und reichte Kathi den Zettel.

Es war ein Brief, den sie sofort überflog.

»Wie, Dan ist einfach weggefahren? So ganz spontan? Und warum nach Rügen?«

»Zu seinen Pflegeeltern. Er kann sich schon jederzeit Urlaub nehmen, das war Teil unseres Deals, aber er hat sich noch nie freigenommen. Er war immer hier. Jeden einzelnen Tag in den letzten Jahren. Wie soll sich das nur alleine schaffen?«

In dem Brief stand nicht, wann er wiederkommen wollte. Nur, dass er den Kopf frei kriegen müsse.

»Puh, das ist sicherlich hart für Sie. Ich kann Ihnen gerne beim Ausmisten helfen und solche Sachen.«

»Danke.«

»Wie lange ist er schon weg?«

»Ich weiß es nicht. Heute Morgen hat er noch alle Pferde gefüttert und rausgebracht. Den Brief habe ich vor einer Stunde gefunden. Das ist eine Katastrophe! Und das ausgerechnet jetzt. Wie soll es nur weitergehen?«

Kathi faltete den Brief und legte ihn auf den Tisch. »Ich komme gleich wieder, ich muss nur kurz etwas erledigen.«

Unter Herrn Grollmanns Sessel lag noch ein weiterer Brief, der in den Staub gerutscht war. Keiner von ihnen sah ihn. Er trug die Aufschrift: »An Mira – WICHTIG!«

Kathi berichtete Mira, was passiert war, und eine Stunde später hatte Mira ihren Koffer gepackt und war abfahrbereit. Ihr Vater ließ bereits den Motor laufen und kam zum Haus zurück, um das Gepäck rauszubringen. Er war Feuer und Flamme.

»Er ist bestimmt in den Ort gelaufen und mit dem Bus zum Bahnhof nach Eschbach. Von dort aus kann er den Zug nehmen. Wenn wir uns beeilen, können wir ihn dort noch abfangen. Die Züge gehen nur zweimal am Tag.«

»Das ist alles meine Schuld.« Mira reichte ihm unglücklich einen Rucksack und ihre Jacke. »Er hat das mit Alex falsch verstanden. Es war echt total bescheuertes Timing.«

»Das mit Dan biegen wir wieder hin.« Miras Vater klang zuversichtlich. »Und Alex, den vergisst du einfach. Der Typ verschuldet deinen Unfall und besucht dich nicht mal. Und dann so mir nichts dir nichts kreuzt er hier mit seiner Angeberkarre auf und macht dir einen Antrag? Auf solche Kerle kannst du verzichten. Dafür bist du viel zu wertvoll.«

»Danke, Papa«, sagte sie schließlich.

Der Zug in Eschbach war schon abgefahren und sie hatten versucht, ihn einzuholen. Ohne Erfolg. Seit dem Nachmittag fuhren sie mit dem Auto Dan hinterher und nun ging die Sonne unter. Im Radio liefen die Hits der 80er und 90er und Miras Vater sang laut mit. Es war schön, ihm zuzuhören. Sie kuschelte sich in ihren Sitz und betrachtete die Landschaft.

»Wir müssen hier einkehren. Ich kriege langsam Hunger.« Johannes Anders setzte den Blinker und bog auf einen Autohof. »Heute kriegen wir ihn sowieso nicht mehr.«

Auf dem Autohof gab es eine kleine Bäckerei. Sie betrachteten die liebevoll dekorierte Auslage und diskutierten, was sie als Proviant kaufen sollten. Johannes Anders war für Brezeln, Mira für Pflaumenkuchen. Das Angebot war übersichtlich, aber attraktiv. Es duftete herrlich nach frischem Kuchen und Teilchen. Mira erinnerte sich, wie ihr Vater ihr früher, wenn sie unterwegs gewesen waren, immer ein Brötchen mit einem Schokokuss als Wegzehrung gekauft hatte. Unter dem Siegel der Verschwiegenheit, denn ihre Mutter hätte so etwas Ungesundes nicht gutgeheißen. Ihr wurde warm ums Herz und spontan sagte sie: »Komm, wir kaufen einfach Brezeln, Pflaumenkuchen und noch ein paar belegte Körnerbrötchen. Ich lade dich ein, Papa.«

Johannes Anders strahlte und Mira drückte ihm die Hand.

Die Türglocke klingelte und eine hochschwangere Frau kam herein. Ihr Bauch war so weit vorgewölbt, dass sich ihr Pullover stark spannte. Mit gehetzter Stimme rief sie: »Guten Tag, ich bekomme ein Graubrot.«

Die Verkäuferin guckte irritiert und fragte: »Gleich hier?«

Mira und ihr Vater schauten sich an. Dann prusteten sie los. Mira lachte so laut, dass sie husten musste. Auch die Schwangere fing an zu lachen und hielt sich ihren Bauch.

»Nicht doch«, kicherte sie, »in dem Zustand macht meine Blase so einen Humor nicht mit.« Nur die Bäckereifachverkäuferin war verwirrt und blickte sie fragend an.

»Ich buche uns gegenüber im Hotel ein Zimmer, hier gefällt es mir«, schlug Johannes Anders vor, als die beiden aus der Bäckerei hinaustraten.

Der Autohof war wirklich schön und sie fühlte sich pudelwohl. Es war lange her, seit sie mit ihrem Vater allein unterwegs gewesen war.

Zur selben Zeit klopfte es an Herrn Grollmanns Tür. Vor ihm stand ein junger Mann im Anzug und einer Aktentasche.

»Einen Guten Abend wünsche ich Ihnen. Mein Name ist Bredenberg. Ich würde mich gerne mit Ihnen unterhalten und Ihnen ein attraktives Angebot machen, das Sie nicht ausschlagen können.«

Der junge Mann lächelte, aber seine blauen Augen waren eiskalt und unbewegt. Herr Grollmann hätte ihm am liebsten gleich wieder die Tür vor der Nase zugeknallt, aber er riss sich zusammen.

»Worum geht es?«

»Mein Auftraggeber ist Diana von Kronenstein, Pferdezüchterin aus Dresden. Züchtet vor allem für private Kunden. Uns ist zu Ohren gekommen, dass Sie hier ein ehemaliges Springpferd haben. Frau von Kronenstein hat Interesse daran, Ihnen diese Zuchtstute abzukaufen.«

»Reden Sie von Marwani?«

»Genau.«

Herr Grollmann blickte an dem Besucher vorbei über den menschenleeren Hof, dem der beginnende Verfall deutlich anzusehen war.

»Geben Sie mir nur zehn Minuten.«

Resigniert winkte der Alte den Mann im Anzug herein.

»Ich mache uns einen Tee. Möchten Sie Zucker?«

Er schickte den Mann ins Wohnzimmer und ging in die Küche, um den Kessel aufzusetzen.

Der junge Mann rührte in seinem Tee, trank aber nicht. Er kam gleich zur Sache. »Ich habe Ihnen einen Vertrag mitgebracht. Wir bieten Ihnen 50.000 Euro.«

Herr Grollmann verschluckte sich und hustete. Mit zitternden Händen stellte er die Tasse wieder hin. »Marwani ist ein Vielfaches davon wert.«

»Sie war es wert. Als sie noch gesprungen ist. Eine Zuchtstute ist um einiges weniger wertvoll. Das sollten Sie eigentlich wissen. Vor allem dann, wenn Sie sich noch nicht bewiesen und kein Fohlen geworfen hat.«

Er holte den Vertrag hervor. »Hier, sehen Sie. 50.000 Euro und Sie sind alle Ihre Sorgen los.«

Herr Grollmann hob eine Augenbraue. »Was wissen Sie von meinen Sorgen?«

»Ach, man kennt so seine Leute im Bank- und Finanzwesen, wissen Sie?«

Herr Grollmann musterte den jungen Mann. »Kenne ich Sie von irgendwoher? Ich meine, Sie schon mal gesehen zu haben.«

Der junge Mann zögerte kurz, dann fasste er sich wieder. »Das ist unwahrscheinlich. Ich komme nicht aus dieser Gegend.« Er zückte einen Stift. »Unterschreiben Sie einfach hier und hier.«

Herr Grollmann nahm den Stift, doch er schüttelte den Kopf. »Ich kann das nicht machen. Ich muss das erst durchdenken und mit meinem Stallburschen besprechen. Kommen Sie bitte nächste Woche wieder.«

»In dieser Hinsicht muss ich Sie enttäuschen. Frau von Kronenstein hat mir klare Anweisungen gegeben. Entweder Sie unterschreiben sofort oder wir nehmen ein anderes Pferd. Sie hat ihr Auge noch auf eine andere Stute geworfen und diese Verkäufer haben keine Bedenken.«

In seiner Stimme lag ein drohender Unterton, der Herr Grollmann nicht gefiel. Er schaute aus dem Fenster. Der Hof lag im Dunkeln. Der Hof, den er sein Leben lang aufgebaut hatte und der nun wegen einer unbezahlten Rechnung in Gefahr war. Eine Rechnung, die Marwani verursacht hatte.

Der junge Mann änderte seine Taktik. »Frau von Kronenstein hat wunderbar saftige Koppeln und ihren Pferden geht es gut. Der Stute wird es an nichts mangeln.«

»Ich habe noch nie von der Dame gehört.«

»Wie gesagt, sie züchtet privat und bleibt unter sich.«

»Und es geht ihren Pferden wirklich gut?«

»Ganz ausgezeichnet. Das grünste Gras im Osten Deutschlands.«

Herr Grollmann gab auf. Das hier war der einzige Weg.

»Wo muss ich unterschreiben?«

»Das ist die richtige Entscheidung. Wir holen die Stute direkt morgen früh ab.«

»Morgen früh schon? Aber …?«

Der junge Mann rollte den Vertrag ein und stand auf. »Wir schicken eine Transportfirma mit dem Pferdehänger vorbei.«

Mira biss ein Stück von ihrem Kuchen ab, der wundervoll schmeckte. Mit ihrem Vater saß sie beim Abendessen und lauschte den Geschichten aus seiner Jugend. Er hatte gute Laune und war in Plauderstimmung.

»… auf jeden Fall habe ich in dieser Pizzeria am Wochenende gejobbt. Wir hatten einen der ersten Lieferservices der Gegend. Und eines Tages rief eine junge Frau an, die wollte sagenhafte 14 Beläge haben und hatte mehrere Extrawünsche zum Teig. Dünn, knusprig – aber nicht verbrannt, ohne Rand und so weiter. Wir haben uns alle über die Bestellung kaputtgelacht. Ich bin also dahin und klingle. Willst du einen Milchshake?«

»Was? Nein. Erzähl weiter. Wird gerade spannend.« Sie genoss die gute Laune ihres Vaters. Es lenkte sie vom eigentlichen Grund ihrer Fahrt ab.

»Na, die Tür geht auf und vor mir steht die schönste Frau, die ich je gesehen habe. Dunkelbraune Locken bis zur Hüfte und ein Lächeln, für das Seefahrer auf Grund gelaufen wären. Wirklich keinen Milchshake?«

»Nein, Papa!«

»Vielleicht später. Ich will nämlich einen. Vanille. Wo war ich? Ach ja. Die Frau, das war deine Mutter.«

Mira staunte. Sie hatte noch nie darüber nachgedacht, dass ihre Eltern auch mal jung und verliebt gewesen waren. Ohne darüber nachzudenken, kratzte sie an ihren Beinen. Sie spürte wieder dieses merkwürdige Kribbeln und dieses Mal auch in den Zehen. Gerade wollte sie ihrem Vater davon erzählen, als sich plötzlich die Tür des Restaurants wie von Geisterhand öffnete und ein Windhauch durch den Saal fuhr. Er war eisig kalt und ließ die Servietten tanzen. Mira spürte einen beißenden Stich in ihrem Herzen und sie fasste sich an die Brust. Etwas stimmte nicht. Es war, als würde ihr der Wind eine unfassbare Botschaft zuraunen, die ihre Lungen verklebte und den Atem nahm. Ihr Gesicht lief rot an und Mira japste nach Luft. Ihr Vater riss entsetzt die Augen auf und packte sie an den Schultern.

»Was ist?«, fragte er.

Etwas Ungeheuerliches war passiert und Mira suchte in ihrem Inneren nach einer Erklärung, aber sah nur Schwärze. Der besorgte Blick ihres Vaters brachte sie zurück in die Realität.

»Ist gut, ich habe mich nur verschluckt«, flüsterte sie.

Kapitel 19

Die Kassiererin betrachtete die Produkte von allen Seiten, bevor sie sie über den Scanner zog. Es dauerte eine Ewigkeit. Vor ihnen waren noch zwei weitere Kunden. Eine ältere Dame trat ungeduldig von einem Bein aufs andere und war sichtlich unzufrieden. Als die Kassiererin sie endlich bediente, pflaumte diese sie an: »Warum Sie an der Kasse arbeiten, kann ich mir gut vorstellen.«

Die Kassiererin nuschelte eine Entschuldigung und beeilte sich. Johannes Anders runzelte die Stirn. Als sie an der Reihe waren, lächelte er die Kassiererin freundlich an und sagte betont laut: »Lassen Sie sich nicht drängen. Unsere Vorfahren sind auf tagelange Jagdausflüge gegangen, um zu überleben. Heute hyperventilieren wir, wenn nicht sofort eine zweite Kasse aufmacht.«

Dankbar schaute die Kassiererin ihn an.

»Das war richtig cool, Papa«, sagte Mira, als sie wieder im Auto saßen und sich einen Joghurt teilten. Ihr Vater freute sich sichtlich über das Kompliment. Mira wusste, wie viel ihm das bedeutete, und sie legte nach: »Ich find es richtig schön, mit dir unterwegs zu sein, Papa. Danke, dass du mich so bereitwillig fährst. Das ist echt total in Ordnung von dir.«

Ihr Vater strahlte nun über das ganze Gesicht. Fröhlich

drückte er seine Tochter an sich und gab ihr einen Kuss auf den Kopf.

»Ich will dich einfach nur glücklich sehen.«

Derweil schaufelte Kathi sich einen Berg Cornflakes in die Schüssel.

»Lass noch etwas Platz für die Milch«, kommentierte ihre Mutter stirnrunzelnd. Der Cornflakes-Berg sah aus wie ein kleiner Vulkan. Seit sie hier aufs Land gezogen waren, schien Kathi einen unersättlichen Appetit zu haben. Maria Anders schob es auf die viele Bewegung, die Reitstunden und die gute Landluft.

»Ich hab aber Hunger.«

»Ist gut, ich freue mich ja, wenn es dir schmeckt.«

Ihr Blick schweifte nach draußen und sie sah, wie ein Pferdetransporter auf Gut Falkental vorfuhr.

»Hm, das ist aber außergewöhnlich.« Miras Mutter betrachtete den alten Transporter, der sehr rostig aussah. »Der kommt nicht von hier.«

»Lass mal sehen.« Kathi drängte sich neben sie. »Da steht ›Szczecin‹ drauf. Was ist denn das?«

»Ich glaube, das ist Stettin, eine Stadt in Polen. Ich wusste gar nicht, dass Herr Grollmann Pferde ins Ausland verkauft.«

Kathi riss die Augen auf. »Tut er eigentlich auch nicht.« Sie sprang auf und angelte sich ihre Weste vom Stuhl. »Das muss ich mir näher anschauen.« Sie schielte auf den Cornflakesvulkan. »Die esse ich später. Versprochen.«

Maria Anders nickte. »Ich packe dir die Schüssel in den Kühlschrank.«

Im Hof standen Herr Grollmann und ein dicker Mann in einem abgewetzten Anzug. Kathi rannte auf die beiden zu und stolperte. Im letzten Moment hielt sie sich an der Wand fest und fing sich gerade noch so. Atemlos sammelte sie sich und hörte, wie der Mann gerade sagte: »Ich soll hier Pferd abholen.«

Herr Grollmanns Schultern hingen herunter, er sah gebrochen aus. »Ja. Ich … ich hätte einen moderneren Transporter erwartet. Ich … ich … dachte …«

In Kathis Bauch fing es an zu rumoren. Sie wusste, dass hier etwas gewaltig nicht stimmte. Sie scannte den dicken Mann von oben bis unten ab, er war ihr durchweg unsympathisch. Seine Gesten waren dominant und sein Blick hatte etwas Aggressives. Kathi bekam eine Gänsehaut.

»Wo Pferd?«

Herr Grollmann wirkte wie in Trance, abwesend und schlaff. Kraftlos hob er den Arm. »Ich hole es. Warten Sie hier. Ich bin gleich zurück.«

Er marschierte los und ging um die Scheune herum. Dort lehnte er sich an die Wand und atmete tief aus. Mit verzerrtem Gesicht fasste er sich an die Brust, als wolle er einen tiefen Schmerz beruhigen.

»Herr Grollmann, alles in Ordnung? Was ist denn mit Ihnen los? Und was hat der Pferdetransporter zu bedeuten?« Kathi stand mit rotem Gesicht vor ihm. Sie war Herrn Grollmann gefolgt, um ihn allein zu sprechen.

»Kathi, meine Kleine. Könntest du bitte Marwani für mich holen?«

Kathi nickte unglücklich mit dem Kopf. »Ja, kann ich machen. Tut Ihnen die Brust weh? Sie kriegen doch keinen Herzinfarkt, oder?!«

»Nein, nein. Mach dir deshalb keine Sorgen. Ich ... es ... bitte hole Marwani. Es geht nicht anders. Sie steht im Stall, in der hintersten Box.«

»Im Stall? Echt jetzt?« Kathi wunderte sich, Marwani war sonst immer draußen auf ihrer Koppel.

»Ja, das musste heute Nacht sein. Das Halfter hängt an der Boxentür.«

»Klar, kein Thema. Bin gleich zurück.«

Marwani ließ sich mittlerweile auch von Kathi, Dan und Herrn Grollmann führen. Allen anderen stand sie nach wie vor sehr skeptisch gegenüber. Wenn jemand Fremdes den Führstrick ergriff, konnte es passieren, dass sie wie ein sturer Esel die Hufe in den Boden bohrte und sich keinen Zentimeter bewegte.

Kathi lief in den Stall. Es roch etwas muffig und ihre Augen brauchten einen Moment, bis sie sich an das Zwielicht gewöhnt hatten. Gedanken kreisten durch ihren Kopf und sie wusste, dass irgendetwas Schreckliches vor sich ging. Vor Herrn Grollmann hatte sie großen Respekt, den sie vor allem als strengen Reitlehrer kannte. Er war ihr Mentor, ihr Vorbild und nun wirkte er gebrochen und völlig am Boden zerstört. Sie wünschte sich, Mira wäre hier, die wüsste bestimmt, was es zu tun galt.

Die Stute stand in eine Ecke ihrer Box gedrängt und fixierte Kathi, die sich ihr näherte.

»Hi, Marwani, ich bin's nur.«

Marwani scharrte mit den Hufen und schüttelte den Kopf.

Ihre Mähne streifte die Boxenwand und wirbelte feinen Staub auf. Als Kathi deshalb niesen musste, fuhr Marwani zusammen. Beruhigend hob Kathi die Hand und näherte sich der Stute. »Keine Angst, ich lass dich nicht im Stich. Was immer hier gerade los ist.« Unsicher klopfte sie ihr den seidig weichen Hals.

Hinter ihnen klackte es und ein lautes schepperndes Geräusch ertönte. Erschrocken hielt Kathi inne. Das musste die Verladeklappe des Transporters gewesen sein, die auf den Boden gekracht war. Der dicke Mann draußen fluchte und Metall klapperte. Jetzt endlich fiel der Groschen und Kathi unterdrückte einen Schrei, als sie verstand, was hier los war.

»Ach du Kacke«, flüsterte sie und schlug sich die Hand auf den Mund. »Der will dich allen Ernstes verkaufen.« Sie streifte Marwani vorsichtig das Halfter über den Kopf. »Und Mira und Dan sind beide weg. Ohmannohmann. Jetzt müssen wir zusammenhalten.«

Marwani senkte den Kopf und stupste Kathi an der Schulter, so als wolle sie der Kleinen zustimmen. Diese atmete tief ein und dachte fieberhaft nach: Was würde Mira jetzt machen?

Mira zeigte auf ein Schild. »Noch 20 Kilometer bis Stralsund, das liegt direkt vor Rügen. Es ist nicht mehr weit.«

Ihr Vater nickte und summte eine Melodie im Radio mit. Seine Stimme hatte einen tiefen Basston und füllte das Auto aus. Er war gut gelaunt und sein linkes Bein wippte im Takt mit, trotzdem drehte er den Lautstärkeregler etwas herunter, um sich besser mit Mira unterhalten zu können. »Weißt du denn, wo genau Dan hinwollte? Rügen ist groß.«

»Ja, seine Pflegeeltern haben einen Pferdehof in der Nähe von Wreechen. Ich schau mal auf Google Maps nach.«

»Hat er immer noch nicht auf deine SMS geantwortet?«

»Ach, wie ich ihn kenne, hat er sein Handy ausgeschaltet. Der ist so drauf.«

Sie tippte auf ihrem Handy herum. »Bingo! Hier, Pferdehof Ostseebad Wreechen. Das ist es bestimmt.«

»Super. Dann überleg dir mal, was du ihm sagen wirst, wenn du ihm gegenüberstehst.«

»Hm.« Daran hatte Mira noch gar nicht gedacht. Es war ein merkwürdiger Gedanke für sie, Dan in einer anderen Umgebung gegenüberzutreten. Sie hoffte, dass er ihr nicht fremd und distanziert vorkommen würde.

»Eine ehrlich gemeinte Entschuldigung wirkt oft wahre Wunder.«

»Aber ich habe doch nichts falsch gemacht. Warum soll ich mich denn entschuldigen?«

»Das sehe ich anders. Du hast ihm Hoffnungen gemacht und bei der ersten Gelegenheit zeigst du ihm, dass er ein Lückenfüller ist.«

Mira wurde rot. In ihren Augen war das alles ein blödes Missverständnis und mit Sicherheit nicht ihre Schuld.

»Nein! Ich habe Alex gar nicht küssen wollen, er hat mich überrumpelt! Alex ist ein Idiot, das ist mir jetzt klar. Und ich habe ihn sofort weggeschickt. Ich habe nichts falsch gemacht.«

Ihr Vater schüttelte den Kopf und sah aus dem Augenwinkel zu ihr herüber, ohne den Kopf zu drehen. »Aus Dans Perspektive schon. Du hast ihn verletzt.«

Das stimmte Mira nachdenklich. Sie hatte Dan nicht verletzen wollen, ganz im Gegenteil. Dan war ihr wichtig geworden, ein guter Freund und vielleicht auch ein bisschen mehr. Aber was ihr Vater sagte, machte Sinn, dachte Mira. Für Dan musste die Situation unter dem Baum mit Alex eindeutig nach einer Liebesszene ausgesehen haben. Inständig hoffte sie, dass sie das wieder geradebiegen konnte. Der Gedanke daran, Dan zu verlieren, drehte ihr den Magen um.

Kathi zog den staubigen Schemel unter der Bank hervor. Sie konzentrierte sich, um nicht wieder zu niesen und Marwani zu erschrecken. Die Stute tänzelte auch so schon nervös vor ihr herum.

»Steh still. So geht das nicht.« Marwani war gesattelt und trug eine Trense. Sie kaute unruhig auf dem Mundstück herum und versuchte es auszuspucken. Der Sattel saß schlecht und sie hatte auf die Schnelle keine Satteldecke finden können. »'tschuldige, Marwani, aber wir müssen uns beeilen.«

Herr Grollmann würde bestimmt sehr bald skeptisch werden. Hektisch fummelte sie am Sattelgurt herum, aber Marwani trat einen Schritt vor und sie kam nicht mehr dran. Die Stalltür öffnete sich und Licht flutete herein. In der Tür konnte Kathi Herrn Grollmanns Silhouette erkennen.

»Kathi?!«, fragte er entgeistert.

Kathi schwang sich in den Sattel und legte die Beine an. Die Stute schoss los, auf das Licht zu.

»Ahhhhh«, schrie Kathi und presste die Beine fester an den Pferdebauch. Es war zu spät, um die Füße in die Steigbügel zu schieben. Herr Grollmann sprang entsetzt zur Seite und sie preschte an ihm vorbei.

Die Helligkeit draußen blendete sie und sie verlor ihr Gleichgewicht. Mit aller Kraft rutschte sie wieder in den Sattel zurück. Vor ihr gähnte der weit geöffnete Pferdetransporter wie der Schlund eines Monsters. Der Mann stand neben der Klappe und hielt eine Peitsche in der Hand. Marwani galoppierte auf die Lücke zwischen ihm und der Scheunenwand zu, doch er hob den Arm und ließ die Peitsche knallen. Abrupt bremste Marwani ab.

»Verdammte Pferd, Stopp!«

»Nicht!«, rief Kathi verzweifelt.

Sie verlor die Zügel und hielt sich krampfhaft an der Mähne fest. Verzweifelt angelte sie mit den Beinen nach den Steigbügeln, doch die Riemen waren zu lang und sie kam nicht dran. »Nicht«, wiederholte sie flehend.

Der Pole ignorierte sie, holte aus und knallte wieder mit der Peitsche. Dieses Mal erwischte er Marwani am Vorderbein.

»Hören Sie auf!« Das war Herr Grollmann. »Sehen Sie denn nicht, dass Sie das Mädchen in Gefahr bringen?« Seine Stimme überschlug sich. Er schob sich an Marwani vorbei und versuchte dem Mann die Peitsche abzunehmen. Doch der Mann setzte sich zur Wehr und schubste den Alten weg. Laut knallte er mit der Peitsche.

Marwani stieg.

Kathi lehnte sich weit nach vorne. Der ohnehin schon lockere Sattelgurt löste sich und der komplette Sattel rutschte. Hilflos saß Kathi auf Marwani und verlor den Halt.

»Hilfe«, schrie sie laut, aber bevor noch jemand reagieren konnte, klatschte sie ungebremst auf das Pflaster.

Johannes Anders bremste mit quietschenden Reifen.

»Hey, nicht so sportlich, Papa!«, rief Mira. Der schaltete den Motor aus und zog die Handbremse an.

»Ran an den Speck!«, rief er übermütig. Eilig holte er Miras Rollstuhl aus dem Kofferraum.

»Ich komme in einer Stunde wieder. Vielleicht gibt's hier irgendwo ein Café. Viel Glück!«

Mira sah ihrem Vater nach. Sie schluckte. Es wäre ihr lieber gewesen, wenn er geblieben wäre, aber sie wusste auch, dass sie die nächste Aufgabe allein bewältigen musste. Bis hierhin war es ganz einfach gewesen, jetzt kam der schwierige Teil. Sie schaute sich auf dem Hof um. Das Haupthaus hatte ein Reetdach und wirkte malerisch. Der Hof war von hohen schlanken Bäumen umsäumt. Auf einer Schaukel saßen zwei kleine Jungs. Plötzlich sprang ein Fellknäuel an ihr hoch. Eine feuchte Zunge schleckte ihr über das Gesicht.

»Ihhhhh. Pumba? Ja, was machst du denn hier?« Sie streichelte dem Border Collie über den Kopf. »Schön, dich zu sehen.« Der Hund wedelte vergnügt mit dem Schwanz. Wo Pumba war, konnte Dan nicht weit sein.

Suchend blickte sie sich um und entdeckte das offene

Tor einer Scheune. Drinnen klickte und klackte es, als ob dort jemand arbeitete. Sie zögerte nur kurz, bevor sie in die Scheune hineinfuhr. Vor ihr stand ein beeindruckender Mähdrescher, der ihr ganzes Sichtfeld ausfüllte. Als Mira zwei Gummistiefel unter der Maschine hervorschauen sah, hüpfte ihr Herz. Gerade erklang eine dumpfe Stimme unter dem Mähdrescher: »Gustav, reichst du mir mal den Rollgabelschlüssel?«

Mira hielt den Atem an. Das war Dan. Ihr Herz fing an zu rasen. Sie beugte sich vor und ließ sich sanft aus dem Rollstuhl gleiten. Auf dem Boden lagen einige Werkzeuge verteilt und sie griff das erstbeste, das vor ihr lag. Angespannt drückte sie es Dan in die verschmutzte Hand, die er ihr wartend entgegenhielt.

»Das ist doch kein Rollgabelschlüssel, das ist eine Kombizange. Willst du mich veräppeln?«

Mira atmete aus und wurde innerlich ganz ruhig. »'tschuldige, ich kenne mich da nicht so aus.«

Dan sprang auf, stieß sich den Kopf und fiel zurück. Leise fluchte er und zog sich dann langsam unter der Landmaschine hervor.

»Du?«, fragte er entgeistert. Sein Gesicht war ölverschmiert und eine Beule wuchs aus seiner Stirn. Seine Haare fielen ihm ins Gesicht und Mira fand ihn so attraktiv wie noch nie zuvor.

Stumm robbte Mira näher zu ihm und nahm ihn in den Arm. Er wollte etwas sagen, aber sie bremste ihn.

»Scht, später.«

Er schloss die Augen und drückte sie fest. Miras Tränen rannen ihm die Schulter herab. Lange blieben sie so sitzen, wieder vereint und heilfroh, dass sie zueinandergefunden hatten.

Kathi bewegte sich nicht. Mit verdrehten Beinen lag sie auf dem Pflaster. Ihr Gesicht war blass, die Augen geschlossen. Eine Blutlache bildete sich unter ihr.

»Mist, verfluchter«, entfuhr es Herrn Grollmann. Er hatte sich über sie gebeugt und fühlte ihren Puls. »Sie ist bewusstlos, aber atmet noch.«

Der Pole hinter ihm hielt Marwani am Zügel. Marwani stand still und wie versteinert. Der Sattel hing locker unter ihrem Bauch, aber die Stute schien es nicht zu bemerken, ihr Blick war auf das Mädchen am Boden gerichtet.

»Geben Sie mir sofort Ihr Handy. Ich muss einen Rettungswagen rufen.« Das klang so autoritär, dass der Mann ihm stumm sein Handy herüberwarf. »Und unser Deal ist geplatzt. Marwani bleibt hier. Das wollte ich alles nicht.« Er wählte die Nummer des Rettungsdienstes.

Zitternd hielt Herr Grollmann Kathis Hand, während er der Leitstelle die Situation erklärte. Er verhaspelte sich ein paar Mal, so sehr stand er selbst unter Schock. Hinter ihm verlud der Mann Marwani. Steif folgte Marwani ihm in den Hänger, sie leistete keinen Widerstand. Leise schloss der Mann die Klappe und kletterte in die Fahrerkabine. Herr Grollmann merkte es nicht, denn er folgte den Erste-Hilfe-Maßnahmen am Telefon. Erst als der Motor aufheulte und ihn schwarzer Qualm aus dem Auspuff einnebelte, verstand er. Hektisch sprang Herr Grollmann auf und winkte panisch mit einem Arm: »He, ich sagte, ich verkaufe nicht. Bleiben Sie sofort stehen.«

Der Pferdetransporter hatte sich bereits in Bewegung gesetzt.

»Verdammt, stehen bleiben!«

»Bleiben Sie ruhig. Haben Sie das Mädchen in eine stabile Seitenlage gebracht?«, fragte eine besorgte Stimme am Telefon. Herr Grollmann gab auf und hockte sich wieder neben Kathi. Das Mädchen war wichtiger.

Der Pferdetransporter raste vom Hof und wurde auch nicht langsamer, als er krachend auf die Landstraße fuhr.

Kapitel 20

»Bitte, lauf nie wieder vor mir weg. Wir können doch über alles reden.«

»Alex hat mich so wütend gemacht. So ein aufgeblasener Idiot. Und dann diese Angeberkarre.«

»Das hat mein Vater auch gesagt.«

»Hah! Dein Vater war mir schon immer sympathisch.«

»Ich glaube, das beruht auf Gegenseitigkeit. Er hätte mich bestimmt nicht für jeden Jungen den ganzen weiten Weg nach Rügen gefahren.«

Sie saßen draußen auf ein paar Holzstühlen und teilten sich eine Packung Chips. Auf der Koppel vor ihnen tummelten sich ein paar Pferde und ihre Mähnen wehten im starken Wind.

»Und du schwörst, dass du Alex nicht magst?«

»Nein, Dan. Heiliges Indianer-Ehrenwort. Alex hat nichts, was ich an einem Jungen mag.«

»So, was magst du denn?«

»Mut. Selbstlosigkeit. Optimismus. Unerschütterlichkeit. Humor. Freundlichkeit. Willenskraft. Eben all die Eigenschaften, die du hast.«

Das gefiel Dan und er grinste selbstgefällig. »Du bist aber auch nicht übel«, witzelte er.

Mira atmete aus, sie wusste, dass das Eis gebrochen war.

Dan würde ihr verzeihen können und es würde alles wieder beim Alten sein. Ihr fiel ein Stein vom Herzen und tiefe Erleichterung breitete sich in ihr aus.

Fürsorglich legte Dan ihr eine Decke um die Schultern und zog einen weiteren Stuhl heran. Er setzte sich wieder neben sie, näher dieses Mal und legte vorsichtig einen Arm um ihre Schultern. Mira ließ es geschehen. Glücklich schob sie sich ein paar Chips in den Mund und schmiegte ihren Kopf an seine Schulter. Sein Geruch kroch in ihre Nase und sie schnupperte an seinem Hals.

»Schön, dass ich dich wiederhabe«, wisperte sie ihm zu.

»Mit vollem Mund redet man nicht«, neckte Dan sie, aber gleichzeitig zog er sie näher an sich heran.

In dem Moment raste Johannes Anders um die Ecke. Viel zu schnell fuhr er auf den Hof und bremste abrupt, sodass der Motor abgewürgt wurde. Hektisch kletterte er heraus und knallte die Tür zu.

Von Weitem rief er: »Schluss, ihr Turteltäubchen. Mira, wir müssen sofort nach Hause. Es gibt einen Notfall. Kathi ist im Krankenhaus. Bewusstlos.«

Erschrocken schlug sich Mira die Hände vor den Mund. Dieser plötzliche Wechsel war zu viel. Dan sprang auf und der Stuhl hinter ihm kippte um.

»Guten Tag, Herr Anders. Was ist passiert?«

Johannes Anders berichtete von Kathis Unfall. Herr Grollmann hatte ihn eben angerufen und alles erzählt.

»Deine Mutter weiß noch nicht Bescheid. Sie ist anscheinend unterwegs und konnte noch nicht benachrichtigt werden. Kathi wird gerade untersucht, bis jetzt wissen die Ärzte noch nichts Genaues.«

Mira unterbrach ihren Vater. »Das ist ja schrecklich! Wie konnte das denn passieren?«

»Sie hat wohl versucht, Marwani zu reiten.«

»Was?!«, riefen Mira und Dan gleichzeitig.

»Herr Grollmann meinte, er habe Marwani verkauft und Kathi hätte versucht, ihn davon abzuhalten.«

»Was?!«, riefen Mira und Dan wieder. Mira streifte sich die Decke von den Schultern, ihr wurde heiß. »Das kann er mir nicht antun!«

Und Dan fügte leise hinzu: »Das wäre nie passiert, wenn ich dageblieben wäre.«

»Die Geschichte geht noch weiter.« Johannes Anders fasste in wenigen Worten zusammen, wie der Mann Marwani mit der Peitsche bearbeitet hatte. Dabei lief er unruhig auf und ab und wedelte hektisch mit den Armen. »Herr Grollmann ist am Ende seiner Kräfte. Wir müssen sofort nach Hause und Kathi beistehen. Wer weiß, ob sie je wieder aufwacht. Und wenn sie aufwacht, in welchem Zustand.«

Die letzten drei Worte sagte er in gequältem Ton. Er stützte sich auf den wackligen Tisch.

Mira war ratlos und legte ihm eine Hand auf die Schulter. Mit jeder Faser ihres Herzens wünschte sie sich, dass es sich nur um ein paar Knochenbrüche handelte. Der Gedanke, dass ihre Schwester auch im Rollstuhl landen könnte, schnürte ihr die Kehle zu. »Ich muss sofort zu ihr.«

Dans Handy klingelte und er schaute auf das Display.

»Bleibt hier, o.k.? Fahrt jetzt nicht sofort weg. Ich muss nur kurz telefonieren, aber ich hab nur auf der Koppel gutes Netz. Ich bin gleich wieder da.«

Sie beobachteten, wie Dan auf die Wiese lief und telefonierte. Das Gespräch dauerte nur kurz. Dann wählte er wieder eine Nummer und dieses Mal dauerte es eine Viertelstunde. Er wanderte dabei in einem kleinen Kreis und Mira sah, wie er zwischendurch schrie. Leider konnte sie von hier aus nur gedämpfte Laute hören. Ihr Vater saß in sich zusammengesunken vor ihr und suchte im Internet den aktuellen Staubericht.

»Das Internet ist so was von langsam hier«, maulte er. »Immer dann, wenn man es wirklich braucht.«

Endlich kam Dan zurück. »Das mit Kathi ist furchtbar und ich weiß jetzt, wer an dem ganzen Schlamassel schuld ist. Nämlich diejenige, die Marwani gekauft hat.«

»Was? Wer ist es?« Mira krallte sich so fest an ihren Rollstuhl, dass ihre Fingerknöchel weiß hervortraten. Die Sorge um ihre Schwester brachte sie fast um.

»Kader Wennberg.«

»Nein.«

»Doch. Das macht alles Sinn. Herr Grollmann behauptet, er habe Marwani an eine Dame aus Dresden verkauft. Aber der Fahrer, der Marwani abgeholt hat, hat sein Handy bei Herrn Grollmann vergessen. Die letzte gewählte Nummer sei unter ›Kader‹ gespeichert. Es ist typisch für Kader, den richtigen Moment abzuwarten – nämlich dann, wenn ich nicht da bin. Sie weiß genau, dass ich es nie zulassen würde, dass sie Marwani kauft.«

»Bist du dir sicher?«

»Ja. Ich habe Kader direkt angerufen und sie hat es zugegeben. Ich habe ihr von Kathis Unfall erzählt. Da wurde sie ganz kleinlaut und meinte, das sei nicht ihre Schuld.«

Johannes Anders legte sein Handy beiseite. »Redet ihr von

Kader Wennberg, Tochter von diesem Gutsbesitzer, bei dem Marwani nach ihrem Ausbruch gelandet ist?«

»Ja. Ist eine lange Geschichte, Papa. Aber was hat sie mit Marwani vor, Dan?«

»Gar nichts, sie hat überhaupt kein Interesse an Marwani. Es ist nur ein Machtspiel. Sie hat es nie verkraftet, dass ich sie abgewiesen habe, und ich dich … also egal. Jedenfalls hat sie Marwani direkt weiterverkauft. An ein Gestüt in Stettin. Der Fahrer, der sie heute Morgen mitgenommen hat, fährt sie direkt dorthin.«

Mira wurde kreidebleich. »Und was ist das für ein Gestüt?«

»Ich wünschte, ich hätte bessere Nachrichten. Kader hat früher schon mal mit denen gedealt. Der Besitzer, das ist ein ganz übler Typ. Marek ist für seine grausamen Techniken bekannt. Wer dort nicht pariert, endet schnell beim Metzger.«

»Polen, ja?« Johannes Anders kniff ein Auge zu. »Wir sind hier nicht weit von der polnischen Grenze. Wenn der von uns aus losgefahren ist, wird er über Berlin fahren und die Grenze auf der A11 kreuzen.«

Nachdenklich lief er zum Auto und holte vom Rücksitz Miras Rucksack heraus. »Dan, komm mal her.«

Er wartete, bis Dan bei ihm war, und ging dann noch ein paar Schritte weiter. Das hier war nicht für Miras Ohren bestimmt. Nachdenklich schaute er den jungen Mann an und drückte ihm schließlich etwas in die Hand. Dan schaute es entgeistert an. Es war eine Tafel Schokolade.

»Milka Trauben-Nuss?«

»Die ist für Mira. Hilft wahre Wunder, wenn sie schlechte Laune hat. Ich fahre allein zurück und du versuchst mit Mira den Lastwagen vor der Grenze abzufangen. Ruft euch ein Taxi, ich zahle die Rechnung.«

Dan schaute ihn mit offenem Mund an.

»Wie?«, brachte er mühsam heraus.

»Ganz recht. Ich kümmere mich um Kathi und ihr findet den Pferdetransporter.«

»Mira wird ihre Schwester sehen wollen.«

»Ja, ich weiß. Aber es ist besser, wenn Mira nicht dabei ist, wenn ich ins Krankenhaus fahre. Sie … sie kommt nicht sehr gut mit Krankenhäusern klar.« Er zögerte kurz. »Vertrau mir, ich kenne meine Tochter. Und ich möchte selbst erst wissen, was mit Kathi los ist, und mich in Ruhe mit meiner Frau beraten können, falls es ernst wird. Das ist nichts für Mira.«

Dan fühlte sich sichtlich unwohl in seiner Rolle. »Aber…« setzte er an, doch Johannes Anders unterbrach ihn.

»Was Mira jetzt braucht, ist eine Aufgabe. Bei Kathi kann sie nichts machen, außer warten. Marwani hingegen kann sie retten. Wenn ihr den Transporter gefunden habt, ruft ihr mich an. Bis dahin habe ich mir was überlegt. Du passt gut auf Mira auf. Sie denkt, sie ist selbstständig und deshalb«, er beugte sich weit vor, damit Mira ihn auf keinen Fall hörte, »bleibt das hier im Detail unter uns. Du bist ein guter Junge, Dan. Sieh zu, dass du mein Vertrauen nicht zerstörst.«

»Äh«, antwortete Dan, nicht besonders schlagfertig. »Klar. Sie können sich auf mich verlassen.« Er griff nach der Schokolade und steckte sie in eine Tasche. »Ich hoffe, Kathi ist nichts Ernsthaftes passiert. Das würde ich mir nie verzeihen. Immerhin ist es meine Schuld, dass Kader überhaupt die Gelegenheit hatte, Marwani zu kaufen. Wenn ich nicht abgehauen wäre, wäre das nie passiert.«

Die leere Chipstüte kam ihnen entgegengeweht und Dan fing sie geistesgegenwärtig auf.

»Was ist denn jetzt?«, rief Mira herüber. Sie hatte die Hände wie einen Trichter vor den Mund gelegt. »Geht es los?«

Johannes Anders nickte Dan noch einmal zu, stieg ins Auto und ließ den Motor an.

Mira lehnte sich nach vorne. »Können Sie nicht etwas schneller fahren?«

»Tut mir leid, hier ist Hundertzwanzig.« Der Taxifahrer deutete auf ein Straßenschild. »Regeln sind Regeln.«

Dan zog Mira an den Schultern zurück. »Ist gut, Mira. Lass mich mal.«

Jetzt beugte er sich nach vorne. »Wenn Sie es bis 20 Uhr nach Fürstenwalde schaffen, gebe ich Ihnen 100 Euro extra.«

Der Taxifahrer antwortete nicht, aber drückte aufs Gas. Die Landschaft raste an ihnen vorbei. Wiesen und Felder wechselten sich ab, irgendwann fuhren sie durch ein Waldgebiet.

Mira beobachtete, wie ein Schwarm Vögel über den Bäumen aufstieg. Das Fenster war geschlossen, aber Mira wusste, dass sie laut dabei krächzten. Auf der gegenüberliegenden Spur der Autobahn blinkten die Lampen einer Baustelle. Mira wurde blass.

»Ist dir nicht gut?«, fragte Dan besorgt und griff nach ihrer Hand.

Mira schluckte. Es erinnerte sie an ihren Unfall. Daran, wie die Lichter auf sie zurasten und sie nach vorne geschleudert wurde. Ihre Gedanken wanderten zu ihrer kleinen Schwester, wie sie in einem weißen Krankenhausbett lag, die Augen geschlossen, mit Schläuchen an Maschinen und Messgeräten gebunden.

Sie riss sich zusammen und atmete tief aus. »Nein, alles o.k. Ich mache mir nur Sorgen um Kathi. Es wäre besser gewesen, wenn ich ins Krankenhaus gefahren wäre. Selbst wenn sie bewusstlos ist, meine Stimme hätte sie bestimmt trotzdem erkannt. Sosehr ich Marwani liebe, es fühlt sich falsch an.«

»Ich weiß, was du meinst. Aber sieh es mal so: Marwani kannst du vielleicht helfen, Kathi nicht.«

»Dan, wenn dem so wäre! Du bist sehr optimistisch, ich glaube ehrlich gesagt nicht, dass wir auch nur eine kleine Chance auf Erfolg haben.«

Dan zuckte mit den Schultern. »Denk mal dran, was deine Schwester sich von dir wünschen würde. Was meinst du?«

Mira verstand den Hinweis. »So gesehen. Sie hätte mich natürlich Marwani hinterhergeschickt. Kathi setzt Pferde immer an erste Stelle.« Der Gedanke beruhigte ihr schlechtes Gewissen etwas.

Dans Handy vibrierte und er las die Nachricht. Er zoomte ein Bild heran, das mitgeschickt worden war. »Das ist von Herrn Grollmann. Sehr interessant.«

»Was denn? Was hat er geschrieben? Zeig her!«

»Immer mit der Ruhe. Lass mich das eben noch mal prüfen.«

Nachdenklich schaute er auf den Bildschirm. »Herr Grollmann schreibt, dass er Marwani an die Pferdezüchterin Diana von Kronenstein verkauft hat. Und um es mir zu beweisen, hat er ein Foto von der ersten Vertragsseite gemacht. Mit der Unterschrift. Und da steht es ganz klar: Diana von Kronenstein.«

»Hä?« Mira war verwirrt. »Ich dachte, Kader hat Marwani gekauft? Hat sie dir doch selbst bestätigt.«

»Ja, genau. Das heißt, sie hat die Unterschrift gefälscht und einen Mittelsmann mit dem Vertrag vorbeigeschickt. Damit ist der Vertrag ungültig!«

»Krass. Na gut, immerhin etwas. Hilft uns zwar gerade nicht viel, aber gut zu wissen. Ob wir Marwani jemals finden, ist eine andere Sache.«

Dan tippte auf das Foto mit dem Vertrag. »Jetzt mal doch nicht gleich den Teufel an die Wand. Herr Grollmann schreibt auch, dass er dem Fahrer deutlich gesagt habe, er stimme dem Verkauf nicht mehr zu. Hm. Am Abend vorher hat er Besuch von einem jungen Mann bekommen, der ihm zu dem Verkauf gedrängt hat. Ich frage mich nur, wen Kader bequatscht hat, dieses perfide Spiel mitzumachen. Ich meine, dieser Mittelsmann macht sich ja auch strafbar.«

Das Handy vibrierte wieder und wieder, als Herr Grollmann weitere Nachrichten schickte. Der alte Mann schien ein sehr schlechtes Gewissen zu haben. »Blaue Augen hatte er, hochgewachsen und eine alberne Haartolle. An mehr erinnert er sich nicht. Klingt fast wie dein Ex.«

»Alex? Das ist nicht mein Ex.«

Mira erinnerte sich auf einmal an ihren Geburtstag und Alex' Besuch. An seinen Versuch, sie zu küssen und ihre Abweisung. Marwani hatte ihn zum Abschied attackiert und er war so wütend gewesen. Noch nie hatte Alex mit Enttäuschungen umgehen können und der Gedanke machte ihr

Angst. Sie lehnte sich in den Sitz zurück und schloss die Augen. »Aber du hast recht, die Beschreibung passt. Nur, woher sollte er Kader kennen? Er wohnt so weit weg.«

Die Stunden vergingen und sie passierten Berlin. Mira wurde müde und sie nickte kurz ein. Ihr Kopf fiel gegen Dans Schulter und sie versank in einer Traumwelt, voller Bilder und Geräusche. Marwani galoppierte ihr entgegen, mit eleganten Bewegungen und Hufen, die den Boden nicht zu berühren schienen. Sie wirkte leicht wie eine Feder. Im Traum streckte Mira die Arme aus und die Szene veränderte sich. Jetzt stand die Stute angebunden in einem Pferdetransporter, panikerfüllt und verwirrt. Sie zerrte am Führstrick und versuchte sich aufzubäumen, es gelang ihr nicht. Mira schreckte auf.

»Na, hast du geträumt?«, fragte Dan fröhlich und strich ihr zärtlich über das Haar. »Ich hoffe von mir.«

»Nein, von Marwani.«

»Na, dann wollen wir mal hoffen, dass deine Träume alle in Erfüllung gehen.«

»Bitte nicht«, murmelte Mira und rieb sich die Augen. Die Sorgen um Marwani und Kathi fraßen sie auf und in ihr kochte eine Mischung aus Angst, Entsetzen und Bestürzung.

Sie rasten weiter Richtung Grenze und prüften von nun an jeden Parkplatz. Es war nur wenig Verkehr auf der Autobahn und weit und breit kein Pferdetransporter in Sicht. Draußen war es dunkel geworden.

»Bei Frankfurt an der Oder ist Schluss«, brummte der Taxifahrer und wischte sich den Schweiß von der Stirn. Mira war kalt gewesen und die Heizung in dem Auto lief auf Hochtouren.

Ein weiterer Autohof war ausgeschildert.

»Den auch?«, fragte der Taxifahrer. Prüfend blickten Mira und Dan sich an.

»Der liegt etwas abseits, ich glaube nicht, dass der Fahrer hier halten würde. Was meinst du?«

»Ich muss dringend pinkeln.«

Sie fuhren die Ausfahrt ab und folgten einer Landstraße bis zum Autohof. Dan half Mira aus dem Wagen und schlenderte anschließend Richtung Tankstelle, um sich etwas zum Trinken zu kaufen, während Mira Richtung Toilette verschwand. Als er zum Taxi zurückkam, war Mira nicht zu sehen.

»Pausen werden nach Zeit berechnet«, grummelte der Taxifahrer ungeduldig und trommelte mit den Fingern auf dem Lenkrad.

Dans Handy klingelte. »Ja?«

»Zahl den Taxifahrer und komm her. Richtung Toiletten auf den Lastwagenparkplatz. Beeil dich und bring meinen Rucksack mit. Ich habe ihn gefunden.«

Kapitel 21

Der Fahrer in der Kabine hatte das Fenster heruntergelassen. Er rülpste laut und Mira verzog angewidert das Gesicht. Zusammen mit Dan hockte sie hinter einem Müllcontainer und beobachtete den Transporter. Der Fahrer warf eine leere Bierdose aus dem Fenster. Sie rollte über den Parkplatz.

»Trinkt der etwa am Steuer?«, flüsterte sie Dan zu.

Der versuchte gerade, sich auf einen Müllcontainer zu ziehen, aber der Deckel klapperte.

»Pscht, lass das.«

Der Fahrer kurbelte das Fenster hoch und kletterte aus dem Wagen. Er wischte sich die Hände an der Hose ab und ging Richtung Tankstellenshop. Dabei kam er genau auf die beiden zu. Als er den Müllcontainer beinahe erreicht hatte, beugte sich Dan hinunter und drückte Mira heftig an sich.

»Mach mit«, flüsterte er ihr zu.

Und Mira tat so, als würde sie Dan leidenschaftlich küssen, obwohl sich ihre Lippen nur sanft berührten. Mira war dankbar darüber, das wäre nicht die Art von Kuss gewesen, die sie sich von Dan gewünscht hätte. Aber ihr Plan klappte: Der Fahrer ignorierte die beiden und ging weiter.

Mira schubste Dan von sich. »Glück gehabt, der hat nichts gemerkt.«

Dan strahlte sie an.

»Äh? Ja, kann sein.« Seine Wangen glühten und er klopfte sich mit beiden Händen dagegen.

»Das war nur, damit der uns nicht enttarnt, klar?«

»Klar.«

Ohne noch mehr Zeit zu verlieren rollte Mira zum Pferdeanhänger und legte ein Ohr an die Wand.

»Marwani? Kannst du mich hören?«

Im Inneren schnaubte es.

»Und jetzt?« Plötzlich überkam Mira eine tiefe Verzweiflung. Sie hatten es so weit geschafft, hatten Marwani tatsächlich gefunden, aber jetzt war sie ratlos.

»Ohne Zündschlüssel können wir den Pferdetransporter hier nicht wegbewegen und wenn wir die Polizei rufen, dauert es zu lange. Bis dahin ist der Fahrer längst über alle Berge. Wir können nichts tun, Dan.«

Mira fing an zu schluchzen. Es war alles vorbei. Sie wusste, sie würde Marwani für immer verlieren.

»Nichts da. Die Parole heißt: Niemals aufgeben. Solltest du eigentlich wissen.«

Laut schniefte Mira und fuhr sich mit dem Handrücken über die Nase. In ihr drin erwachte der Kampfgeist wieder. Wenn der Fahrer hier wegwollte, würde sie sich vor dem Transporter parken. Eher würde sie sich überfahren lassen, statt Marwani ein weiteres Mal zu verlieren.

Es klirrte. Scherben fielen auf den Boden. Dan hatte die Fensterscheibe zur Kabine eingeworfen und kletterte auf die Trittleiter, um hineinzuspähen. Sofort zog er angewidert den Kopf wieder raus.

»Da drin stinkt es wie in einer Bärenhöhle. Auf dem Boden liegt ein halber Döner und auf dem Sitz liegt eine angebrochene Packung fettige Wurst. Bäh. So ein Schwein.« Dan fuhrwerkte an ein paar Hebeln herum. »Vorsicht, Mira!«

Es quietschte und die Rampe des Hängers fuhr herunter. Marwanis Hintern kam zum Vorschein. Mit vor Aufregung wild klopfendem Herzen fuhr Mira in den dunklen Hänger hinein und Dan folgte ihr. Er löste den Strick, mit dem Marwani angebunden war. Liebevoll strich Mira Marwani im Finstern über den Bauch. Es war eng im Hänger und sie konnte den Rollstuhl nicht drehen.

»Alles wird gut, das verspreche ich dir.« Marwani zitterte und war schweißbedeckt. Wieder schnaubte sie leise. Der Boden des Hängers war mit Pferdeäpfeln und angefaultem Stroh bedeckt. »Wir sind jetzt wieder vereint. Zusammen kann uns niemand etwas.«

»Verdammte Scheiße«, schallte es über den Parkplatz. »Was ist hier los?«

»Das ist der Fahrer. Wir müssen weg!« Dan griff nach den Rollstuhlgriffen.

»Nein. Dan, heb mich hier raus. Wir machen es auf meine Art. Vertrau mir.«

»Ich schlag euch zu Brei«, schrie der Fahrer in das Dunkel hinein. Er zog ein Messer hervor und stellte sich breitbeinig vor die Rampe. »Rauskommen, sofort!«, brüllte er laut.

Und *etwas* kam heraus.

Marwani stürzte rückwärts aus dem Hänger wie ein weißer Blitz in der Nacht. Mira lag auf ihr und hielt sich an der

Mähne fest. Ihre Beine baumelten unkontrolliert am Pferdebauch herunter. Kein Sattel, keine Trense.

Einen Moment stockte der Fahrer, dann griff er das Messer in seiner Hand fester. »Du verdammter Dieb, ich schlitze dich …«

Zu spät.

Die Stute hob ein Bein und versetzte ihm einen Tritt. Sie erwischte ihn an der Schulter und er flog nach hinten in die Dunkelheit.

»Lauf, Marwani«, rief Mira, und zu Dan: »Ruf die Polizei. Wir machen uns auf den Heimweg. Findet uns.«

Kreidebleich war Dan, als er aus dem Hänger trat und erst auf den am Boden liegenden Mann und anschließend zu Mira starrte. Der Mann wachte gerade auf und machte Anstalten, sich aufzurichten. Er tastete nach seinem Messer.

»Wie? Du kannst doch nicht …«

Mira grinste breit und lehnte sich leicht nach vorne.

»Doch, wir können. Man sieht sich.«

Marwani galoppierte an. Dan sah den beiden nach. Sie verschwanden im Dunkeln und nur die Hufe waren auf dem Asphalt noch zu hören. Schließlich wurden sie leiser und verklangen ganz. Ein Geräusch erklang hinter ihm und Dan drehte sich um. Der Mann robbte auf sein Messer zu.

Entschlossen trat Dan auf den Mann zu und kickte das Messer in die undurchdringlichen Büsche neben dem Parkplatz. Er zückte sein Handy und wählte die Nummer der Polizei. »Dann wollen wir mal.«

Der Mond war durch eine Wolke gebrochen und beleuchtete die Baumwipfel. Vorsichtig stapfte Marwani über die Wurzeln und suchte sich ihren Weg. In Miras Kopf raste es, Bilder stiegen in ihr auf und versanken wieder. Sie dachte an Kathi und hoffte, dass ihre Schwester wieder aufwachte. An Lena, Alex, Kader und Herrn Grollmann. An ihre Eltern und an Dan. Alles vermischte sich zu einem wirren Film, der gleichzeitig vorwärts und rückwärts lief. Aber in ihrem Herz war sie ruhig. Sie hatte Marwani gefunden und gerettet und jetzt würde alles wieder gut werden, dessen war sie sich sicher. Liebevoll streichelte sie der Stute über den Hals. »Meine wunderschöne Marwani«, flüsterte sie.

Sie waren lange galoppiert, erst an der Autobahn entlang, später gelangten sie durch ein Loch im Zaun in den Wald, und von dort an Seen vorbei und durch ein kleines Dorf. Sie waren eins mit der Nacht und die Nacht umhüllte sie wie ein schützender Schleier. Niemand konnte ihnen hier draußen wehtun oder sie auseinanderreißen, die Dunkelheit war ihr Schutz und gemeinsam waren sie unbesiegbar.

Mira wollte an keinem anderen Ort der Welt sein, als hier zusammen mit Marwani. Marwanis Mähne war verklebt vom Schweiß und sie stank nach verfaultem Stroh, aber das war Mira egal. Es zählte nur, dass sie wieder zusammen waren. In ihrem ganzen Körper kribbelte es, in ihrem Bauch, ihren Armen und auch tief in ihren Beinen. Als ob kleine Ameisen durch ihre Nervenbahnen liefen und sie daran erinnerten, dass sie lebte. Das Kribbeln war so stark wie nie zuvor und erfüllte sie mit dem intensiven Gefühl, lebendig und mit Marwani verbunden zu sein.

»Nichts wird uns je wieder trennen«, versprach sie der Stute.

Kathi öffnete die Augen. Sie blickte in das besorgte Gesicht ihres Vaters. Ein Arzt tauchte neben ihm auf.

»Wo ist Marwani?«, rief sie und drehte den Kopf. »Wo bin ich?«

Johannes Anders atmete tief aus. Er war blass und wirkte unendlich erleichtert.

»Schön, dass du aufgewacht bist. Wir reden gleich über Marwani. Wie geht es dir?«

Umständlich versuchte Kathi sich aufzusetzen, aber der Arzt drückte sie zurück ins Bett.

»Noch nicht, junge Dame.« Er wies auf die Geräte, an die sie angeschlossen war. Kathis linker Arm und beide Beine waren eingegipst.

Eine Frau drängelte sich hektisch an dem Arzt vorbei. Es war Frau Anders, völlig außer Atem.

»Meine arme Kleine. Hast du Schmerzen? Soll ich dein Kissen aufschütteln? Ach nein, ruh dich erst mal aus.« Sie beugte sich vorsichtig vor und drückte ihrer Tochter einen Kuss auf die Stirn.

Johannes Anders hatte in der Zwischenzeit ein Glas Wasser besorgt, aber Kathi hatte wieder die Augen geschlossen. Der Arzt winkte die Eltern nach draußen vor die Tür.

»Zuerst die gute Nachricht. Leichte Gehirnerschütterung, aber kein ernster Schaden. In ein paar Wochen wird sie sich davon erholt haben.«

»Und die schlechte Nachricht?«

»Sie hat sich den Arm gebrochen. Und beide Beine. Gleich mehrfach. Verstehen Sie mich nicht falsch, aber ihre Tochter hat großes Glück gehabt. Sie ist nur knapp einer schlimmeren Verletzung entgangen.«

»Also für mich klingt das ziemlich schlimm.« Maria Anders suchte Halt an der Wand. Sie schniefte in ein Taschentuch. »So viele Brüche auf einmal.«

»Damit meinte ich, dass ihre Wirbelsäule nicht beschädigt wurde. Ansonsten wäre sie jetzt querschnittsgelähmt. Die Beine haben den Druck abgefedert. Aber sie werden heilen. Sechs Wochen Gips, danach viermal die Woche zur Rehabilitation. In drei Monaten wird sie sich wieder frei bewegen können. Die Operation verlief gut und die Narben werden ausheilen. Unsere Ärzte haben sauber gearbeitet.«

Mira war hungrig, durstig und sie musste dringend aufs Klo. Aber sie wusste, dass sie ohne Hilfe nicht mehr auf Marwanis Rücken klettern konnte. Sie waren mitten in der Pampa und sie hatte hier kein Netz. Das Morgengrauen tauchte den Wald in ein unwirkliches Licht und Marwani schritt mit gesenktem Kopf voran. Sie war sehr müde und hatte kaum noch Kraft.

Die ersten Sonnenstrahlen kitzelten Mira an der Nase und sie wurde schläfrig. Sie schloss die Augen und driftete weg. Als sie etwas hart am Kopf traf, verlor sie das Gleichgewicht. Krampfhaft suchte sie Halt, aber es war zu spät, sie rutschte von Marwanis Rücken. Ein tiefhängender Ast hatte sie erwischt. Nun lag sie auf dem Rücken und schaute in die Baumwipfel. Marwanis Schnauze erschien über ihr.

»Wie damals, als ich dich nachts zum ersten Mal besuchen wollte«, erinnerte Mira die Stute. »Da lag ich auch hilflos vor dir.«

Sie zückte ihr Handy. Immer noch kein Netz. Aber vor ihr lag ein Hügel, vielleicht würde es dort oben funktionieren. Mühsam zog sie sich zentimeterweise den Abhang hinauf. Marwani trottete brav hinter ihr her. Auf der Kuppe angekommen schaute sie auf den Bildschirm – ein Balken. Sie seufzte und wählte eine Nummer.

Der Polizist wickelte Mira in eine warme Decke und sie bedankte sich. Die Wärme tat gut. Außerdem stand eine dampfende Tasse Tee vor ihr. Die Tür in der kleinen Polizeistation ging auf und Dan stürmte herein.

»Mira …«

Er trug noch dieselben Klamotten wie gestern Abend. Atemlos fiel er ihr um den Hals. Er schob ihre Haare aus der Stirn und streichelte sanft ihre Wange.

»Mira …«, wiederholte er.

»Jep, ich bin es. Gut, dass du hier bist. Kannst du irgendwo Kraftfutter auftreiben? Marwani darf draußen weiden, aber ich glaube, sie braucht etwas mehr Energie. Sie ist ziemlich erschöpft.«

»Das mache ich sofort.« Er sah sie prüfend an. »Du siehst ziemlich scheiße aus.«

Mira lachte und hustete dabei. »Na, danke. Du bist auch

keine Augenweide. Und du riechst, als hättest du gerade in einem Klärwerk gebadet.«

Dan hob den Arm und roch demonstrativ an seinem T-Shirt. »Geht noch«, feixte er.

»Apropos Gestank, was ist aus unserem polnischen Fahrer geworden?«

Dan grinste. Er zeigte auf seine Hose. »Gut, dass du weggeritten bist. Der Typ war echt gefährlich. Er wollte mich wieder mit dem Messer attackieren, aber ich war schneller. Ich habe ihn mit meinem Gürtel gefesselt und er hat furchtbar geflucht und mich angespuckt. Zum Glück kam die Polizei schnell.« Dankbar schaute er zu den Polizisten hinüber, die hinter Mira an einem Schreibtisch saßen. Die nickten ihm jetzt zu.

Der eine sagte: »Meine Kollegen haben uns über den Vorfall unterrichtet. Der Fahrer hatte wohl ein paar Pferdeäpfel im Mund.«

Mira lachte laut auf. »Konntest es nicht lassen, was?«

»Nicht meine Schuld. Er hat versucht, sich zu befreien und ich musste ihn ruhigstellen.« Dan zog Mira wieder an sich und umarmte sie. »Ich kann es nicht fassen, dass du es so weit geschafft hast. Das sind fast hundert Kilometer gewesen. Wir haben dich in einem viel kleineren Umkreis suchen lassen. Ich habe mir riesige Sorgen um dich gemacht. Wie hast du dich nur so lange auf Marwani halten können?«

»Keine Ahnung, ich wollte da nur weg, es kam mir gar nicht so weit vor.«

Einer der Polizisten stand nun auf und kam herüber. »Es ist uns unvorstellbar, wie ein Reiter ohne Sattel und Trense so eine Distanz zurücklegen kann. Und dann noch jemand, der seine Beine nicht spürt.«

Instinktiv griff sich Mira an die Beine. Das Kribbeln von letzter Nacht war wieder verschwunden. Wahrscheinlich war es nur die Aufregung und der erhöhte Adrenalinpegel gewesen, dachte sie. Sie sah den Polizisten ernst an. Schließlich entgegnete sie: »Das Leben ist nicht unbedingt die Party, die wir uns erhofft haben. Aber wenn man schon mal hier ist, kann man auch tanzen.«

Dan prustete los. »Klassisch, Mira! So etwas kann nur von dir kommen.«

Sie lachten und unterhielten sich noch eine Weile. Die Polizisten versorgten sie mit Keksen und noch mehr Tee. Dann zog Dan los, um Futter für Marwani zu besorgen. Herr Grollmann war bereits mit einem Pferdeanhänger unterwegs und würde in ein paar Stunden hier sein, um sie alle nach Hause zu bringen.

Marwani graste friedlich auf ihrer Koppel. Sie war frisch gewaschen und strahlte im Sonnenlicht. Mira und Dan saßen Hand in Hand auf einer Decke unter dem großen Baum.

»Der Baum hat es mir echt angetan. Von Anfang an. Immer wenn ich hier hingekommen bin, um Marwani zu besuchen, war das so, als könnte ich alle meine Sorgen hier abladen. Und wenn ich sie abends wieder einsammeln wollte, waren es immer weniger Sorgen als zuvor. Als ob der Baum sie absorbiert hätte.«

»Ja, der Baum oder Marwani. Wer weiß. Jedenfalls schön, wieder zu Hause zu sein.« Dan streckte die Beine aus. »Ich glaube, ich verbringe jetzt immer meine Mittagspause hier bei dir.« Er legte seinen Kopf in ihren Schoß, in seinem Mundwinkel steckte ein Grashalm. Mira kitzelte ihn am Hals, sodass Dan den Grashalm prustend wieder ausspuckte.

»Du bist nun eine richtige Berühmtheit, Mira. Das Mädchen, das ohne Sattel und Trense hundert Kilometer durch die Nacht galoppiert.«

»Wohl eher der Krüppel, der nicht vom Pferd fällt. Das ist es doch, was die Menschen am meisten fasziniert. Ich mache mir nichts aus dem Rummel, aber die Interviews haben gut Geld in die Kasse gebracht und ich konnte Gut Falkental öfters erwähnen. Das kurbelt Herrn Grollmanns Geschäfte bestimmt an.«

»Ein kluger Schachzug.« Dan drehte sich auf den Bauch und stützte sich auf die Arme. »Du hast Herrn Grollmann das ganze Geld gegeben, richtig?«

»Ja, seine finanziellen Sorgen lösen sich wohl kaum in Luft auf. Ich will nicht, dass er jemals wieder darüber nachdenkt, Marwani zu verkaufen. Kathi hat ihm ihr ganzes verdientes Turniergeld gestiftet. Dafür werde ich ihr ewig dankbar sein. Sie wollte eigentlich auf ein eigenes Pferd sparen. Herr Grollmann ist jetzt fast schuldenfrei. Fehlen nur noch ein paar Tausend Euro.«

»Das lass mal meine Sorge sein«, brummte Dan. »Ich habe schon mit ihm geredet und wir haben ein bisschen gedealt.«

»Was soll das heißen?« Mira schaute ihn neugierig an.

Dan lenkte ab. »Hast du schon gehört? Kader wurde verhaftet. War wohl eine größere Aktion, die sind mit mehreren Wagen mit Blaulicht auf den Hof gefahren und Herr Wennberg hat einen furchtbaren Aufstand gemacht. Aber Gesetz ist Gesetz.«

»Kathi hat mir davon erzählt. Die Nachricht hat sich ausgebreitet wie ein Lauffeuer. Aber Alex konnte man nichts nachweisen. Herr Grollmann war so verwirrt an dem Abend als er vorbeikam, dass er ihn bei der Gegenüberstellung nicht eindeutig identifizieren konnte.«

»Hm.« Dans Stirn runzelte sich. »Tut er dir leid? Ich meine Alex.«

»Nee. Das ist ein Vollidiot. Habe ich nur zu spät erkannt.«

Dan zwinkerte ihr zu. »Du hast eben einen schlechten Männergeschmack.«

»Oder das, ja.« Sie schwiegen eine Weile und sahen Marwani beim Grasen zu, die deutlich runder war als noch vor ein paar Monaten.

»Weißt du, dass du ganz schön kompliziert bist?«, fragte Dan.

»Ich? Weiß gar nicht, wie du darauf kommst. Ich bin nicht schwierig. Ich bin nur für Fortgeschrittene.«

Sie lachten. Marwani gesellte sich zu ihnen und sah sie neugierig an. Freundlich stupste sie Dan am Fuß. Der setzte sich auf und klopfte ihr den Hals.

»Wir lassen dich nie wieder gehen, Marwani. Versprochen.«

Kapitel 22

Marwani stand wie festgefroren unter dem Baum und ließ sich nicht führen. Es war ein frischer Sommertag und eine kühle Brise wehte, die die Köpfe der Blumen am Wiesenrand schaukeln ließ. Der Sommer feierte seinen Höhepunkt in all seiner Pracht. Der Löwenzahn leuchtete gelb wie Tausende kleine Sonnen, und ein paar einzelne Klatschmohnblumen erhoben sich aus dem Wiesenmeer. Selbst an schattigen Stellen war das Grau des Winters verschwunden, verdrängt von den Blüten des Waldgeißblatts, der die kühleren Stellen liebte.

Aber Marwani ignorierte die Blumen und Gräser, die Sonne und den leichten Sommerwind. Sie stand mit gesenktem Kopf unter ihrem Lieblingsbaum und wollte ihren Platz nicht verlassen.

»Was hast du denn?«, fragte Mira und streichelte ihr über die Nase. »Möchtest du heute nicht ausreiten?«

»Vielleicht ist sie krank?«, mutmaßte Kathi. Sie saß neben Mira und ihre Krücken lehnten am Baum. Bald würde sie sie nicht mehr brauchen.

»Weiß nicht«, antwortete Mira, »irgendetwas stimmt nicht mit ihr.«

Mit ihren tiefgründigen Augen blickte Marwani Mira an. Sie stand still und unbewegt, wie ein Trugbild, das jederzeit entschwinden könnte.

»Zu viele Mücken hier«, fand Kathi und machte sich auf den Weg nach Hause.

Dafür gesellte sich Dan zu Mira. Müde ließ er sich neben sie plumpsen. »Mira, ich muss mit dir reden. Es ist wegen Marwani.«

»Was?« Mira sank das Herz in die Hose. Dan klang sehr ernst. Hoffentlich war es nichts Schlimmes – Marwani todkrank, ohne Aussicht auf Heilung … sie riss sich zusammen und straffte die Schultern.

»Was ist los, Dan?«

»Mira, erinnerst du dich noch daran, wie Marwani letztes Jahr, um genau zu sein vor elf Monaten, abgehauen ist?«

»Klar, zum Apfelhof. Warum? Was ist jetzt schon wieder los? Wollen die etwa mehr Geld?«

»Nein, das ist es nicht. Die haben doch diesen Hengst …«

»Knockout. Der schwarze Trakehner mit dem weißen Stern auf der Stirn.«

»Genau. Jedenfalls hat Marwani mit ihm die Nacht verbracht. Ich denke, Marwani ist hochträchtig. Mira, sie kriegt ein Fohlen.«

»Aber … aber … aber wie kann das sein? Marwani hatte sich doch losgerissen, weil sie noch nicht so weit war!«

»Nein, das sehe ich anders. Marwani war rossig, sonst hätte Herr Grollmann doch gar nicht den anderen Hengst, Adriano von Trabenberg, bestellt. Sie war bereit für ein Fohlen, aber sie wollte sich ihren Hengst selbst aussuchen.«

Mira wurde warm. Ihre Fingerspitzen kribbelten.

Oh. Mein. Gott. Marwani bekommt ein Fohlen.

Obwohl Mira Marwani so gut kannte, sah sie es ihr überhaupt nicht an.

»In der Wildnis sind trächtige Stuten besonders gefährdet. Deshalb hat die Natur es sich so ausgedacht, dass man ihnen ihre Trächtigkeit nicht unbedingt ansieht.«

»Wie lange wird es noch dauern?« Sie wusste nichts über die Schwangerschaft von Pferden, außer dem, was Dan ihr erzählte und den eher pragmatischen Videos, die er ihr gezeigt hatte.

»Eine Stute ist elf Monate trächtig. Schau dir mal Marwanis Euter an. Es tropft zwar keine Milch heraus, aber er ist geschwollen. Theoretisch könnte es noch ein paar Tage dauern, aber ich denke, es wird heute Nacht schon so weit sein. Normalerweise holen wir die Stuten dafür in unseren Abfohlstall. Wie ich Marwani kenne, wird sie sich jedoch unter freiem Himmel wohler fühlen. Deshalb habe ich mich entschlossen, hier draußen bei ihr auf der Koppel zu campen. Herr Grollmann weiß Bescheid.«

»Ich zelte mit dir.«

»Was? Gerne. Klar. Gute Idee.« Die Nachricht hatte Dan sichtlich aus der Fassung gebracht. Begeistert strahlte er über das ganze Gesicht. »Hast du einen Schlafsack? Sonst leih' ich dir einen.«

»Ja, habe ich.« Jetzt erst wurde ihr bewusst, dass sie die Nacht neben Dan verbringen würde. In einem Zelt, ganz nah beieinander. Vorfreude stieg in ihr auf. Sie schlang Marwani die Arme um den Hals und gab ihr einen Kuss.

»Du Naseweis, bist einfach heimlich schwanger und verrätst es mir nicht.«

Nun machte alles viel mehr Sinn für Mira: Das war es also gewesen, warum Marwani so wenig Lust auf anstrengendes Training und lange Ausritte hatte. Sie war einfach müde und bereit, einem Fohlen das Leben zu schenken. Ob die Stute wohl wusste, was da in ihrem Bauch herumtrampelte?

Mira gluckste vor Freude. Das war einfach zu schön, um wahr zu sein.

Eine Mücke landete auf Miras Arm. Mistviecher. Sie hatten die Fliegengittertür verschlossen, aber die winzigen Mücken schienen trotzdem noch Öffnungen in den Wänden des altertümlichen Iglu-Zeltes zu finden.

Dan stopfte Chips in sich hinein, als gäbe es kein Morgen mehr. Er hielt ihr die knisternde Tüte hin und als sie dankend ablehnte, kippte er sich einfach den ganzen Rest in den Mund. Bisher war die Nacht recht ereignislos verlaufen. Marwani hatte das Zelt verwundert beschnuppert und es dann großzügig auf ihrer Wiese ›erlaubt‹. Jetzt döste sie mit angewinkeltem Hinterbein im Dunkeln. Gegen Mitternacht hörten sie, wie sich ihre Hufe über den weichen Boden bewegten.

Sie hatten sich die Zeit mit lustigen YouTube-Videos um die Ohren geschlagen. Dan liebte interessante Kurzvideos aller Art, aber Mira war eher der Typ für Dokumentationen. Mit denen konnte man allerdings Dan jagen. Ihre Beine juckten wieder und dieses Mal war das Gefühl unerträglich. Sie stützte sich ab und änderte ihre Liegeposition, aber es half nicht viel.

»Sie wird unruhig.«

Marwani ging langsam auf der Wiese auf und ab. Sie ließen die Stute in Ruhe und wollten sie nicht stören. Zu diesem Zeitpunkt konnten sie ohnehin nicht viel für Marwani tun.

Die Stunden vergingen und ihre Gespräche verstummten. Gedankenverloren schauten sie an dic Zeltdecke, lauschten auf Marwani und die anderen Geräusche der Nacht: das Rufen einer Eule, ein paar Insekten, der Wind, der um die Zeltwände strich. Mira döste ein und träumte von einer Reithalle voller Schülerinnen, alles kleine Mädchen wie Kathi, mit Headsets auf dem Kopf, die gebannt ihren Kommandos folgten …

»Mira!«

Jemand beugte sich über sie. Sie spürte Dans keuchenden Atem auf ihrem Gesicht. Sofort schoss ihr Puls hoch. Dan …

»Mira, es ist so weit. Komm.« Hastig krabbelte er zurück zum Zelteingang, der weit offen stand. Er trug bereits Schuhe und eine Jacke.

»Ähm. So ganz alleine kann ich das nicht …«

»Oh, sorry.« Er half ihr, sich aufzurichten und bugsierte sie zum Ausgang, wo der Rollstuhl wartete. Es musste kurz vor Sonnenaufgang sein, Tau lag auf dem Boden und es war unangenehm kalt.

»Wir haben verpennt. Marwani ist unten am Bach bei der Koppel. Komm, ach, vergiss den Stuhl, ich trage dich.« Er fingerte eine Taschenlampe hervor und drückte sie ihr in die Hand.

»Da, leuchte uns den Weg. Aber pass auf, dass du Marwani nicht blendest. Pferde mögen das nicht.«

Sie beeilten sich, zum Bach hinunterzukommen, und Mira suchte mit der Lampe das Ufer ab. Da! Unter der Weide glänzte es weiß.

Mira fegte die niedrigen Äst der Weide beiseite, und sie traten unter den geschützten Blättervorhang. Im Zwielicht sahen sie Marwani stehen. Die Stute wirkte völlig erschöpft. Unter ihr hatte sich eine Pfütze gebildet und etwas Klebriges lag auf dem Boden.

Dan setzte Mira vorsichtig am Stamm des Baumes ab und nahm die Lampe.

»Oh, wir sind zu spät, das ist die Plazenta. Sie hat das Fohlen schon bekommen.«

Suchend drehte er sich um. Es war so dunkel hier, die Leuchtkraft der Sterne reichte nicht in die Blätterhöhle. Etwas stupste sie an der Schulter, aber Mira fegte es mit der Hand weg.

»Alles in Ordnung?«, fragte sie Dan.

»Das kann doch nicht sein!«, hörte sie ihn fluchen. »Wo ist denn …« Er brach ab und leuchtete suchend über den Boden.

Wieder bohrte sich etwas Kleines, Feuchtes in ihre Schulter. Mira hob die Hand und tastete über … eine winzige Nase.

»Dan!«

»Ja, was ist?«

»Dan, hierher.«

Dan hob die Lampe und lachte auf. Neben Mira stand ein sehr klebriges, schwarzes Fohlen mit endlos langen Beinen. Es war noch etwas wackelig, aber seine Augen funkelten sie bereits frech an. Es blubberte vor sich hin.

Das Fohlen sprang zur Seite und versteckte sich hinter seiner Mutter. Marwani stieß es freundlich an und das Kleine beruhigte sich. Neugierig schaute es unter Marwanis Bauch durch und scannte Mira von oben bis unten. Es war ein hübsches Ding, wohlproportioniert, wenn man das bei diesen Giraffenbeinen sagen konnte, mit einem geraden Kopf und kurzer, wolliger Mähne.

Mira lehnte sich an den Stamm und schloss die Augen, während Marwani den Kopf senkte und ihre Schnute in Miras Haare steckte. Ihr Atem ging schnell, die Geburt war wohl eine große Anstrengung gewesen. Das Fohlen saugte an ihrem Euter herum und fing gierig an zu trinken. Dan nutzte die Gelegenheit, um Marwani zu untersuchen. Er war zufrieden mit dem Ergebnis.

Eine goldene Scheibe schob sich über den Horizont und tauchte die Hügel in ein warmes Licht. Ein neuer Tag begann und ein neues Leben hatte seinen Weg auf den Hof und in ihre Herzen gefunden.

»Wir sollten ihm einen Namen geben. Herr Grollmann wird sich einen offiziellen Namen ausdenken, mit dem das Kleine registriert wird. Einen hochtrabenden Namen, der nach guter Abstammung klingt, aber den Rufnamen suche ich für gewöhnlich aus. Schließlich trainiere ich die meisten Pferde hier und spreche sie jeden Tag mit ihren Namen an.«

»Was ist denn mit *Spica?*«, schlug Mira vor.

Das war der Name ihres Lieblingssterns. Der hellste Stern im Sternbild Jungfrau und der fünfzehnthellste Stern am nächtlichen Sternenhimmel. Und der Stern auf der Stirn des schwarzen Fohlens leuchtete wirklich hell. »Oder *Zuni?*« So hieß ein Indianerstamm, über den sie mal ein gutes Buch gelesen hatte.

»Ich dachte eher an etwas, das nach Stärke und Durchsetzungsvermögen klingt. Yamaha zum Beispiel.«

»Yamaha?« Mira lachte. »Wie die Motorräder? Das kannst du nicht ernst meinen.«

»Ey, das ist eine gute Marke. Nichts gegen Yamaha.«

»Ist schon klar. Aber irgendwie … nee.«

Das Fohlen hatte sich von hinten angeschlichen und schob den Kopf um den Baumstamm herum. Es reckte sich noch etwas weiter und schnappte sich neugierig den Beutel mit den Möhren.

»He!« Mira reagierte zu langsam.

Das Fohlen hatte die Nase tief in der Tüte versenkt, dabei fiel der Riemen über seine Nase und Ohren. Seine Augen waren von dem Stoff bedeckt.

»Oh, oh.« Dan stand langsam auf. Wenn das Fohlen jetzt Panik bekäme und wegstürmte, würde es blind gegen den nächsten Baum oder, schlimmer noch, in einen Zaun laufen. Langsam näherte sich Dan und versuchte, das Fohlen gleichzeitig an Schweifwurzel und Brust zu packen. Mit dieser Technik konnte er die ganz kleinen Fohlen gut festhalten. Er hatte nur eins nicht bedacht: Es fehlte ihm ein dritter Arm, um dem Fohlen den Beutel vom Kopf zu ziehen.

»Scheiße!«, rief er. »Mira, hilf mir.«

Das Fohlen fing an zu zappeln und Dan versuchte, es mit aller Kraft zu beruhigen. Je fester er es hielt, desto angsterfüllter wurde es. Dans Hand rutschte langsam ab.

»Warte, ich helfe dir.«

Mira krallte sich in der Rinde fest und zog sich mit größter Anstrengung am Baum hoch. Sie streckte die Hand nach dem Kleinen aus, aber es fehlten ein paar Zentimeter. Schweiß bildete sich auf ihrer Stirn. Sie lehnte sich noch etwas weiter vor und erreichte knapp den Beutel. Schnell zog sie den Riemen über die Ohren und befreite das Fohlen. Seine Augen kamen wieder zum Vorschein. Erleichtert ließ Dan das Fohlen fallen und es ging in die Knie.

Flink stand es wieder auf, schüttelte sich, wieherte leise und stapfte davon. Erst lief es Schutz suchend unter Marwanis Bauch, aber im nächsten Moment hatte es einen Frosch entdeckt und torkelte nun fröhlich darauf zu. Der Frosch hüpfte entsetzt weg.

»Fohlen haben eine Aufmerksamkeitsspanne wie ein Goldfisch«, lachte Mira. Sie hätte nicht gedacht, dass sie je ein anderes Pferd als Marwani so lieben könnte. Aber das tat sie. Das Kleine war einfach das wundervollste Geschöpf, das ihr je begegnet war. Marwani würde immer die Nummer eins sein, aber dieses kleine Ding hatte bereits jetzt einen festen Platz in ihrem Herzen. Leise seufzte sie.

Dan starrte sie an. Seine Kinnlade war heruntergeklappt und seine Augen waren weit aufgerissen.

»Was ist denn?«, fragte Mira verwundert.

Dan ging einen Schritt auf sie zu und blieb dicht vor ihr stehen. Sie spürte die Nähe seines Körpers und roch seinen wundervollen Duft nach Heu und Stall. Der Geruch machte sie fast verrückt, so gut war er.

Liebevoll legte er seinen Mund an ihr Ohr und in Miras Bauch tanzten Schmetterlinge.

»Mira, du stehst.«

Langsam drehte Mira den Kopf. Zwischen ihrem Rücken und dem Baum waren etwa zwanzig Zentimeter Abstand. Sie stand, ohne Hilfe und ohne Stütze, auf ihren eigenen Beinen.

Lachend vergrub sie ihren Kopf an Dans Schulter und ließ sich von ihm in die Arme nehmen. Sie konnte es nicht fassen, aber ihre Beine trugen ihr Gewicht! Sie spürte, wie das Blut in ihren Oberschenkeln pulsierte und kleine Impulse durch ihre Beine schossen. Es kam einem Wunder gleich.

»Du bist eine Kämpferin, Mira. Und ich bin total verliebt in dich«, hauchte Dan. In Mira kribbelte es heftig und ihr Herz fing an, schneller zu schlagen. Zärtlich strich Dan ihr über die Wange und schaute ihr tief in die Augen. Als er die Antwort in ihnen fand, die er gesucht hatte, näherten sich seine Lippen und Mira erwiderte den Kuss. Gemeinsam würden sie alles schaffen.

Dammann, Maren:
Marwani
Mitten ins Herz
ISBN 978 3 522 50621 2

Umschlaggestaltung: Marie Graßhoff
Satz und Innentypografie: Kadja Gericke
Druck und Bindung: CPI books GmbH
Reproduktion: DIGIZWO GbR, Stuttgart

MIX
Papier aus verantwortungsvollen Quellen
FSC® C083411